『季語の博物誌』正誤表

ISBN978-4-7576-0844-3

34ペイジ　下段　七行目
反映であとする　→　反映であるとする

77ペイジ　五月十五日「葵」条　二行目
丈が二メートルにもなる　→　（削除）

90ペイジ　六月六日「とちの花」条
搠　→　栩（六字全て）

160ペイジ　十月九日「重陽」条　十三行目
しりぞ　→　ちりぞ

199ペイジ　十二月廿日「すばる」条　十三行目
いいはずだか　→　いいはずだが

季語の博物誌

工藤力男

和泉書院

昨秋百三歳で逝った母の霊に

はしがき

このごろ季節のめぐりがおかしい。

春の雨の降り方は「しとしと」と表現するのが和歌の伝統すなわち「本意」であった。だが、近年、春の雨はしとしと降ることが少なく、激しい豪雨になることもまれではない。夏には異常な高温の日の続くことが普通になった。季節を問わぬ、一点集中の豪雨も多い。特に、ことしは台風の発生も進路も異常つづきで、北日本に多くの惨害をもたらした。

かかる異常を感じはじめたのはいつのことだろう。もう四半世紀にはなるのではないか。その原因についてまず言われたのは、エネルギー消費の増大による、大気の温度の上昇ということであった。反論もいろいろ出されたが、近年の各種の統計や報道によると、やはりそれは動かないことだと思う。それを地球の「温暖化」と呼ぶのはおかしい。「温暖」は、一般に快適な状態を含意する言葉であるが、いま地球上に進行している事態は、深刻な高温化の過程にほかならない。

この極東の島国で生きたわたしたちの先祖が、四季の移ろいに一喜一憂して育んだ表現の数々は尊い遺産、文化遺産・言語遺産だと思う。今の大きな気候変動が続いたら、言葉の意味も含蓄も受け継がれなくなるかもしれない。それを確実に後世に伝えることは、今生きている者の義務だとも思う。

わたしは、野外での活動を日常とする者ではなく、自然に親しむと言えるほどのこともない。ただ、いなかの零細連句会の連衆になって久しく、歳時記の日本語を考えることが多い。三年前の秋、成城大学の公開講座「成城 学びの森」への出講を打診された。その講座には、在職中も退職後も出講していた。それまでは、万葉集の話、古代から現代までの日本語を対象に講ずることが多かったが、その時は思い切って方向を転換した。題して「歳時記を掘りさげて汲む和のこころ」。六回の講義では時間が足りなかったので、翌春もその続きの話をした。それでもなお話し足りないという思いが強かった。そのことを受講者の一人に話すと、いっそ本にしたら、と言われた。それがきっかけになった。

俳句ブームと言われて久しい。団塊の世代が退職して俳句を始める人が多いからだという。彼らを支える各種の俳句入門書や歳時記も多く刊行されている。新聞・雑誌を問わず投句欄も多いし、テレビ放送もある。そのような世界にさらに類書を加えることは無意味である。わたしにできることは、むしろ歳時記の記述の欠点や盲点を指摘し、歳時記にありがちな、日本語の過剰な賛美を糺すことである。さらに奇説・珍説・俗説・謬説を排斥することである。そのために、分からないことは分からない、と明快に発言することを心がけた。時には過言や失言もあるに違いない。それらについての批判は覚悟している。

本書の構想は、書名から察せられるように、金田一春彦『ことばの博物誌』(文藝春秋　昭和四十一年。新潮文庫版『ことばの歳時記』昭和四十八年)に発する。当初は「日めくり」を目ざしたのだが、三百六十六日全部をうまく日付に合わせることは不可能で、かなり大まかな配置に終わった箇所も多い。

稿者は俳人でもないし、俳文学を研究する者でもない。俳諧が好きな、老いたる日本語学徒に過ぎない。能うかぎり、各項に二句程度を載せることを心がけた。稿者好みの句が得がたくて一句にとどまったこともある。その季語が日本語として認めがたいばあいは、掲載を控えた。

本書では、日本語に関する話題を広く提供することに意を注いだ。季語という対象の性質上、語形・発音・意味・日本語史・方言・表記などには言及することが多いが、文法に言及することは当然少ない。学究としての立場を踏み外さないように努めたので、解けないまま問題を提起するに終わった語もある。それは、現時点で未解決の季語だということを率直に認めたものである。

本書は、一日一つの季語を通して見た、日本語の雑学三百六十六項である。換言すると、歳時記による日本語学入門の書である。

角川書店の創業者角川源義は、『圖説俳句大歳時記』（全五巻　角川書店　昭和卅年〜四十年）の「刊行の辞」に、詩人科学者寺田寅彦の「歳時記は日本人の感覚のインデックス（索引）である」を至言として引き、「季節感、倫理感、美意識、ありとあらゆる日本人の感情が短い文言に収約されて季語になりました。」と述べている。全く同感である。

平成廿八年秋

著　者

目次

八月——121

九月——139

十月

凡例

一、見出し季語の仮名表記は、原則として歴史的仮名遣による。
一、見出しには、平仮名表記を原則とするが、読み方を伏せるために漢字で表記したり、表音的に表示するために片仮名表記を採用したりすることもある。
一、年紀は元号により、巻末にキリスト暦との対照表をかかげる。
一、執筆時点は、平成廿八年に設定してある。
一、五十音図の仮名一字に相当する発音の単位を表わす術語としては、「音節」を用いずに「拍」を用いる。
一、音声記号として簡便なローマ字表記を用いる。その際、日本語の古代中世のハ行子音はｆで表記する。
一、万葉仮名は、片仮名に変えて表記することがある。
一、角書は、ポイントを落とした一行書に変えて斜線で示す（例　附音／図解英和辞彙）。
一、少し詳しい説明が必要なときは、各月の余白のメモ欄（1～9）に、順序不同で記した。
一、紙幅を節約するために、人名の敬称は省略した。
一、本文中には著者名だけを掲げ、書名等は巻末の「人名に関する注記」に回すことがある。
一、紛れる恐れがないと判断した書名・文献名等は鍵括弧を省いて、古事記・和名抄・延喜式のように書いた。
一、引用されることが多い文献・ネットサイト・放送番組等は、次に示すように、矢印の下に記した表記による。

角川書店刊『角川俳句大歳時記』五冊（平成十八年）→《角川》
講談社刊『カラー版新日本歳時記』五冊（平成十二年）→《講談社》
以上二点をまとめて「二歳時記」と称することがある。
小学館刊『日本の歳時記』一冊（平成廿四年）→《小学館》
以上三点をまとめて「三歳時記」と称することがある。
角川書店刊『合本俳句歳時記新版』（昭和五十四年　第十二版）→《合本》
以上四点をまとめて「四歳時記」と称することがある。
山本健吉著『基本季語五〇〇選』（講談社学術文庫　昭和六十四年）→《山本》
東京堂出版刊『暉峻康隆の季語辞典』（平成十四年）→《暉峻》
五十嵐謙吉著『歳時の文化事典』（八坂書房刊　平成十八年）→《五十嵐》
榎本好宏著『季語語源／成り立ち辞典』（平凡社刊　平成十四年）→《榎本》
片桐洋一著『歌枕歌ことば辞典　増訂版』（笠間書院刊　平成十一年）→《片桐》
小林祥次郎著『季語遡源』（勉誠社刊　平成元年）→《小林》
小学館刊『日本国語大辞典　第二版』（平成十二年～十四年）→《日国大》
小学館刊『日本方言大辞典』（平成元年）→《方言辞典》
小学館刊『古語大辞典』（昭和五十八年）→古語大辞典
小学館刊『週刊日本の歳時記』1～50（平成廿年～廿一年）→週刊歳時記
岩波書店刊『日本古典文学大系』→古典大系
岩波書店刊『新　日本古典文学大系』→新大系
寺島良安著『和漢三才図会』（正徳二年成）→三才図会

槇島昭武著『書言字考節用集』（享保二年版）→《書言》
人見必大著『本朝食鑑』（元禄八年刊）→本朝食鑑
インターネットサイト『ウィキペディア』→ネット百科
日本放送協会のテレビ番組『ニッポンの里山』→《里山》
金田一春彦著『ことばの博物誌』（文藝春秋刊　昭和四十一年）→金田一書
稲垣栄洋著『身近な雑草の愉快な生きかた』（ちくま文庫　平成廿三年）→稲垣Ⅰ
稲垣栄洋著『身近な虫たちの華麗な生きかた』（ちくま文庫　平成廿五年）→稲垣Ⅱ
稲垣栄洋著『身近な野の草　日本のこころ』（ちくま文庫　平成廿六年）→稲垣Ⅲ
宮坂静雄著『語りかける季語　ゆるやかな日本』（岩波書店刊　平成十八年）→宮坂Ⅰ
宮坂静雄著『ゆたかなる季語　こまやかな日本』（岩波書店刊　平成廿年）→宮坂Ⅱ
飯泉　優著『草木帖』（山と渓谷社刊　平成十四年）→飯泉書
拙著『かなしき日本語』（笠間書院刊　平成廿一年）→拙著Ⅰ
拙著『日本語に関する十二章』（和泉書院刊　平成廿四年）→拙著Ⅱ

一、各項目の前後、あるいは前か後の一方に、当該季語あるいは関連する季語による俳句か発句を掲げるべく努めた。原著によることはほぼ不可能なので、多くは歳時記や他の著作からの孫引きである。そこには引き誤りがあったかもしれず、わたしの犯した誤りもないとは限らない。慎重の上にも慎重を期したが、もとより無謬の保証はない。それによって作者に無礼を冒すことを最も強く恐れている。

一月

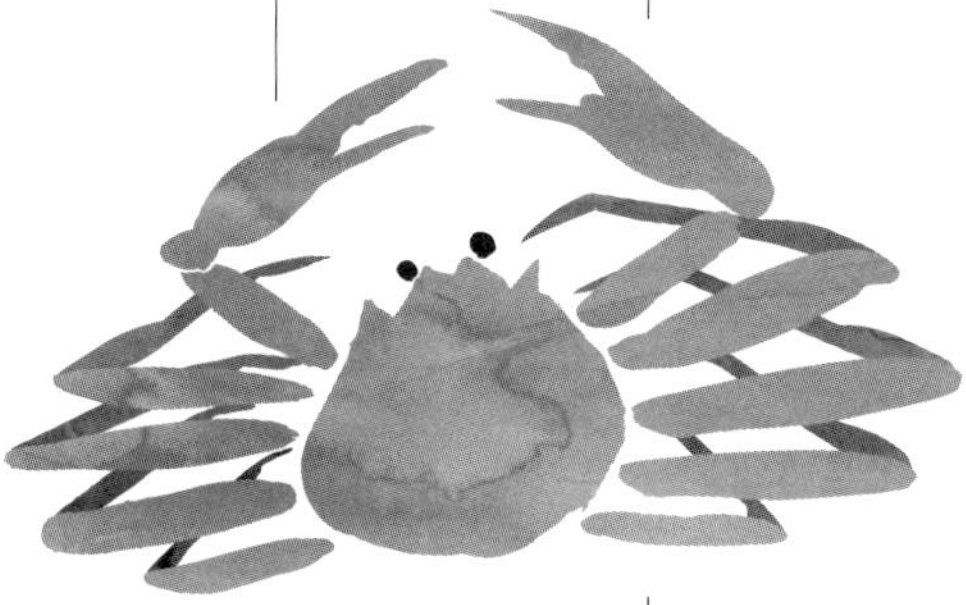

初げしき

一日

年重ねきていやまさる初景色　中村汀女

徒然草「をりふしの移り変はるこそ、ものごとにあはれなれ」の段の「かくて明け行く空のけしき、きのふに変はりたりとは見えねど、引き替へてめづらしきここちぞする。大路のさま、松立て渡して花やかにうれしげなるこそ、又あはれなれ」は、七百年後の今も変わらぬ感慨を催させる。

江戸時代の俳諧では、「初富士」「初比叡」など特定の地名を詠むことが一般で、「初景色」が歳時記に載るのは近代のことである。《角川》の「初景色」の例句卅八は全てこの表記であるが、「景色」は江戸時代中期に出現した新しい表記で、それ以前は「気色」であった。

古典漢語「気色」の呉音ケによるケシキは、日本語としても自然な語形なので早く和語化し、人間界・自然界を問わず、和歌にも用いられた。のちにはそれを使い分ける志向が強まり、風景に親和的な「景色《けしき》」は自然に限り、人間に関しては漢音キによる「気色《きしょく》」というように使い分けるようになった。

道に出て道縦横の初景色　小檜山繁子

嫁ヶ君

二日

三宝に登りて追はれ嫁が君　高浜虚子

絶滅に近い習俗かと思う、正月三ヶ日に限る「鼠」の異称である。かつては、言葉だけにとどまらず、大黒柱に燈明を上げたり、鼠形の餅を供えたりしたという。鼠は大黒様の使いだからという理由らしい。荒唐無稽な話だと笑ってすますこともできるが、嫌われ者の鼠がそんな待遇を受けたのには、深いわけがあるに違いない。

記紀の神話によると、根の国に赴いた大国主《おおくにぬし》がスセリ姫をめとったとき、その父神スサノオから数々の難題を課せられた。その一つが、荒野に放たれた鏑矢《かぶらや》を取って帰ることであった。大国主が野に入ると、スサノオは周囲に火を放つ。窮地に陥った大国主のもとに鼠が現われて地下の穴に誘う。大国主はそれによって救われたという。

鼠が大黒様の使いだというのは、神話の価値の零落した果ての結論ではないか、とわたしには思われる。民族の記憶に沈んだ鼠が、ものみな回生する新年に蘇るというのは楽しい話ではないか。

嫁が君座敷わらしの部屋よりす　中村青路

おさがり　　三日

おさがりやまづおもはるる秋の色　　勝見二柳

俳句に親しまない人にはいぶかしいだろうが、江戸時代、三ヶ日の雨や雪を「おさがり」といった。「古」と同音の「降る」を忌むがゆえである。

《日国大》に引く『婦人養草』（元禄二年）はこれを女房詞とし、『山之井』（正保五年）から見える。なお、傍題に「富正月」があるのは、雨や雪を豊穣の前兆と考えたからで、勝見《かつみ》二柳《じりゅう》の掲句もその含意であろう。

わたしの関心は、明治期以降は殆ど「お降り」と書かれることにある。この表記に疑問を表明したものは見たことがないが、古辞書はもちろん、江戸時代の辞書も「降」に「さがる」の訓をつけなかった。近代の辞書でも事情はさほど変わらないはずである。

動詞「さがる」の本来の意味は、ものの一端が固定されながら中途半端な状態で垂れること（岩波古語辞典）で、それは今も変わらない。その意味を有しない漢字「降」をこれに当てたのは、言語運用の不思議である。

お降りの雪の描きし大文字　　竹吉章太

むつき　　四日

山深く睦月の仏送りけり　　西島麦南

一月の異称を「むつき」とすることは、定説のように錯覚されて、何ら疑いなきがごとくである。それは、平安時代末期の歌人、藤原清輔の歌論書『奥義抄《おうぎしょう》』が根拠とされる。各種の「物の異名」を挙げて、「正月　むつき　たかきいやしきゆきゝたるがゆゑむつびつきといふをあやまれり」とあるのがそれである。

正月が「むつき」と呼ばれたことは、万葉集の「梅花歌卅二首」の序に「正月」、その冒頭の歌に「武都紀」とあること、続日本紀宝亀十年の「正月王」が宝亀七年の「牟都伎王」と同一人物であることなどから知られる。

《角川》の当該条はじめ、奥義抄の解釈を最も有力とする書が多いが、根拠はない。歴月の異名の多さを誇る向きもあり、《榎本》の一月条には十個の異名がある。そのうちの「暮新《くれし》月《づき》」などはいかにも変である。

一族の百人あまり睦月かな　　石井露月

鍛冶始

五日

向ふ鎚打つ弟子もなし鍛冶始　柿原一路

岐阜県関市は著名な刀匠を輩出して刃物の生産が盛んな町である。刀鍛冶の打ち初めは四日に行われることが多い。その「鍛冶」、今はパソコンが文字を打ちだしてくれるので誤ることは少ないが、手書きが普通だった時分は、街にも文書にも誤表記がよく見られた。無理もない。「鍛冶」はいかにも漢語くさいうえに、二つともこの語以外にはめった使わない漢字である。「鍛」を「鍜」に、「冶」を「治」に誤りやすいのは当然である。

平安時代の文献では、和名抄に熟語「鍛冶」、新撰字鏡に訓カヌチが見える。その語史は、《日国大》に、「鍛冶」はあて字で、カナウチ（金打）→カヌチ→カヂとすることに尽きると思う。早い時期にカヂまで変化したのである。

「鍛冶」が当て字だという指摘は意外であるが、それは古典漢語に見えないということである。古代日本語は母音の連続を嫌ったので「ナ・ウ」の部分で約音の方向に進み、早くにカヌチが生まれ、さらにカヂになったのである。

金床に鎚に盛り塩鍛冶始　柴田寛石

ほんだはら

六日

穂俵を殊に不思議と飾りけり　島田あき子

わたしの成育史には穂俵を飾る場面がなくて知らなかったが、旧家などの蓬莱飾りの映像にこれを見て、瑞穂の国の歴史が顧みられた。その由来は、気胞が米俵に似ている、藻で俵の形を作って飾るなどと言われる。

わたしの関心は別の所にある。山口青邨の句に「ほんだはらなのりそといふ名はいとし」とある「なのりそ」は、奈良時代の正倉院文書にも見える。万葉集の歌には、二人の仲を口外するなの意の「莫謂之《なのりその》花《はな》」、「名」の冠辞（枕詞）「名《な》乗藻《のりそ》の」もある。これから「莫乗り藻」が導かれ、乗ってはならぬ藻の意で「神馬《じんば》藻《さう》」の語が生まれたという。

「じんばさう」は主に日本海沿岸で、さまざまに語形を変えて民衆の生活に浸透した。秋田県ではギバサ、我が好物、懐かしい食物である。ホダワラがナノリソと呼ばれ、さらにジンバサウと呼ばれ、やがて音変化してギバサに至る、言語変化の見本のような話である。

裏小路の質屋に飾るほんだわら　金丸鐵蕉

七種粥　七日

七種や今を昔の粥の味　太田鴻村

週刊歳時記37に、中国で人日《じんじつ》に七種類の穀物の粥を食べたのが日本で草になったとして、漢日の違いに言及する。だが、『荊楚《けいそ》歳時《さいじ》記《き》』には七種の菜で羹《あつもの》を作るとある。

延喜式主水司条の正月十五日に、天皇の供《く》御料《ごりょう》として、米・粟《あわ》・黍《きび》など七種の穀物で粥を作ったとあって、日が違うのである。右の主張は、七日の行事と十五日のそれとを混同したものである。

《角川》は、「七は洋の東西を問わず聖なる数である」とするが、日本神話学の成果では、日本の聖数は八であったが、中国思想の影響によって、かなり早い時期に七に置換されたのだという。それは、記紀の神話に明白である。

七草の唱え方は、鎌倉時代は、入手が容易な「薺《なずな》」で始まる形が広まり、行事も「薺粥・薺打ち」などとも呼ばれた。室町時代にはその順序が、「芹《せり》・薺・五行・はこべら・仏の座・鈴菜・鈴白」となって今日に至る。「2・3・3・4・5・7」と漸増する諧調が好まれたのだと思う。

なづな粥泪ぐましも昭和の世　沢木欣一

数の子　八日

数の子にいとけなき歯を鳴らしけり　田村木国

正月料理の定番なのに、由来不明とされる変な語である。

東北日本でニシンはカドでもある。秋田市出身のわたしには、カドは生魚、その干し魚はニシであった。日本語学を修めてからは、カドは和語、ニシンはアイヌ語で、カドの子だから数《かづ》の子なのだと考えている。数の子が文献に見えるのは江戸時代以後、ヅとズの音が紛れるころなので、数の子の成立時期としては適当である。大きな歳時記には、私見とは逆に説くものが多い。だが、アイヌ語学の権威者の著作には、それらを支える根拠が見いだせない。

両語の文献への登場は、ニシンが室町時代中期、カドが十五世紀半ばの『四季物語』に、羊歯《しだ》・楪《ゆずりは》などと並ぶ縁起物として見えて、和語説に有利である。両語の漢字表記は「鰊・鯡」。鰊の旁は「柬」のほかに、「東」として東海に産するからと説く書もある。

カド和語説を押し通すことはできず、探索の旅は続く。

数の子や長男長女未婚なる　石河義介

数の子をぷりぷり噛んで子無き妻　嶋田麻紀

初炊　九日

新年初めて飯を炊くことを言う。さほど広範囲の習俗ではないらしく、大部の歳時記でも載せないことがあり、例句も少ない。見出しでは「炊」にあえて振り仮名も送り仮名もつけずに読者の反応を覗ったが、ハツカシギである。

推古天皇の名は、日本書紀に「豊御《とよみ》食《け》炊屋姫《かしきやひめ》」、『上宮聖徳法王帝説』にも「止余美気加志支夜比売《とよみけかしきやひめ》」とあり、「炊」はカシキと読まれている。万葉集巻八には、形容詞「ナツカシキ」が「奈都炊」と書かれている。

古代語カシクの語尾が後に濁音グに変わったのだが、この類は、騒ぐ・防ぐ・注ぐ・言祝《ことほ》ぐなどほかにも多い。その原因がわたしはまだ解明できていない。

炊飯する意の動詞がなぜ「かしく（→ぐ）」から「たく」に変わったのかも興味ぶかい問題である。上代の炊飯は甑《こしき》で蒸して作られ、名義抄の「蒸」にはムス・カシクの両訓がある。このように、米飯が現在のようなものに変わったことが動詞の変化を促したのだという。

コシキとカシキの語音構造の類似も看過できない。

初炊ぎ一合なれど艶やかに　古賀まり子

書き初め　十日

書初やおさなおぼえの万葉歌　竹下しづの女

新年初めてすることを、動詞に「そめ」「はじめ」を下接させていう。その差異を「書きぞめ」を通して考える。

昨年二月八日夕方七時前、ＮＨＫＴＶ（名古屋）のニュースは、中勢バイパスの開通式で、卅台ほどが「走りはじめ」をしたと報じた。三月七日朝七時、ラジオ（東京）のニュースで「首都高速道路の通りぞめ」と報じた。短時日のうちに興味ぶかい二例に接したわけである。

前者の報道では、卅台ほどの車が次々と走行する情景を、先頭の車に着目して報じたように感じられる。最後の車が通れば、「走り終わる」と表現できる。後者の報道では、何台の車が通ったかは分からないが、それがこの道路の通行の最初であったことを伝えるのだと理解できる。

「～始め」には対義語「～終わり」があり、始めと終わりを視野に入れた表現ができる。「～そめ」には対義語がなく、もっぱら最初の部分に着目した表現なので、新年や人生で初めての体験などに用いやすいのだと思う。

書初の墨の匂ひの一間かな　河野由希

かるた　十一日

歌留多よむ還らざる日を呼ぶやうに　大串　章

現代日本人にとって、外来語すなわち英語由来の語と言えそうである。ならば、「かるた」はどうだろうか。多くの日本人には、正月の遊戯の百人一首のかるたを、外来語と意識することはないかも知れない。

「かるた」は、中世末期に南蛮文化の一つとして日本にはいったポルトガル語 carta に由来する。同類の語のうち、襦袢《じゅばん》・羅紗《らしゃ》などは漢語と見まがうほど同化してしまい、金平糖《こんぺいとう》は漢語もどきに変身し、合羽《かっぱ》・煙草《たばこ》は和語然たる顔をしている。

カルタは江戸時代には様々に書かれた。《五十嵐》によると、平仮名・片仮名表記のほか、漢語由来の「骨牌」、軽板、嘉留多、賀留多などがある。「歌留多」に定着したのは、歌を書いて取り合う遊びが一般化したからであろう。

尾崎紅葉の小説『金色夜叉』以後の俳句には、正月の遊び、恋の含意・情緒を伴う作が断然多くなる。

そのかみの恋のはじめの歌留多かな　細川加賀

万歳　十二日

万歳や鶏なくかたへ行く野道　井上鳳朗

評論家の筑紫哲也が、日本の正月は今やテレビの中にしかない、と正月番組の放送で語ったことがある。

わたしの幼少年期、正月には門付の万歳《まんざい》が必ず回って来た。雪国のこととて、玄関は閉ざされているが、数軒先で演じている声が聞こえてくると、母は玄関に施錠させることが多かった。好奇心が強いわたしは、いつも不満であったが、「ホイドだから」の言に押しつぶされるのだった。秋田市方言でホイドは乞食を意味する。

方言辞典で「乞食」を検すると、その種類の多さに圧倒される。おだてられたり蔑《さげす》まれたり、長い歴史を経て来たことがわかる。秋田市方言のホイドはホキヒト(祝人)の転じたもの、とわたしは考えている。禅林の僧堂の外で陪食《ばいしょく》を受けることやその人を言うのだと説く人も多い。万葉集巻十六の乞食者詠二首を読むたびに少年時代の記憶が蘇る。

万歳の句には言いしれない哀愁の影がある。

才蔵の素顔さびしき汽車の中　見目冠人

田舎バスほろ酔ふ才蔵客となる　本間正松

ひもかがみ

十三日

大部の歳時記には、「氷」の見出しのもとに卅近い傍題を載せるものがある。《講談社》もその一つで、第三に「ひもかがみ」を置き、「氷面鏡」と表記している。

わたしの知る「ひもかがみ」は、万葉集巻十一「紐鏡能登香の山の誰《た》が故か君来ませるに紐解かず寝む」である。初句「紐鏡」は、結んである鏡の紐、それを解くなの意で、「な解き」の類音の地名「のとか」に続く修辞と解するのである。

その「紐鏡」を、歳時記は「氷面鏡」と解するわけだが、鎌倉時代の仙覚《せんがく》『萬葉集註釈』に始まり、室町時代の連歌師宗碩《そうせき》の『藻《も》塩草《しおぐさ》』に載ったことによる。いわば中世以降の造語なので、評価は人によって大きく異なる。

何よりもまず、「ひも」を「氷面」と解しうるか否かの問題がある。枕冊子の「宮の五節」の段、実方中将と小兵衛との贈答歌に、「ひもがとける」旨の表現があり、「ひも」を、紐と氷面の掛詞と解するか否かで議論も分かれている。

近年の歳時記は例句を二三掲げるが、ことさらに美化した季語は俳諧にふさわしくない。

ズワイ蟹

十四日

ずわい蟹包むローカル新聞紙　駒木根淳子

主に山陰から北陸の海岸で獲れるクモガニ科の蟹。雄蟹は、北陸で「越前蟹」、山陰で「松葉蟹」と呼ばれる。「ずわい」は古来の由緒ある名称、ここでは新仮名表記にした。

平城宮跡出土の貢進物木簡に、「須《す》須《ず》岐《き》楚割」「鮒《ふな》背割」などが見える。この「割」の文字に着目して、ソワリ・セワリと読まれることがあった。が、古代には、動詞「わる」は「割」ならぬ「破」で書くのが一般であり、「割」は「さく」の訓で、細かく分ける意に用いられた。

《日国大》は「すわやり〔楚割・魚条〕」に、「〔「すわえやり」の変化した語。楚《すわえ》のように細く割ったものの意〕」としている。これがいい。サキイカ状の物である。平安時代の辞書では「楚・楉」にスハヘ・シモトなどの訓がある。木の若枝であり、刑罰のムチの意にも用いられた。右のスハへの「へ」は本来ヤ行のエ、すなわちyeであったろう。

細長く伸びて若い木の枝のような脚に着目した命名である。語頭が濁音化した原因は別に考えなくてはならない。

ずわい蟹食ふ狼藉をつくしけり　白岩三郎

なまはげ　　十五日

なまはげにしやつくり止みし童かな　古川芋蔓

テレビ放送で秋田県男鹿のそれが広く知られているが、東北地方に広く行われる、鬼に扮した来訪神を遇する行事。家族は勤勉を誓い、一家の安全を願って酒肴をふるまう。本来は小正月の行事だが、今は新暦の十五日に行われることが多い。子供のころ、母からその怖さをよく聞かされた。「なまはげになりきつてゐる地声かな　荻原都美子」。

「なまはげ」と言うが、イ列音とエ列音が紛れるのは北関東以北の方言の特徴で、現に「なまはぎ」の文字化もある。「なもみはぎ」である。「なもみ」は、火に当たると、すねや腕にできる「火だこ・火斑」。一旦できるとなかなか消えぬ、怠け者の証拠。それを包丁で削ぎ取ると脅すのである。「なまはげや婆に会釈しあと猛る　藤原嶺人」。

「なもみ」には草の実のオナモミ・メナモミもあり、イノコズチ、ヤブジラミと同じく、秋に野歩きすると、着衣に付いて取れない。それを火斑に転用した呼び名である。

「なまはげ」の句には佳吟が多い。

なまはげの引き上げてゆく白き闇　中田のぶ子

つらら　　十六日

氷柱垂れ同じ構の社宅訪ふ　深見けんニ

現代日本人が「氷柱」をツララと読むのは難しくないが、語の来歴をたどると、案外ややこしい。

ツララと聞いてまず思い浮かべるのは、万葉集巻十三の長歌の一節、「海人のをとめは　小舟乗り　つららに浮けり」で、数隻の小舟が漁場に広がっている光景である。副詞「つららに」に対して、動詞が古事記仁徳天段の短歌に「沖へには小舟つららく」とある。ともに、漢字を当てたら「列・連・陳」などが適当だろう。

古代語にはこの構造の語が多かった。タワワ（撓）、ハララ（散）、シノノ（萎）、ユララ（揺）、シミミ（繁）など、いかにも歌語らしいものばかりである。

平安和歌には「つらら」の用例をごく少数しか見ず、それらは氷が張る意の「つららゐる」である。奈良時代の歌語「つらら」とは語性を異にしていたようだ。

現代語のツララに相当する古語は「たるひ（垂氷）」で、その方言形が各地に残っている。我が郷里ではタロンぺ。

人泊めて氷柱街道かがやけり　黒田杏子

咳　十七日

咳く前の力溜めまた咳けり　寺井谷子

俳句をたしなむか古語に通じた人でなければ、掲句の下五の「咳」は難しいに違いない。本項の見出しには「せき」と「しはぶき」、二つの振り仮名が必要なのである。

「せき」が、動詞「塞く」の名詞形で、名詞「関」と同源に発することは分かりやすいが、「しはぶく」はそうはいかない。《小学館》に「繁吹く」の意とあるのは疑わしい。

シハは舌・唇の古語、フクは「吹く」とするのが日本語学の通説である。万葉集巻五の貧窮問答歌に「粕湯酒　うちすすろひて　しはぶかひ　鼻びしびしに」とある。枕冊子の「常より殊に聞こゆるもの」の段に「あかつきのしはぶき」とあるのは、静止を促す咳ばらいである。

万葉集巻十七で、鷹の飼育係の老人が鷹を逃がして弁解する様を、「しはぶれ告ぐれ」と詠んでいる。「しはぶれ」は、口モグモグの様で、後の「しゃぶる」だという。なお、口がヒリヒリする状態を言った形容詞「シハハユシ」が、シホハユシ→ショッパイに変化したのだという。

せきをしてもひとり　尾崎放哉

うづみ火　十八日

埋火や家は幾代の煤の塵　志太野坡

昭和期後半、日本語学習者の増加に伴って類義語の研究が進んだ。ウメル・ウズメルは日本人も迷う語であった。

ある国語辞書は、「大観衆がスタンドをうずめる」は、「うめる」よりもすみずみまでびっしりと、という含みが強い、と書いている。《講談社》の「埋火」の項には、「灰の中に埋めた炭火をいう。ウズメのズを略して、火をうめるともいった。」とあるが、ウズミは古語である。

わたしの郷里では、冬、野菜は畑の土の中に埋めておき、適宜に掘り出して食する習いで、埋めることを「いける」と言った。「埋める」ことが「生かす」ことだった。

《角川》は「うずみ火」を、いけ火・いけ炭ともいい、たっぷりの灰で覆って消えているように見えるが芯は燃えている火と説明する。火種を長持ちさせる効果もある。

辞書には基本義について、ウメルは「くぼみに物を入れて平らにする」、ウズメルは「物の上などに土などを盛って覆う」とする。これでいいと思う。

埋火がほのとあり閨なまめきぬ　松瀬青々

ふぶき　十九日

宿かせと刀投げ出す雪吹かな　与謝蕪村

万葉集には「ふぶき」が詠まれていない。蕗や、まだらな様を言う「ふふき」という語はあったようだが。『八雲抄《やくもしょう》』は「雪を吹くなり」とし、『俳諧御傘《はいかいごさん》』の「ふぶき」の項に「雪吹と書くなり」とある。一方、連歌書『荻のしをり』には、「ふぶきとは雨吹と書く。雨風なり。また、降吹か」、『年浪草《としなみぐさ》』に「雪と風となり」とある。

平安時代の漢字表記例にはまだ遭遇せず、字類抄の「霔フフク」が早いが、これは本国では雨に関わる文字である。古本節用集《こほんせつようしゅう》は「雪吹」が一般的で、ほかに「雪風」「降吹」もあった。「吹雪」は享保期ころから一般的になるようだ。

正岡子規の『分類俳句大観』には、「吹雪」廿一、「雪吹」七句が見える。作者の年代は調べあげていない。《角川》の「吹雪」の例句を見ると、去来から一茶までの八句のうち、漢字表記六句はすべて「雪吹」、子規以後の廿五句のうち、漢字表記の廿三句すべてが「吹雪」で、きれいに分かれた。後者のほうが漢字と訓とがいかにも調和した感じである。

地吹雪や路標とまがう水子塚　小原山籟

しばれ　廿日

しばるるや土鳩こつこつ戸を叩く　成田千空

北国の方言がそのまま季語になった珍しい例、と《角川》にあるが、《小学館》は載せない。漢字表記は「凍れ」が多く、『鹿角方言考』に「しむ（凍）」の受身「しまる」の転とするのが自然な解釈だろう。そこをさらに考えたい。

動詞の態《ヴォイス》は、使役／他動詞と受身は対で考えるのが一般だが、一方の態に相当する語形のないことがある。「しばれる」の他動詞は「縛る」と予想され、その受身は「縛られる」となるはずである。上掲の解釈はそれを「転」と処理したわけである。

「生まれる」は「生む」の受身であるが、わたしたちはそれを殆ど意識しない。その同類が古語「すばる」で、本来「統ぶ」の受身で「統べらる」となるはずだが、自然界を領する大きな力ゆえ、自動詞同然に定着したのだろう。動詞「疲れる」は、何かに「憑かれる」すなわち受身が原義ではなかろうか。「しばれ」からわたしは、大自然の力に領せられた北方の人たちの心情を思う。

幾夜かは胸凍ばれたり旅衾　松村巨湫

大寒　廿一日

大寒といふ一枚の落し蓋　鷹羽狩行

度を超える暖かさで経過していたこの冬、暦に合わせたかのような寒波が到来した。その朝、ラジオはこの日を廿四節気の「＊イカン」だと言った。語頭の星印がタかダか聞き取れず諸書を見ると、おおむね「ダ」である。

廿四節気には、ほかにも小と大の対応する「小暑・大暑」「小雪・大雪」がある。こちらの「大」はタイである。

金田一書の「秋雨《あきさめ》」の条に、これは江戸時代の中ころ「春雨」に対応して生まれた語だとし、「東国《ごく》」に対応して「西国《ごく》」の読みが生まれた例をあげている。それなら、「大寒」も清音のタイでもよさそうに思うのだが。

ダイ・タイの両方を掲げる辞書もある。中世すでに仮名書きダの例が複数あり、日葡《にっぽ》辞書《じしょ》にもDaicanとある。新潮現代国語辞典は、「大雪」にもタ・ダ両形を認めている。

思うに、同音語が多いからではないか。大辞泉で同音語を見ると、タイショには八語、タイセツには九語、タイカンには、耐寒・体感・耐乾など十九語がある。

大寒の硝子が痛きまで澄みて　柴田白葉女

御神渡り　廿二日

御神渡お供の道の幾筋も　棚山波朗

全面氷結した諏訪湖の氷が厳冬期に二つに割れて盛り上がる現象である。

見出しの表記は一般的な形だが、「神渡り」で「おみわたり」と読ませる人もある。いずれにせよ、「おみ」は重《じゅう》言《ごん》ということになる。氷の状況の見届け役である八釼《やつるぎ》神社の神職は「みわたり」と言う。一般人が「おみ」と二重の敬意なのに、神職者が重言を避けているのはおもしろい。

江戸時代の作法書や言葉直しの本には「重言」への言及が多い。『片言《かたこと》』の「みきの酒」「万事のこと」などは今は行われないが、「勿体なし」も重言だとあるので考えこんでしまう。元禄期の『女重宝記』には、「おみ足」「おみ明かし」「おみくじ」「勿体なし」などが見える。現代人にその識別はかなり難しい。

なお、オン（御）はおおよそ、オホミ（大御）→オオン→オン→オと変化した語。敬語ではせっかくの敬意が弱化しやすく、常に補強しなくてはならないのである。

ひさびさの神の恋路の御渡　片山鶏頭子

雪達磨

廿三日

雪達磨眼を喪ひて夜となる　角川源義

今、「だるま」に漢字表記「達磨」はほとんど見ないが、寺院や年中行事などの表記では接することがある。ダルマを「達磨」と書くのは考えると不思議である。

達磨は中国の禅僧の名であるが、第一義は、仏教用語「法」の意味の梵語 dharma の音訳であるから、ダルマが最も自然な語形ということになろう。《日国大》によると、漢字音に従ってダツマ・タツバとも読まれたという。わたしの探索はそこまでだが、以下に推測を記してみたい。

それは、禅僧の名ではなく、仏教語の「達磨」が早く朝鮮半島を経て日本に入って定着したのではないか。朝鮮語の語末音には厳しい原則があり、漢字音のうち、日本語がチ・ツで受容した語末の t は、l・r で受け入れた。速達(soktal)、八(pal)、吉日《きちじつ》(kiril)などがそれである。

今の歳時記にかろうじて残っている冬の季語「温突」は、うっかりすると煙突の誤植かと疑われそうであるが、これは朝鮮語の ondol(オンドル)である。

温突や長老髭を撫でつづく　二川茂徳

み雪

廿四日

音といふ音閉ざされし深雪宿　稲畑汀子

《講談社》の「雪」には四十二の傍題があり、その一つが「深雪」である。

賛美や敬意の意味の接頭辞「み」は、古代歌謡にすでにあり、万葉集にも五十ほどの用例がある。その意字表記は、「三雪・三芳野」などの「三」が最多で、次は「御」である。「美雪・見芳野」もあるが、「深雪」は見えない。「みゆき」は歌語であった。「深雪」は鎌倉時代ころに生まれた表記だろうが、わたしはまだ初出を把握していない。和歌史の研究者はどうなのだろうか。

日葡辞書の Miyuqi の項に、詩語の表示なしに「ふかいゆき」と語釈するのは、「深雪」の文字によるのだろう。古今集の「夕されば衣手さむしみ吉野のよしの の山にみ雪ふるらし」について、新大系の脚注に「深雪」とする説を紹介しているが、雪は何回か降って積もって深い雪になるのである。初めから降る深い雪ならドカ雪である。

歌語を俳句に用いるには細心の注意が必要だと思う。

婿投げといふ奇祭あり村深雪　藤戸千代子

うそかへ

廿五日

鷽替へて罪障消ゆる思ひあり　徳沢南風子

太宰府天満宮の正月七日の行事で、新年の季語とされるのが一般だが、いま東京の亀戸天神、大阪の天満宮では一月廿四五日に営まれる。ここの鷽は木製の鳥である。

ウソという動物はもう一種ある。日本では、動物園か水族館でしか見ることの難しいカワウソである。その生態からして、名づけの由来は「川ウソ」であろう。

鳥の「鷽」、水獣のウソ「獺」、共通の特徴は独特の呼吸音にある。鷽は山地の樹林に住んで、フィーフィーと口笛のような声で鳴くという。口笛の古語は「ウソ」である。

カワウソは、水中で魚を捕えるに巧みであり、その目的のために潜水もうまい。『絶滅危惧動物百科4』（自然環境研究センター監訳）によると、金切り声、鳴き声、口笛などで呼び交わすという。

獺の初出は和名抄の「ヲソ」であるが、ヲとウの交替は、ヲサギ／ウサギ、申（マヲス／マウス）、十日（トヲカ／トウカ）などがあって、解釈の支障にはならない。

死にはぐれ嫁ぎはぐれて鷽替ふる　古賀まり子

冬苺

廿六日

日あるうち光り蓄めおけ冬苺　角川源義

手元の大部の歳時記のうち、《講談社》だけが「冬苺」と「冬の苺」を立てる。後者に例示する八句の筆頭が右の掲句である。

この項の担当筆者は、「冬苺」と「冬の苺」の違いを詳しく述べ、冬に栽培されて出回る苺が普通になって、二つが混同されることを憂えている。それは「室苺」などと改称すべきだとまで言う。極めて良心的な態度である。掲句の苺は、夏、冬のいずれだろうか。温室栽培ならぬ石垣苺の歴史も長いので、断定は難しい。「冬の苺」を特立しない《角川》は、この句を「冬苺」の項に置く。

山地に自生する小灌木「冬苺」の別称は「寒苺・木苺」である。もはや温室栽培の苺が普通の時代なので、二つの異なる苺を詠み分けるには、その覚悟と確かな技倆がなくてはならない。

思ひつゝ草にかがめば寒苺　杉田久女
冬苺摘みてふくみて日の匂ひ　伊藤敬子
見舞籠冬の苺の香の溢る　大石悦子

冱つ

廿七日

オーロラを仰ぐ頭上に北斗凍つ　橋本　博

類義語は実に難しい。古歌の用例が堀河百首の一首というこの「冱(凍)つ」もその一つである。歳時記・辞書を問わず語義記述に苦慮すること明白である。

《角川》は、「凍る」と同義だが「水分の凍ること以外に用いる場合が多」いとして、月・星・雲・風などに対象を拡げている。これは分かりやすい。やはり「凍る」と同義だとする《講談社》の、「凍る」ほうは「冱つ」より厚さのある感じがする、はよく分からない。「実際に凍っていなくても、凍てついた感じを強調する語としてしばしば用いられる」とする《小学館》の説明は実例に即している。

実例を多く見ると、「こおる」では字余りになる所に、二拍の「冱つ」が使える点が魅力なのだと思う。

古語大辞典は、堀河百首と平家物語から各一例を引いている。後者は巻五「文覚荒行」条、「雪降り積もり、つららいて」である。これは、「つらら」の項に述べたように「つららゐて」とすべきであった。

獄凍てぬ妻きて我に礼をなす　秋元不死男

あかぎれ

廿八日

あかぎれの手のきらめくは和紙の村　落合水尾

『改正月令博物筌《せん》』(文化五年)の説明「ひびのはなはだしくて、口のあきて切れたるごとくなり」に尽きる。わたしには「ひび・あかぎれ」の対語で身についたが、この語を知らぬ世代も殖えているだろう。幸せなことである。

卑俗な語のようだが、その歴史は長い。平安時代の神楽歌の中に、「あかがり踏むな後なる子《しり》」「我も目はあり前なる子」という掛け合いが見える。肩に捕まりでもして一列に並んで遊ぶのだと思う。かかとに縦横に裂け目ができて、さながら「足篝《あかがり》」だと称したのであろう。《方言辞典》によると、今も同じ語形で用いる所もあるという。

傷が進んで血がにじむようになると、もはや譬喩では済まない。そこに別の意識がはたらいて「赤切れ」に転じたと解釈される。〔語源俗解〕の典型のような変化だと日本語史学では言う。

あかぎれが疼くよ昭和ひとけたよ　宇咲冬男

煮こごり

廿九日

煮凍りや精進落つる鐘の声　高井几董

余りに身近なので、さほど古い語とは思わなかったが、じつは意外に古いのである。《日国大》は延喜式内膳司条の「伊具比《いぐひ》魚煮凝」をあげている。伊具比は今のウグイであろう。「凝」をコゴリと読むと、まさにこれである。

「凝」の字は万葉集巻一にも見えて、それには若干の議論がある。藤原京から奈良に遷都した時の長歌の「栲《たへ》の穂と　夜の霜降り　岩床と　川之氷凝《かはのひ》」の「凝」がそれで、コリテ・コゴリ・コホリの訓が鼎立している。名義抄は「凝」にコル・ココルの訓を与えているので、わたしは、コゴリでいいと考えている。

この字に限らず、日本の漢字では、止（トマル・トドマル）、約（ツム・ツヅム）、掃（ハク・ハハク）など、語根を反復する動詞に、別の漢字を用意しない傾向がある。そしてそのまま定着して、実際にいろいろと悩ましい事態が起こっているのである。

煮凝りや母の暮しをくりかえし　澤村昭代
煮凝の喉にとけゆく母国かな　大屋達治

和布刈神事

卅日

岩攌み岩をつたひて和布刈禰宜　林　徹

「めかりの神事」は、北九州市門司区の和布刈神社で、旧暦十二月卅日の深夜から元旦にかけて営まれる、奈良時代以来の特別な神事だという。「わかめ刈る」は春の、「藻刈る」は夏の季語とされている。

「和布」と書いて「め」と読むことは、よほどの通でなければ知らないだろう。ワカメ・ニキメ・アラメなど、比較的幅広のものは食用になって「め」と呼ばれる。水生植物には「藻《も》」もあるが、これは食用にならず、川舟の通行を妨げるので、夏には「藻刈り」されるという。和名抄は、「藻」について「水中菜也、海苔之属」と記述する。

万葉集巻一に、麻続王《おみのおおきみ》が伊良虞《いらご》に流された時の歌「打《うち》麻《そ》を麻続王海人《あま》なれや伊良虞の島の珠藻刈ります」がある。この歌では食料品として詠まれていると思われる。

笑話本『醒酔笑《せいすいしょう》』の広本巻一に、旅の連歌師が漁人の引き上げた藻の名を尋ね、漁夫の回答「めとも申し、もとも申す」に対して展開する頓智話が載っている。

和布刈火に禰宜持つ鎌の青光り　池松幾生

探梅　　卅一日

探梅や息深くして梅に寄る　下村ひろし

梅の花を見る「観梅」は春の季語とされ、早い梅を山野に訪ねる「探梅」は、連歌このかた冬の季語とされている。俳諧でも漢詩由来の「探梅」を用いるのが一般で、訓読みによる「梅さぐる」の作はごく少ない。

「梅さがすごとく出て提げ豆腐《とうふ》器《いれ》　石川桂郎」は特異な作である。買い物ついでに、梅が咲いたかと町内をぶらつくさまである。常用漢字「探」の訓は「さがす・さぐる」であるが、江戸時代まで「探」に「さがす」の訓はなく、「さがす」は「涼」で書かれた。「曝涼」の「涼」である。

「さがす」と「さぐる」は類義のように見えるが、大きく異なる。「さがす」は、ある物の「ありか」を知るべく努めること、「さぐる」は、何かがあるだろうと見込んでその「何か」を調べることである。梅の木のありかを知らずに梅見することはありえない。その矛盾が漢語「探梅」では露わにならないのである。

「探梅」の句は虚子以後に多い、と《山本》にいう。

探梅やみささぎどころたもとほり　阿波野青畝

メモ１

【呉音《ごおん》・漢音《かんおん》・唐音《とうおん》】
日本に入って来た漢字の音は、その時期によってそれぞれ特徴がある。早く日本語に定着したのは呉音と呼ばれる。南方の音が入って来たものと見られ、仏教関係の語によく残っている。七八世紀、遣唐使や留学僧たちが長安地方の音を学習して来たのが漢音である。日本の朝廷がその学習を勧めたので、以後の日本の漢字音の主流になった。鎌倉・室町時代に、禅僧や長崎商人らがもたらした漢字音は唐音（唐宋音とも）と呼ばれる。

【女房詞《にょうぼうことば》】
早くは鎌倉時代、主としては室町時代から、天皇や上皇の御所に奉仕する女性の間で用いられた一群のことばで、『お湯殿の上日記』などに見える。のち将軍家に仕える女性にも及んだ。主に食物・生理・身体に関係する語を、婉曲・省略・反覆・換言などの方法で表現したもの。のち一般社会にも広まり、現代に残る語も多い。語の一部を反復する「香々《かうかう》」、語の一部に「文字」をつける「しゃ文字」、語の一部に「お」をつける「お冷や」、それらが混じった「おなか」などもある。

【荊楚《けいそ》歳時《さいじ》記《き》】

中国の南北朝時代、梁の人・宗懍《そうりん》の著。主に長江中流域（荊は楚の国の別称）の行事と風習を記した書。日本に入って来た時期を明確にすることは難しいが、藤原佐世《すけよ》の『日本《にほん》国見在書目録《こくげんざいしょもくろく》』の記事から、九世紀末には輸入されていたらしい。引用は、平凡社東洋文庫版による。

【ヤ行のエ】

現在の五十音図のヤ行音は、イ段とエ段が空白の「ya ○ yu ○ yo」である。空白部分には yi と ye が入るはずなので、実際にそれを発音してみると、yi の発音は難しくて i と区別しがたいが、ye はさほど難しくない。実際、日本人は平安時代半ばまでそれを発音していたのである。万葉仮名は、ア行のエすなわち e には「衣・愛・哀」などを、ヤ行のエすなわち ye には「延・要・曳」などを当てていた。ちなみに、ワ行音は古くは片仮名で「ワ・ヰ・○・ヱ・ヲ」と書かれた。標準的な発音からヰ・ヱ・ヲは消えたが、意識すると割と楽に発音できる。

メモ2
語彙語法1

【悲しけれ】

ががんぼの脚の一つが悲しけれ　高浜虚子
風鈴のもつるるほどに涼しけれ　中村汀女
新月の光めく鮎寂しけれ　渡辺水巴

俳人は時に過去の日本語を作りだす。係助詞「こそ」の結びで強調表現や逆態接続するはずの文法を破るのもその一つで、わたしには右の三句の意図が分からない。

不可解な已然形終止の例は中七にも見られる。

天女より人女がよけれ吾亦紅　森　澄雄
露草に露おもたけれ母娘の朝　折笠美秋

佐藤郁良著『俳句のための文語文法入門』（角川学芸出版平成廿三年）も、「文法間違い早見表」の廿六項目の一つに「句末の已然形止め」と例句「天球を指す風船の淋しけれ」を挙げ、「淋しさよ」などの改稿案を示している。

係助詞「ぞ」による破格もある。次の句の「ぞ」は強意表現だろうから、「垣せぬぞよき」とすべきである。

裏山へ垣せぬぞよし濃山吹　下村ひろし

正統な係り結びの句に会うと救われる思いがする。

海松《みるめ》刈る君が姿ぞなつかしき　正岡子規
海女とても陸こそよけれ桃の花　高浜虚子
住吉の松の下こそ涼しけれ　武藤紀子

二月

きさらぎ　一日

きさらぎの風となりゆく修業僧　岸原清行

旧暦二月の異称を「きさらぎ」ということについて、寒くて着衣の上に更に着るから「着更着」だ、という解釈が有力と書く歳時記もある。

これは、一月の「むつき」の項に挙げた奥義抄の説、「さむくてさらにきぬをきればきぬさらぎといふをあやまれり」による、荒唐無稽の説明である。旧暦は新暦より一ヶ月以上遅れるのが普通だから、今年の旧二月一日は三月九日、早春である。

「きさらぎ」を漢字で「如月」と書くのも難しい。これが日本の文献に登場するのは室町時代以後である。中国の辞書『爾雅《じが》』の「二月、為如」によるようである。爾雅註に「如者随従之義、万物相随而出」とあり、なるほどこの時期の感じを捉えている。だが、これが日本人共通の知識になりうるのはいつのことだろうか。その日まで、わたしも掲句のように仮名書きしようと思う。

水琴窟夜もきさらぎの音色かな　永島理江子

節分　二日

節分や灰をならしてしづごころ　久保田万太郎

わたしたちはセツブンと読んで平気であるが、江戸時代の俳諧書には「せちぶ」の振り仮名もある。昔の本には撥音「ん」を表記しないことがあったので、それを話題にするのではない。その前の「せち」である。辞書によると、「節」は漢音《かんおん》がセツ、呉音《ごおん》がセチである。呉音は漢音より早く、特に仏教語とともに日本にはいった。

昨年二月三日朝のラジオ、名古屋の道路交通情報センターからの情報に、恵方にあたる某寺方面は、「セツブンカイが行われるので云々」とあってわたしの耳にとまった。寺院で行われる節分なら、仏教行事としてのそれに違いない。ならば、節分会は「セチブン／セツブン・エ」ではないか。セツブンカイでは、某寺附属保育園の運動会でも開かれるような感じに聞こえたのである。

《角川》の例句十八のうちに、「節分会」を用いた三つがある。いずれも佳吟なので、セチブンエと読みたい。

鬼は見え福は見えざる節分会　江川由紀子

節分会母の余生を福となす　恒任愛子

柊さす

三日

柊挿す葛城颪止みにけり　七田谷まりうす

家の門や玄関に柊を挿す節分の習慣は意外に長い生命を保っている。それを支えたのは葉の鋭いとげにあるらしい。古事記に見える樹名ヒヒラギが、とげによる傷の痛みに由来するという説は侮りがたい。新撰字鏡《しんせんじきょう》・和名抄などが「疼」にヒヒラクの訓を伝え、同じくヒヒによるらしいヒヒクも、記紀歌謡に山椒の辛さの「口ひひく」と見える。

擬態語ヒヒが意識されている間は、ヒイラクへの変化は抑制されていたが、次第に「ひいらぐ」に変わった。鎌倉時代の語源解釈書『名語記《みょうごき》』に「身ノヒラク、如何、疼也」とある。かかる変化は樹名にも及び、室町時代の辞書『塵芥《じんかい》』は、「⿰木路」と「榕」にヒラキの訓を附しており、いくつかの節用集にも「榕《ヒラキ》」がある。西鶴『日本永代蔵』六の一には「柊《ヒラキ》」が四回見える。

先の掲句と、「柊さすはてしや外の浜びさし　蕪村」などの上五を、字余りに読むと間延びする。作者は「柊」をヒラギと読むことを求めているのではあるまいか。

柊挿すとつくに鬼の栖かな　鵜飼礼子

鬼やらひ

四日

節分や年越しに行われる行事であるが、音韻変化に伴って、中世以後「やらひ」に表音的な当て字表記が生まれ、すでに意味の理解しにくい語になってしまった。

鬼を「やらふ」は、鬼を自分の身の回りから遠くへ「やる」ことで、「やる」にいわゆる継続の接尾辞「ふ」がついた語である。「やる」の漢字表記は「遣」が最も普通で、武器の槍はそのような動きで敵に対する。工具の鉋《かんな》は引いて使うのが一般的だが、手元から遠ざかるように削る「遣りかんな」もあり、「鑓《やり》」の字も作られた。

「やらふ」の連用形名詞による「やらい」には、他人や動物の近づくことを防ぐ垣を編んで「矢来」の文字を当てた。「竹槍」という語の存在が作用したのだと思う。そして、京都の町屋の軒下などに見る「犬矢来」、獣害から作物を守る「猪矢来・鹿矢来」、さらに、時代劇で刑場を囲む「竹矢来」に広がった。これは素材による名づけである。多くの日本人には、もう当て字の意識はないだろう。

裸電球鬼やらふ影巨きくす　山根真矢

立春

五日

音なしに春こそ来たれ梅一つ　黒柳召波

漢語「立春」を訓読すると、「春を立つ」、口語では「春を立てる」、「立」は他動詞相当の語である。

万葉集の歌に春の始まりの表現を見ると、「春さり来」が断然多く、「来たる／になる／立つ」が四例ずつで、「春を立てる」相当の表現はない。事情は古今集でも同じで、「袖ひちて結びし水の凍れるを春立つけふの風や解くらむ　紀貫之」とある。これらの「立つ」は自動詞相当である。

「立春」という表現を支える古代中国の季節観を、新井[1]栄蔵は「四時的季節観」と捉え、他方の「春立つ」という表現を支える日本人の「四季観」と対比して論じた。古代中国人の考えでは、季節は天帝が支配して定めるものと考えられていたというのである。日本人はそうではなかった。「ついたち」が月立ちであったように、春が現われ、立つと観念されたのだろう。

魏志倭人伝には、倭国では暦を持たないとあった。

さざなみのごとく春来る雑木山　青柳志解樹

万燈のまたたき合ひて春立てり　沢木欣一

うすらひ

六日

うすらひやわづかに咲ける芹の花　榎本其角

連歌時代には冬の季語とされ、江戸時代の俳諧書でも、冬と春とに扱いが揺れる。ここでは、季語を仮名書きした句を冒頭に置いた。いま大半の歳時記は漢字表記「薄氷」の見出しで、「うすごほり」と「うすらひ」に両用させている。古語「ひ」へのわたしの語意識は明確で、これに「うすらい」と読み仮名をつけるのは好きになれない。

「ひ」と「こほり」の区別は、和名抄では既に明らかでない。奈良時代、動詞「こほる」は見えるが、名詞「こほり」はない。わたしは、古くは「ひ」を名詞として、「こほる」を動詞として用いていたと考えている。氷室《ひむろ》・氷《ひ》魚《を》・垂氷《たるひ》などの複合語によって明らかであろう。

漢字表記「薄氷」でも、五音句以外では「うすごおり」との誤読が避けられるが、「はくひょう」と読ませたい作者もいるので難しい。次の掲句はどう読むのだろうか。正確を期して「薄ら氷」とすると、語が二分された感じがして難しい問題である。

薄氷をたたき割りたる山の雨　大串　章

雪ゑくぼ　七日

安曇野や雪のえくぼは陽のえくぼ　千曲山人

《角川》の「雪」の傍題は卅五、《講談社》のそれは四十二の多きに上る。

雪片の形状、雪の降りかた・積もりよう、積もった雪の変形・融けよう等々。それらを見ると、雪国の人々の喜怒哀楽がさながら伝わってくる思いがする。だが、例句に見える雪の名前は十個に満たない。季語だけで例句がないのは寂しい。

拙著Ｉに書いたが、気象の報道に用いる「シャーベット状の雪」は不可解である。氷菓子のシャーベットが身近になったのは昭和期以後。それ以前、日本人はなんと言っていたのか。結論は、道路の舗装が普及する以前、融雪は土に交じって泥状になっていたのだ。方言探索での最大の成果は、長野県諏訪地方の「おろしのようになった」、山形県の「だいころし道」であった。

氷雪研究家によると、「雪えくぼ」は、雪が止んだあと、急に気温が零度近くに上昇し、強い陽ざしを受けた融解のせいで、雪上にできた無数の小さなくぼみだという。

初庚申　八日

初庚申慎み顔の媼連れ　廣瀬直人

六十日ごとにめぐってくる庚申《こうしん》の日のうち、年の最初の庚申に因む習俗である。道教に発する庚申の物忌の慣習が、古来の日待ち・月待ちの習俗と習合し、独特の庚申の行事になったという。これに関わる言語習慣がある。

庚申の夜、参加者は眠らずに過ごさねばならない。当然、男女の交合は成り立ちにくく、女性が懐妊することはない。かくて、この夜に胤《たね》を得て生まれた人は罰を得る。

新生児の受精日を判定することは難しい。それで、受精日ならぬ誕生日にずらして考えられ、庚申の日の誕生が忌まれた。大泥棒の石川五右衛門がその日の生まれとされ、庚申生まれの人が金に執着することがないようにと、名前に「金」の字を用いて金銭欲を封ずるのだという。

濃尾地方にはその伝統が強かった。名古屋時代のわたしの同僚に、「鋭二」と書いてエツジと読む人がいた。悦の字の立心偏を金偏で封じたのである。これは誤読されるだけだが、「甲」「八」「心」にそれぞれ金偏を加えて造字したのは、それが著名人のばあいは印刷屋泣かせであった。

わかさぎ　九日

公魚は竿に手応へ無く釣るる　古谷彰宏

最盛期の春には網で獲るが、冬には氷上での釣りもある。掲句は氷上の穴釣りであろう。ワカサギは標準和名で、地域によっては、アマサギ、チカなどの異名も行われる。秋田育ちのわたしには、八郎潟のチカが懐かしい。

《榎本》に、ワカは「わく」と同義で発生する意、サギは多いの義、合わさって、群れてたくさんいる魚のことだとある。《角川》も同一筆者の解説を載せる。

ワカ・ワクの同義説はありえるかもしれない。古代語には、築《つ》く―塚、綯《な》ふ―縄、治《を》す―長《をさ》のように、対応する〔動詞―名詞〕の組が幾つかある。が、「さぎ」に多数の義があるとは初耳である。どのみち、無用の語源詮索である。

漢字表記のうち、「公魚」は、霞ケ浦産のそれを徳川十一代将軍家斉に献上したことによるという。のち、合字「鰙」が使用された。字書によると、これは中国では別の魚類を指す文字である。いわゆる国字とされているものには、このたぐいのこともある。留意すべきである。

公魚のみたびは跳ねず凍てにけり　原　麻子

しづり雪　十日

しづり雪誘ひさそはれ淵に落つ　阿波野青畝

歳時記では三冬の季語としているが、やはり晩冬に最も多くみられる現象ではなかろうか。

歳時記を熟読するまで、この語を知らなかったが、意味は類推できた。万葉集の「あしひきの山鳥の尾の四垂尾の」など、いくつか用例がある「しだる」と語音構造が似ていたからである。語義は垂れさがることであって、「滴り落ちる」らしい「しづる」からは少し離れている。

それでは「しづる」はどんな語なのだろうか。各種の辞典・索引をめくってみても、用例はごく少ない。院政期の源俊頼・藤原為忠とその周辺の歌人の作に見るのが大半で、その後の用例も少ない。

謎の多い語であるが、興味ぶかいことがある。東北地方から島根県あたりまでの主に日本海側の方言に、「しずる」「しずれ」が見られることである。滴り落ちる、ずり落ちることを一語で表現する貴重な語だと思う。

次の句は金沢の金箔職人の工房の様子であろうか。

垂り雪息をつめては箔うつす　浦野美智子

魞簀編む　十一日

魞挿して浪をなだむる奥琵琶湖　福永耕二

冬の晴れた日、静かな湖面に魞簀《えりす》の描く図は美しい。

水中に竹簀を張り巡らして魚を獲る魞簀漁は、主に二三月に営まれるので、「魞簀編む」は冬の季語とされた。琵琶湖が京都に近いせいか平安和歌にも詠まれたが、江戸時代の俳諧書はわりにそっけなかった。

「魞」は十六世紀以来の安定した表記で、日本製の漢字すなわち国字とされている。魚偏の国字作成の原理は、旁が意味か読みを担う、「鱈《たら》」は意味、「鰯《いわし》」は読みというように。さて、「魞」はいずれか。

わたしは、濃尾地域の地名に残っている、小さな水門を意味する国字「圦《いり》」から推してイリと読みたかった。それには、イとエの発音が紛れやすい関東以北の方言が望ましいが、この国字がどこで作られたかは分からない。次善の解釈として、大字源などのように、「魚を入れる」の意味による成立と考えるべきだろう。新井白石は『同文通考』で、「魞」を魚名エソの国字としているが。

魞簀編眩き沖を手にかばふ　米沢吾亦紅

なまこ　十二日

尾頭のこころもとなき海鼠かな　向井去来

思ふこと言はぬさまなる生海鼠哉　与謝蕪村

二月十一日朝七時のラジオ、名古屋からのニュースで、石川県穴水町でクチコづくりが始まったことを報じた。ナマコの卵巣と精巣を紐状につるして干すのだという。産卵期に発達した卵巣は口先にあるので、クチコなのだという。この語は、国語の辞書にも歳時記にも見えない。

右の掲句の「海鼠」も「生海鼠」もナマコと読む。漢字と日本語の対応の生みだした興味ぶかい景観である。ニュースのクチコを漢字で書いたら、「口海鼠」であろう。

古代日本語には、キ・ケ・コなど十三の拍は母音が違ったらしく、万葉仮名の書き分けがあり、〔上代特殊仮名遣〕と呼ばれる。ナマコのコはコ甲類、木立のコはコ乙類と呼んで区別している。のちには語形が長くなって理解を助けるように発達した。籠《こ》はカゴに、蚕《こ》は「飼ふ蚕→蚕《かいこ》」に。

海鼠《こ》だけは、古事記以来、一拍の和語が漢字二字を担う宿命を負った。そこで、ナマコ・イリコ・ホシコ・クチコ・コノワタ・コノコなどと呼び分けることになった。

燻りがっこ　十三日

不惜身命いぶりがっこの髭根かな　横山千夏

二月十一日、中京放送の「秘密のケンミンショー」、中心の話題は、県民熱愛の漬物であった。秋田県は「いぶりがっこ」で、湯沢市にある大仕掛けの製作現場が映った。その様子はわたしも初めて見るものであった。

宮坂Ｉには、冬の地《ち》貌《ぼう》季《き》語《ご》の一つとして、右の掲句をあげている。我が連句仲間の某女は、美術館めぐりで頻繁に上京する。そのつど、秋田県の物産品販売所で「いぶりがっこ」を求めて来る。もはや地貌季語とは言えないほど広く知られた食品なので、ここに採った。

「がっこ」は、「香の物」の女房詞「香香《かうかう》」に由来する。「香」の漢字音が、開長音カウと合長音コウの区別がなくなる前、遅くとも江戸時代以前に生まれたのだろう。語頭音のカが濁音ガに変わるのはここの方言にはよく起こった。下のコはカの転音であろうが、この地方特有の指小辞、「どじょっこ、ふなっこ」のコも関与しているのだろう。

歳時記は「炭」の傍題に「燻り炭」を載せるが、それは煙を出す不良木炭である。

しじみ　十四日

水替へてひと日蜆を飼ふごとし　大石悦子

廿代の終わりに京都に住んで当惑した言葉に「つづめる」がある。漢字は「縮」が当てられるが、この字の訓は「ちぢむ」であり、ジとズの発音が紛れやすい秋田育ちの自分は今も使えない。『かげろう日記』以来の語だというが。

蜆の語源を詮索して、「殻が縮む」「煮ると身が縮む」などを挙げる人がある。煮れば身が縮むのは当然であるが、話の半分は注意しておく必要がある。

古事記の清寧天皇段、忍歯王《おしはのみこ》が雄略天皇に殺され、二人の王子が播磨国の住民志自牟《しじむ》のもとに身を隠したという。その地は播磨国風土記に「志深《しじみ》里」とあり、日本書紀には「縮見」とある。「しじみ」は「ちぢみ」らしい。

「しじみ」貝は万葉集からあるが、「ちぢみ」は見えない。名義抄の「縮」の訓はシジマルで、チヂムが見られるのは鎌倉時代以後である。この両語の関係や常用漢字の訓の決定について言及した辞書にはまだ接していない。

次の掲句の十三《とさ》は津軽半島の潟湖《せきこ》の名である。

風と来て声よき十三の蜆売　成田千空

つばき　十五日

落ちざまに虻を伏せたる椿かな　夏目漱石

柳田國男が「椿は春の木」で、北日本には信仰的な意図をもって運ばれたと述べた木である。民俗学ならぬ日本語学の立場からも書くべきことが多い。

植物名「椿」の正しい表記は「山茶」か「海石榴」なのだという。「椿」は、天武天皇十一年に編まれたが佚書《いっしょ》である字典『新字《にいな》』によるかとする説もある。もし、その時点で造られたとすると国字ということになるが、漢日で用途が異なる字も国字とするか否かは議論が分かれる。なお、万葉集には「椿」「海石榴」双方の表記がある。

ツバキの学名 Camellia japonica L は、カトリックの宣教師 Camellus がもたらした情報によって植物学者リンネが命名したのだ、と春山行夫『花の文化史第二』にある。

徳島県の観音寺遺跡から出土した七世紀の木簡に「津波木」と書かれたものがある。ツバキのキを「木」と意識したのかもしれない。それなら、ツバは何なのだろう。

椿みな落ち真中に椿の木　今瀬剛一

もづく　十六日

海雲売る護岸の裏の怒濤かな　島端謙吉

その名について《角川》は、「藻に付く、藻のくずというところから出た名である。」と断定しているのは粗雑な論である。モヅクとモクズでは、まずクの位置が違うし、ヅとズは発音が違う。その違いを無視して語の由来を解くのは余りにも乱暴である。ヅとズの発音が、現代日本語の一般的な発音では同じことを根拠にしたのだろうか。

モヅクは奈良時代から食せられてきた。海のない奈良の都へ運ばれ、正倉院文書には天平時代の記録として「母豆久・毛都久」がある。平安時代、延喜式にも若狭からの貢物の「毛都久」が見える。いずれも万葉仮名であるのは、表記法が固まらなかったのだろうが、和名抄には「水雲」の表記が登場する。文明本節用集以後は「海雲」が主流になる。これは、「水雲」をさらに進めた感じである。

他の海藻などに付着寄生して成長する性質から考えて、「藻に付く」によるという考えは古代の語の成立の原理に適合するものである。

波立てば逆立ちもする海雲かな　岡田耿陽

梅咲く　十七日

梅咲きぬどれがむめやらうめぢややら　与謝蕪村

掲句は、「あらむつかしの仮名遣やな云々」の詞書をもつ。かつて「梅」を仮名書きするときの書き方が時代によって異なり、蕪村の時代は、「むめ・うめ・んめ」と多様であった事実を踏まえている。

中国渡来の「梅」を指す語は、中国語音の mai がウメの形で日本語に入ったかと思う。万葉集では「宇米《うめ》」などと書かれたが、平安時代には「むめ」が一般的である。それは、他の借用語「馬」、和語の「埋もる」「生まれ」などにも見られる。

「海」「生む」は「うみ」「うむ」であったことから、ウに続くマ行音の母音の広狭が関与しているようである。これが語頭の実際の発音、例えば[mme]の反映なのか、表記習慣なのか、議論が分かれている。発音によるとする意見が多いが、すっきり解けたとは言えない。

梅の学名 Prunus mume Sieb. et Zucc. にムメが残るのは、シーボルトが江戸時代の表記習慣を伝えたのだろう。

月光に触れて光らぬ梅ぞなき　福田蓼汀

日向ぼっこ　十八日

日に酔ひて死にたる如し日向ぼこ　高浜虚子

《角川》は「日向ぼこり」を見出しにするが、例句卅八のうちにそれは一つだけ、卅六は「日向ぼこ」である。現代人のための歳時記に「日向ぼこり」は傍題でいい。

この語は古く今昔物語集に見える「日ナタ誇」が原型かと思うが、擬態語「ほっこり」由来説も無視しがたい。中世には「日向ぼこう」「日向ぶくり」なども見え、これは全国の方言にも残る。

室町時代の羅葡日辞典《らほにちじてん》には Finatabocco(ヒナタボッカウ)があって、「ほっこり」も霞んでしまう。この根拠の一つは、『片言《かたこと》』の「ひなたぼかうとは、日南北向と書侍ると云り」などにあるのだろう。当時の知識層の解釈らしい。

わたしは「日なた誇り」原型説に拠る。動詞「ほこる」は、得意になる・増長する意から、事がどんどん進行する意へと広がって用いられた。自分の子供時分、ふざけて騒いでいると「ほこるな」と叱られた。日光をほしいままに享受するから「日向ほこり」なのではないか。

日向ぼこしてゐて父母が近かりき　大橋敦子

雪解　十九日

雪解や妹が炬燵に足袋片し　与謝蕪村
白雲や雪解の沢へうつる空　炭　太祇

読者は右の掲句の「雪解」をどう読むだろうか。拍数によって、蕪村句はユキドケと読めるが、太祇句もそう読むと字余りになる。世上には「ゆきどけ」「ゆきげ」二つの振り仮名で逃げている歳時記が多い。だが、「雪解《ゆきげ》」は湯《ゆ》桶《とう》読み、詩歌の用語ではない。

万葉集巻十に「君がため山田の沢にゑぐ摘むと雪消の沢に裳の裾濡れぬ」という歌がある。原文「雪消」はユキゲと読む。奈良時代、消える意の動詞は「消ゆ」のほかに、「け、け、…」と活用する古い形もあった。名詞に転じたのが「消《け》」であり、「雪消」は「ゆきげ」であった。

厳密には「雪消」と「雪解け」は違うのだから、せめて詩歌では書き分けたい。齋藤茂吉の短歌に「来て見れば雪げの川べ白がねの柳ふふめり蕗の薹も咲けり」がある。近代の俳句には「どけ」か「げ」か判断できない作が多すぎる。

北国の売家見する雪消かな　水間沾徳

鶯　廿日

うぐひすの次の声待つ吉祥天　加藤知世子

わたしたちは鶯の鳴き声をホーホケキョと聞きなしている。江戸時代初期の俳諧書『毛《け》吹草《ふきぐさ》』に「法華経ぞ鶯はよき声で候《そろ》」とあって、そのころ既にあったことが分かる。出雲国風土記の島根郡法吉《ほほき》郷は、ウムガヒメが法吉鳥になって飛来して棲んだゆえの名だとある。法吉鳥は鶯で、これが奈良時代の聴きなしだったろうとされる。古今集の俳諧歌に「梅の花見にこそ来つれ鶯のひとくひとくと厭《いと》ひしもをる」があり、第四句は「人来人来と」と解釈される。

現在、フ以外のハ行音を音声表記するとき、大体hで済ませるが、室町時代ころまでは、他の拍もフと同じf音であったと考えられ、さらに古くはp音だったというのが通説で、擬声語にはそれが残っていた。すると、先の「人来」はpitokuとなる。子音を採ると〔p-t-k〕である。

狂言「鶯」に、「あれは世間に重宝する三光とやらいふ鳥」というせりふがある。三光は月日星。「月日」を同様に書くとtukipiとなる。わたしたちは鳥のさえずりをピーチクと捉える。これは〔p-t-k〕構造だと亀井孝[2]は言う。

アワ雪

廿一日

一昨日は「雪解」の読みかたを考えたが、きょうは当てる漢字を問う形で見出しを掲げた。特に意識しない人は「淡雪」と書くに違いないが、時代によって違うはずである。

アワ雪は万葉集に十五例あり、巻八に「十二月には沫雪降ると知らねかも梅の花咲く含《ふふ》めらずして」のように、天平官人の遊宴の歌に多い。沫のように消えやすい雪の意である。なお、古事記上巻に、ヤチホコノ神を誘う女が自分の体、「栲綱《たくづの》の 白き腕《ただむき》 アワユキの 若やる胸を」抱いて寝よと詠みかける歌がある。

平安時代中期、日本語音韻に、「ハ行音の転呼」と言われる大きな変化が起こり、語中語末のハ行音がワ行音に転じた。「思ふ」はオモウに、「川《カハ》」はカワに。同様に、「淡《あは》」もアワになって沫《あわ》との違いがなくなったのである。

江戸時代の俳諧書は、沫と淡の違いを説いて、「淡雪」と書くことをいさめることがあったが、近代のものにそれがないのは不親切である。

あはゆきのつもるつもりや砂の上　　久保田万太郎

慈姑掘る

廿二日

慈姑煮て寒き暇《なはて》を思ひけり　　百合山羽公

滅多に見ない漢字列「慈姑」を訓読みするのは難しい。しかも、それを旧仮名で書けと言われたら、やはり当惑するだろう。稲垣Ⅲには、「食べられるイグサ（食藺）」に由来するとある。「食ふ藺草」なら「くはゐ」だろうが、「慈姑」は「くわゐ」である。

『日本を知る事典』には、正月と桃の節供にしか顔を見せない「完全な斜陽食物」とある。漢語「慈姑」は慈悲深いしゅうとめのことである。後漢末の『釈名』によると、一本の根から十二の子芋が穫れるので、多くの子らに乳をやる乳母に似ているゆえだという。子だくさんの含意で、数の子同様に正月料理の食材になったのである。

それで思い出した、和名抄の「磁石」の項の見出しが「慈石」であることを。その注文は「本草に云ふ」として、「慈石吸針云々」とある。その様子は慈姑によく似ている。

慈姑は冬に掘り始めて春に及ぶこともある。次の掲句はそう解すべきであろう。「群衆」はクンジュと読みたい。

花に行く群衆の道やくわゐ堀り　　三宅嘯山

つのぐむ　廿三日

蘆芽ぐむ逆さ筑波の遊水池　神原栄二

葦や荻など、何物かが「つのぐむ」のであって、「つのぐむ」だけの季語はない。「芽ぐむ」も同じである。それを承知の上であえて見出しを立てた。

葦や荻の新芽は、まさに角の表現がふさわしい。日本の誕生を語る神話、例えば古事記では「葦牙《あしかび》の如く萌え騰《あが》る云々」と牙に喩えられた。

ここで「ぐむ」を考える。《山本》に「角組む葦」の文言があり、各歳時記にも「角組む」がある。これは、江戸時代の俳書にも時に見られる。一方、辞書は「ぐむ」を接尾辞とするのが一般で、「組む」の文字をあてたものはない。『逆引き広辞苑』で「ぐむ」の上接語を見ると、「汗・うわ・老い・角・涙・芽」である。

動詞を形成する他の二拍の接尾辞、「がる・ばむ・だつ」にも同じことが言える。「つく」だけが例外のように見えるが、「ふらつく」と「怖気づく」のように、上接語が片や擬態語、片や名詞で、語性が異なるのである。

一面に角ぐみいづれ荻ならん　河野美奇

さへづり　廿四日

囀りや大樹の昏きところより　桂　信子

鶯に続いてほかの鳥の声も聞かれはじめた。囀りを詠む句は、叙景句・心境句とも佳吟が多くて選択に迷う。

周知のことだが、この語は奈良時代には見えない。万葉集には、「唐臼《からうす》」にかかる冠辞（枕詞）「さひづるや」が一例、「漢女《あやめ》」にかかる「さひづらふ」が一例あるだけであり、唐と漢という外国を導く語である。

名詞「さひづり」が平安時代初期の『新訳華厳経音義私記』に見え、「辺呪語」に対する注「古経云、鬼神辺地語佐比豆利《さひづり》」がある。外国語の難解さから「さひづる」と言うのではないか、と推測されている。当たらずといえども遠からずであろう。断定はできないが、平安時代の「さへづる」は「さひづる」の後身らしい。どんな価値観の変化があったのだろう。

なお、万葉集巻廿の大伴家持歌の題詞に「聞鶯哢」とある「哢」の訓に、「なく」「さへづる」の二説がある。「なく」を採るのは、「さへづる」を歌語とする立場である。

さへづりのまん中にゐて動かれず　山口みちこ

母子草

廿五日

老いて尚なつかしき名の母子草　高浜虚子

春の七草のひとつ、ゴギョウ・オギョウの別名である。方言には、アワゴメ・マワタソウ・コウジバナからモチグサまであり、特徴や用途を的確に捉えた呼び名である。

《角川》はホウコグサが正しいとし、稲垣Ⅲも、全草に生える白軟毛がほうけだつことによる転化としている。転化の時期をいつとは書いてないが、誤解であろう。

平安時代、文徳実録の嘉祥三年五月に「田野に草有り、俗に母子草と名づく」、また「三月三日、婦女之を採る」とあり、本草和名も「馬先蒿」にハハコクサの和名を与えている。

これがホウコグサに転ずるのは室町時代である。平安時代の大音韻変化、「ハ行音の転呼」現象は母子草にも及び、「ハハ」の下のハがワに転じて「ハワ」になった。文明本節用集などにハワコグサとある。そのワがウに転じてハウコが生まれ、ハウが長音化してホウコになった。近代、それがハハコに回帰したのである。

母子草やさしき名なり莟もち　山口青邨

雪消え

廿六日

昨年の三月五日、「ラジオ朝一番」という番組の終わりぎわ、秋田県横手市のサクラコさんの便りが紹介された。バッキャ（蕗《ふき》の薹《とう》）で蕗味噌を作ったら（作ろうしたら?）、九十歳の母から、「雪ぎえが遅いので、バッキャが硬い」と注意されたというのである。

「雪消え」、初耳であった。二月十九日条に書いた「雪解け・雪消」との関係はどうなのだろう。

まず、《日国大》を見ると、なんと載っているではないか。類従本の『斎宮女御《さいくうにょうご》集』の歌「ふりかえむ人はとふべき雪きえのとくる便りも滞りけり」、源氏物語椎本から「聖の坊より、ゆききえに摘みて侍るなりとて、沢の芹蕨などたてまつりたるなり」、そして秦恒平の小説からも引かれている。源氏物語にはこの一例しかないようだ。

多くの古語辞典に立項せず、手もとの歳時記にも、方言辞典にも見当たらないが、大正末年生まれの横手市の婦人の使用語彙であったことは確かだろう。歌語としての命が絶えた「雪消《ゆきげ》」が、雪ぶかい東北地方で少し姿を変えて生きていたのだ。例句を掲げられなくて残念である。

春泥　廿七日

軍亡び春泥の道残りたり　榎本冬一郎

《角川》に考証はない。解説の要を認めない自明の、新しい季語であることを意味する。近代以前の用例は、漢詩文や硬い文語文に限られるようだ。

《講談社》の解説、「雨が降れば土のあるところ一年中そうなるのであるが、春を迎えた喜びと土のぬくもりへの愛着が他の季節と感情を異にするため、春の季語として定着した。」がいい。

「泥《でい》」の訓「どろ」は、語頭が濁音で、本来は俗語。平安朝の仮名文学には見いだしにくく、鎌倉時代以前の用例は疑わしい。和名抄の「泥」には、比知利古・古比知の訓がある。《片桐》は、「こひぢ」ではなく「こひち」であろうと言うが、万葉集巻十五に「知里比治能《ちりひぢの》　数にもあらぬ我ゆゑに」とあって、第二拍の「ヂ」は動かない。コヒヂ・ヒヂリコは確かであろう。

春泥にとられし靴を草で拭く　稲畑汀子

春泥をぬぐいてからの銀座線　中田のぶ子

水かけ菜　廿八日

昨年五月五日、《里山》で初めて見たときはおのが目を疑った。富士山麓の御殿場市などで、冬の水田に高い畝が作られ、そこに青い菜が育っていた。周辺は雪に覆われているのに、畝の間には豊かな水が流れていたのである。

《角川》だけが「水灌菜」の見出しで掲げる。アブラナ科の漬菜の栽培で、寒明け卅日後まで行われる。冬の寒さから田を守り、水が凍らないようにと、富士山の湧水を一日中掛け流すことが名の由来だという。

我が関心は二つ。その一、《角川》《日国大》の見出しの「水灌菜」の表記から、青菜の上に水をかけると誤解したのである。が、畝の間を水路にして水を流すのであった。

その二、大蔵流の婿狂言に「水掛婿」がある。婿と舅が隣り合う田を作っていて、日照りの夏に自分の田へ水を引こうと争う話である。他の流では「水引婿」「水論婿」の題でも演ぜられる。水を一方から他方へ「引く」ことは、高所から他所へ水を「架ける」ことでもある。

「かける」は、日本語の代表的な多義動詞である。

水灌菜青鮮やかに浸し物　阿部筲人

蜷

廿九日

蜷の道皆ひらかなにして読めず　平島一男

三歳時記とも、「にな」と仮名を振り、傍題は筆頭に「みな」を、しんがりに「蜷の道」を置く。《榎本》に「蜷の道は俳人好みの季語」とあるように、蜷は食用としてはさほど重要ではないので、目につきやすい蜷の生態が詠まれたようで、例句の大半が「蜷の道」である。

傍題の筆頭がミナとされるのは、ニナの古名がミナだと考えられているからである。万葉集の用例、古代地名の表記「南淵《ミナフチ》・蜷淵《ミナフチ》」などがそれを語る。平安時代の新撰字鏡・和名抄の「蜷」にはニナの訓もあって、そのころ既にニナと読まれていたことが分かる。

ニとミはともに鼻音で、しかも同じ母音を伴っている。n音とm音との交替は、日本語ではよく生じた現象であるし、また生じうることでもある。よく知られたものに、ムカゴ／ヌカゴ、ミラ／ニラがある。古代朝鮮の一国名「任《みま》那《な》」もそう考えると辻褄が合う。地名起源説話の「浪速《なみはや》」と「難波《なには》」も、m／nの交替を考えずしては説明できない。

蜷のみちむかし男の恋路めき　水谷文子

メモ3

【上代特殊仮名遣】

奈良時代の日本語は、キ・ケ・コ・ソ・ト・ノ・ヒ・ヘ・ミ・メ・モ・ヨ・ロとその濁音には、母音の異なる二つの音が区別されていたという説。実例を挙げると、恋・男・子などのコは、古・故・孤などの万葉仮名で書かれ（コ甲類と呼ぶ）、此レ・ココロ・コロモなどのコは許・挙・巨などの万葉仮名で書かれ（コ乙類と呼ぶ）た。仮名の違いは発音の違いの反映であとする説である。これによって解明しえた古代日本語の事例は数知れない。

【ハ行音の転呼】

川・顔は、旧仮名遣では「かは・かほ」と書かれる。これらハ行の文字で書かれる音が、語頭以外の位置にあると、今はワ行の音で発音される。この変化は平安時代に進行した。助詞「は・へ」は一拍語だが、常に他の語に付属して用いられるので、語末と同じことになる。この変化はかなり規則的に起こり、大槻文彦によって、「ハ行転呼現象」とよばれた。複合語で元の語が意識されるとき、例えばアサヒは〔朝・日〕なので、アサヒのままであるが、その意識が薄い場合は転ずることがあり、平家物語で朝夷が朝比奈とも書かれてアサイナと読まれたりした。現代でも、「吉原」はハラ・ワラの両形が行われる。

三月

やよひ

一日

弥生くる田のまん中に杭打たれ　有光令子

奥義抄の説明を見ると、「三月　やよひ　風雨あらたまりて草木いよ〳〵おふる故にいやおひ月といふをあやまれり」とある。「あやまれり」の文言は不要だが、この説明には共感できる。多くの研究者も賛同するだろう。

「いや」を岩波古語辞典で引くと、彌・最の漢字を与えて副詞とし、原義を「イヨ（愈）の母音交替形。物ごとの状態が無限であるさま。転じて、物ごとの状態が甚だしく、激しくつのる」としている。他の辞書もほぼ同じである。

このイヤで始まる語を探すと、歌語であるが、「イヤ増しに・イヤ高に・イヤ遠ざかる」などが見つかる。そのイヤが「生ヒ」に上接したのがイヤオヒ（iyaofi）である。語頭のiが、音の近似する次のyに吸収され、さらにaとoの母音連続を避けるためにyが挿入されてyoになり、そこにyayofiが生まれたと推定することができる。

以上が、ヤヨヒ成立過程の素描である。「ヤヨヒ」の「草木いよ〳〵生ふる」説の正当性が主張できることになる。

手に軽き弥生のワイングラスかな　戸板康二

はだれ

二日

はだれ野の遠き一灯越に入る　西嶋あさ子

《角川》などに、「はだれ」と「まだら」を同義とするのは、万葉語の誤解によるとする私見を述べる。

万葉歌の「ハダレ」五例の内の三例が、巻八の「沫雪か薄太礼《はだれ》に降ると」のように、ハを万葉仮名「薄」で書いている。雪の積もり方を含意したものだろう。

名詞ハダレのほかに副詞ハダラがあり、巻十に「庭も薄《は》太良《だら》にみ雪降りたり」のように詠まれ、ここにも「薄」の仮名がある。その第四句の異伝は「庭もほどろに」となっている。古代日本語、特に擬声語・擬態語由来の語には、サヤグ／ソヨグ、タワワ／トヲヲ、ワナナク／ヲノノクのように母音の交替することが多い。ハダラ／ホドロは擬態語である。これらは語頭音が命なので、ハ・ホをマに替えてはその役は果たせない。マダラは雪の溶け方の表現であって、降り方をいうハダラ・ホドロとは視点が異なると思う。

平安朝の歌論書の「ハダラはマダラ也」という説を妄信したのは、主に近代の歌人と俳人であった。

蝶

三日

方丈の大庇より春の蝶　高野素十

「てふてふが一匹韃靼海峡を渡つて行つた。」、安西冬衛の詩「春」である。この作ほど簡潔な詩はない。素十の句も春の喜びの表現として完璧な作だと思う。

蝶は和語ではないという。なるほど奈良時代、漢詩にはあるが、万葉歌には見えない。古今集では、物名歌《もののなうた》に「くたに」の題で「散りぬれば後はあくたになる花を思ひ知らずも惑ふてふかな」がある。題の「くたに」が漢語なので、結句の「てふ」は「といふ」の約音か蝶かで議論がある。

では、蝶をなんと言ったか。新撰字鏡は「蝶」に「カハヒラコ」の訓を附しているが、和名抄の「蝶」には訓がない。柳田國男は『西は何方』で、蝶に和名のないはずがないので、蛾の固有語ヒ、ルと同じだったろうと言う。

《五十嵐》は外国語の例をあげて、パピヨン（仏）、ファルファラ（伊）の祖形はパルパル、インドネシア語クプクプ、タガログ語パロパロ、これらはいずれも畳語だという。和語もヒラヒラコだったか。羽根の動きである。

子抱への教師に蝶の身軽さよ　楠　節子

すみれ

四日

一夜寝てなほもゆかしき菫かな　三浦樗良

その名は、大工などが直線を引くのに使う、靴のような形の墨壺すなわち墨入れに由来するという通説以外、わたしには考えられないが、それを拒む学者もある。

異称の代表は「一夜草《ひとよぐさ》」。万葉集の赤人の歌「春の野に菫摘みにと来し我ぞ野をなつかしみ一夜寝にける」による。連歌書『連珠合璧集《れんじゅがっぺきしゅう》』の「菫」の付合《つけあい》に「紫・摘む・一夜・野をなつかしみ」などがあり、右の掲句にも響いている。

万葉集に菫を詠んだ歌は全部で四首。古今集は仮名序にこの歌で赤人を称揚しているのに、菫を詠んだ歌は採っていない。後撰集・拾遺集とも一例だけである。勅撰集の権威が拒んだのだという人もある。枕冊子の「草の名は」に挙げる九つの草で、「壺菫」はしんがりである。

その姿から、「山路きてなにやらゆかしすみれ草　芭蕉」「菫ほどな小さき人に生れたし　漱石」などと詠まれた。韓国の李御寧《イオリョン》なら、縮み志向と評するだろうか。明治卅年代、星菫派《せいきんは》と呼ばれる文学思潮があった。

すみれの花咲く頃の叔母杖に凭る　川崎展宏

いぬふぐり

五日

犬ふぐり海辺で見れば海の色　細見綾子

きょう三月五日は廿四節気の啓蟄である。

明治期の渡来種「オオイヌノフグリ」がはびこって、在来種「イヌノフグリ」は影が薄いという。

この花の名をイヌフグリと覚えたわたしは、それ以外の呼称には思い至らなかった。のちに俳句を知り、日本語学を修めて、イヌが、似て非なるもの、偽物、軽蔑の意を添える接頭辞であること、「の」の有無の意味を学んだ。

イヌノをイヌと切り詰めて詠むのは、十七音という音数律の制約を負う俳句の宿命である。俳句に携わる人がそのことを理解しておれば支障はないが、ほかの人たちがそれに接してどう反応するかである。

鶴田知也『画文草木帖《がぶんそうもくちょう》』によると、オオイヌノフグリの学名「ベロニカ」は、ゴルゴダの丘へ向かうイエスの額の汗をぬぐった聖者の名に由来するという。稲垣Ｉは、英語名がキャッツ・アイ（猫の瞳）で、日本語にも「星のひとみ」と称する地域があるという。所変われば名が変わる。

星座なし星雲をなし犬ふぐり　三村純也

なばな

六日

廿三年前、国文系の人たちの席で、八百屋に出ている「菜花」が話題になり、変な言葉だという意見もあった。

三歳時記の「花菜漬」の項に傍題「菜の花漬」があるが、例句合計廿七のうち、「菜の花漬」は森川暁水の「御仏飯菜の花漬にいただきぬ」だけで、他は四拍の「花菜漬」による作であった。本項の題の「菜花」はない。

菜の花は、本来種油を採るために栽培されたが、今、主用途は食材で、若い葉を食するため、開花前に切っているのである。それを「花菜」と言うのは、日本の植物名の呼び方に合わない。「花・何」は、花桃・花石榴・花柑子など、実ならぬ花を主目的とする種類についての称である。

「菜」の類例で、「野の何」からの一語化を考えると、「野の末」はノズエ、「野の田」はノダ、「野の火」はノビとなる。「菜の花」がナバナになるのは自然なのだろう。

「菜花」が辞書に載るのは、岩波国語辞典第七版（平成廿一年）が最初であろうか。平成十年、三重県長島町に大規模な遊戯施設のある植物園「なばなの里」が開設された。わたしはまだ「菜花」の句に遭っていない。

しらうを　七日

白魚やさながら動く水の色　小西来山

三月第一日曜日のきょう、萩市では「萩・しろ魚まつり」が催される。シラウオならぬシロウオは、歳時記にほとんど載らない。国語辞典でも似た状況だが、春の季語と認める《日国大》は「素魚・白魚」の漢字をあてている。

両魚の混乱は室町時代に始まる。地域差とも考えられ、江戸時代、横井也有は『鶉衣《うずらごろも》』に「百魚譜」を書いて嘆いた。シロウオの漢字表記はさまざまであったが、「素人《しろうと》」の表記が一般化してから、素魚と白魚の書き分けが可能になったことは喜ばしい。「まるごと！やまぐち.net」には「3月素魚《シロウオ》」とある。「常用漢字表」の付表に「玄人・素人」を掲載したのだから、「素魚」も載せるべきであった。

歳時記のシラウオ条には、躍り食いするのはシロウオだ、と断わることが多い。《角川》の例句「白魚に舌を蹴られしをどりぐひ　石河義介」は、シロウオと読む根拠があったのだろうか。《講談社》の例句「白魚《しろうお》のあえかに咽《のんど》打ちにけり　矢島渚男」は、振り仮名して藝が細かい。

白魚や椀の中にも角田川　正岡子規

いたどり　八日

虎杖を浸す判官湯治の湯　三輪正子

芽茎を食用にするので春の季語、花は夏の季語、漢語「虎杖」は、茎にある赤紫の斑点が虎を思わせるという。

我が関心は、タヂヒ・サイタツマ、二つの異名にある。タヂヒは、反正天皇の誕生を語る日本書紀巻十二の記述から解ける。誕生の時、歯が一本の骨状に並んでおり、井戸の水で体を洗うとき、タヂヒの花が落ちていたので、多遅《たぢ》比瑞歯《ひのみづは》別《わけ》と言う、タヂヒは今のイタドリの花だ、と。古事記には花に関わる話がなく、太子の名は「蝮之水歯《たぢひのみづは》別《わけ》」とある。「蝮《たぢひ》」はマムシの古称、この植物の形態をよく捉えている。イタドリは、和名抄にも枕冊子にもあるので、平安時代中ごろには確かにあったのである。

問題はサイタツマ。諸書は第四拍を濁音のヅとしているが、厳密には清濁不明である。語中に母音拍「イ」があるので、何かの語が転じたのだろうが、元の語は分からない。歌中の用例もごく少数にすぎず、未詳とするほかない。

にはとりの血は虎杖に飛びしまま　中原道夫

木の芽

九日

大原や木の芽すり行く牛の頬　　黒柳召波

漢字表記ゆえに生ずる問題を考える。

《講談社》を例にとると、人事の部に見出し「木《き》の芽漬」と「木《き》の芽和」を立て、それぞれ傍題が三つある。植物の部には見出し「木《こ》の芽《め》」を立てて傍題七つを置く。

要するに、「木の芽」の木には、キとコ、二つの訓があって紛らわしいのである。扱いは論者によって異なるが、山椒の芽だけを「きのめ」と呼んで区別し、他は任意に、という人が多い。

事は古代和歌に始まる。「木」は複合語を作るコが活発で、「木陰・木立・木高シ」など例示に事かかない。助詞「の」を介する「木ノ葉・木ノ実・木ノ間」なども多い。かくて豊かな歌語群を形成した。

江戸時代、俳諧は詠み手の階層が広がり、生活臭が多く表われ、山椒を食材にした和え物「木《き》の芽～」が突出した。歌語「木《こ》の芽」が俳言「木《き》の芽」を生んだのである。

木の芽吹く姫街道の石畳　　寺島初巳

かほ鳥

十日

風流のためであろう、俳人は時に不思議な営み、意味の分からぬ季語を使う。「かほ鳥」がその一つである。

この語の発端は万葉集の歌にある。語形の確認できるのは四例だが、いずれも「間《ま》無く頻《しば》鳴く」と詠まれた、恋に絡む春の鳥である。鳥の名は鳴き声に由来するものが多いので、これもカッコウと考えるのは自然だが、カッコウは夏の鳥と観念されていた。推定説からは、キジ・フクロウ・オシドリ・ホオジロなど十種類ほどの名が拾える。

知らないものでも知っているように詠むのが俳人である。《角川》には「貌よき美しい春の鳥の総称と捉えるのが一般的である」、《講談社》には「わけのわからぬ鳥名であるが、言葉のひびき、字面におもしろみもあり、わからぬところが季語の一隅を占めるゆえんであろう」「うまく詠めばそれなりに趣ある句となり、遊びの意義をもつものであろう」とある。これは、七十二候に対する態度にも共通する、わたしの潔しとしないことである。

三歳時記の十一の例句に意味の汲み得たものはない。

かげろう　十一日

かげろふと字にかくやうにかげろへる　富安風生

見出しの仮名遣は旧仮名によるとした凡例に反する、と読者は思うに違いない。そこが本項の眼目である。金田一書の四月三日にも同題が見える。

蜻蛉日記は一般に「かげろふ」と仮名書きされるが、動詞の連用形が名詞に転ずる一般則によると、「かげろひ」となるはずである。金田一は「向かひ」「相撲《すまひ》」をあげた。わたしは、「雨もよひ→もよう」「番ひ→つごう」を加えよう。

「かげろう」は、太陽熱で地表温度が高まり、空気の密度のむらで光線が屈折し、物が揺れて見える現象である。万葉集の柿本人麻呂の歌「東野炎立所見而かへり見すれば月かたぶきぬ」の上三句には長く定訓がなかった。江戸時代半ばに賀茂真淵が出した「ひむがしの野にかぎろひの立つ見えて」の訓が広まった。カギロヒは曙光だという。

近時、岩波文庫版万葉集では、「ひむがしの野らにけぶりの立つ見えて」と改訓したところ、真淵の訓になじんだ読者からの抗議が出版社に寄せられたという。

かぎろひて縞馬の縞はみ出しぬ　瀬戸美代子

蛙子　十二日

裏溝やお玉杓子の水ぬるむ　正岡子規

各歳時記の見出しは、《小学館》《講談社》《山本》が「お玉杓子」、《角川》《合本》が「蝌蚪」である。

諸書の例句はほとんど「蝌蚪」である。《山本》は「俳人は蝌蚪《かと》とも音読している。あまり好ましいこととは思えないが、虚子が使い、俳人たちは滔々としてこれに従い、大勢如何とも抗しがたい。」と嘆き、「蛙子」の古句を挙げている。《角川》の江戸時代の例句には「蝌蚪」がない。

山本は諦めているが、漢籍から採った難語「蝌蚪」はほんとうに困る。わらべの言葉に発したらしい「お玉杓子」は、確かに稚拙で長すぎて俳諧には不向きである。だからと言って、ガチガチの漢語「蝌蚪」が季語として幅を利かせていいはずがない。古来の「蛙子」「数珠子《じゅずこ》」があるではないか。

《角川》の高野ムツ男の解説、「蝌蚪の読みは、もともとカエルゴ。カトの読みは俳人好みだが、今や作例はこれが圧倒的に多い。」も、明白な拒否の宣言である。

紐を出て紐に縋れる蛙の子　木場瑞子

十三日

すかんぽ

すかんぽや寺に集まる村の道　齋藤朗笛

イタドリの名の変化について今月八日条で考えたが、スカンポの異称もある。地域によっても異なるのである。三歳時記は一様に「スイバ」を見出しに、スカンポを傍題にするが、わたしはスカンポ以外を知らずに育った。

スカンポのポは、この草の茎を折ったときに出る音によるとする説が多く、それは当たっていると思う。では、スカンは何だろうか。《角川》には、すっぱい葉が転訛してスイバになったという説を紹介しているが、疑わしい。

方言研究者の指摘するように、東京ではスイ・スッパイの併用で、スイは文章語的、スッパイは俗語的なニュアンスがある。スイは主に中部地方から西に行われ、西国に優勢なスイイは、二拍語スイの不安定さを覆うために生まれた語形であろう。東北地方を中心にスカイ・スッカイが分布する。スカイはスイからの派生、関東中心のスッパイはスイとスッカイの衝突で生まれたのだろう。

「酸葉《すいば》」を見出しにする諸歳時記の例句もほとんどスカンポで詠んでいる。

十四日

海苔

誰問ひに海苔の中行く小舟かな　与謝蕪村

俳句をたしなむ日本人に漢字列「海苔」の読めない人はあるまい。日本人に身近なこの表記はいつ定着したのだろうか。国語の辞典を開くと、それは忽ち判明する。

常陸国風土記の信太郡の条に、古老の話として伝えている。倭武《やまとたける》天皇が巡幸して「乗浜」に来たとき、浜浦に「海苔」が干してあり、くにひとはそれを「乃理」というので、「ノリハマ」の村と名づけたという。新撰字鏡では「海糸菜」の文字列に「ノリ」の訓があり、字類抄では「苔」にノリというように、漢字表記は時代によって小異があった。室町時代ころからは「海苔」でほぼ安定している。方言にも特に変わった語形は報告されていない。

《榎本》には、承応年間に後水尾天皇の皇子が日光の輪王寺に門跡として入山したとき、試みに海苔を差し上げたら、ことのほか喜んだので、仏法の「法《のり》」に因んで命名された、とある。承応年間というと、十七世紀中ごろである。なぜこんな語源説になったのか、わたしには理解できない。

日をのせて浪たゆたへり海苔の海　高浜虚子

海苔掻き

十五日

海苔掻は他を見ず岩を見て去りぬ　渡辺水巴

海中の海苔を付着させる装置を、《合本》に「海苔粗朶といっている篊（ひび—海苔を付着させるため、海中の干潟に立てる枝付きの竹、粗朶の類）」、《角川》に「かつては海苔粗朶（海苔篊）を浅海に立て」、《講談社》に「海苔粗朶《そだ》を立て篊《ひび》とし」とある。三書によると、海苔篊と海苔粗朶は同義語らしい。その他の書も頼りない。

専門家の記述はどうか。「ものと人間の文化史」の『海苔』に、文政三年品川宿からの「取調書上候記録」、天保十四年十ヶ所の浦からの「書上」の抄訳がある。家康入府以来、日々の菜肴を献上するため魚を囲っていた活簀があり、楢や雑木の枝で作ってあったという。要約すると、日々献上するゆえ「日々網粗朶《ひびあみそだ》」と呼ばれたことになる。

『図説 海苔産業の現状と将来』（平成十三年）は、終始「ソダヒビ」の語を用いている。江戸城に生きた魚を届けるための活簀が「日々網」で、海苔についてもヒビと呼ばれたのだという。これにはソダの説明がない。

きらきらと海苔を掬へば日も掬ひ　上野　泰

海苔篊

十六日

「篊《ひび》」は西行の山家集に見える。古典大系本から引き、仮名遣と漢字を整え、長い詞書のまま掲げる。

讃岐の国へ罷りてみのつと申す津に着きて、月明くて、篊の手も通はぬ程に遠く見えわたりたりけるに、水鳥の篊の手に付きて飛び渡りけるを

敷き渡す月の氷を疑ひて篊の手まはる味鴨《あぢ》の群鳥《むらどり》

「篊」は、漁民が用いていた語を西行が歌に採ったのかも知れない。とまれ、平安時代には既にあったようだ。

室町時代の抄物『玉塵抄《ぎょくじんしょう》』巻四に、「江や浦にしばやささの葉をしかと立ててよこに水をせいて魚をとるをそれをひびと云ぞ」とある。杉浦明平『ノリソダ騒動記』（昭和廿八年）には、ソダ、ヒビともに十例ほどあるが、使い分けの根拠は不明である。

昨年四月廿九日の《里山》は、志摩《しま》のアオサノリの養殖を紹介した。その一場面で、字幕に「のりそだ（のりひび）」とあり、「地域によってはノリヒビとも言います」の語りが被さった。

海苔粗朶に潮引ききりし波の音　森田かずを

山笑ふ

十七日

山笑ふみづうみ笑ひ返しけり　大串　章

北宋の画家、郭熙《かくき》の画論に発するこの語は、日本の季語に溶け込んでいるが、わたしの関心は別の所にある。

郭熙は「春山澹冶《たんや》にして笑ふが如く、夏山蒼翠《さうすい》にして滴るが如く、秋山明浄にして粧ふが如く、冬山惨淡にして睡るが如し」と表現した。《角川》の載せる例句数は、春が卅四、夏と秋が各二、冬が卅九で、大きく偏っている。

「山滴る」は六拍に読むほかなくて、五七五音の俳句には不利であるが、それは些細なことである。《講談社》に、この句は「青葉の蒼翠滂沱たる様を称える」のだとして、この言い方はおかしい、とした。滴るのは樹々の緑だというのであろう。《角川》の「山眠る」の条に、夏の「山滴る」を季に用いないことが俳諧の約束だという、『改正月令博物筌《せん》』を引いているのも理にかなう。

「山滴る」と同じように、秋の「山粧ふ」の例句もごく少ない。その原因については、十月廿五日条で考える。

渾身に堆肥をまけば山笑ふ　横山瑞枝

土蔵より崩るる生家山笑ふ　大木さつき

たんぽぽ

十八日

たんぽぽに艇庫の扉みな開く　石田あき子

春を代表する野の花だが、本書の対象としては手ごわい。《山本》に言うように、古代中世の和歌に詠まれた形跡がなく、江戸時代後期の俳諧に登場するに過ぎず、異名「鼓草」の出現も、江戸時代初期の『毛吹草』である。

初出は本草和名の「蒲公草　和名不知奈　一名多奈」で、和名抄もそれを引くのみである。「不知奈」は一般にフヂナと読まれている。一名のタナは、食用になる田菜と解して大きな失考にはならないと思う。

ポポが擬音語くさいので、タンも同じく鼓を打つ音かと考えるのは自然である。その鼓は、草花の外形か、『野草雑記』などに柳田國男が推測した、茎を短く切って水に浮かべて遊んだ児童の見立てによるかは定かでない。

「不知奈」は、タンポポの方言として、飛騨から北信、群馬県、東北地方南部のクジナやグジナと繋がる。フとクの交替は、石川県方言で「不足」がクソク、「暗い」がフライ、「ふすぶる」がクスブルになるなどの例がある。

たんぽぽやザビエル像へ石畳　池田昭雄

茅花　十九日

大伽藍跡は茅花の銀の波　小路紫峡

各歳時記は一様に見出しの「茅花」に「つばな」と振り仮名し、傍題に「ちばな」を置く形で読みの混乱を避けている。それは結構だが、初心者は混乱しないだろうか。

万葉集に「茅花《つばな》抜く浅茅《あさぢ》の宿の壺すみれ」などとあるように、「茅」にはチ・ツ、二様の訓が可能で、右に見た見出しと傍題の違いに反映している。古代の日本語には、ある名詞が下の語と接して複合するとき、上の名詞の語末音の交替することがあり、〔被覆形〕と言われる。アマガサ（雨傘）、コダマ（木魂）、タヅナ（手綱）などに見られる。

この交替の傾向は次第に薄れた。茅（チ／ツ）もその例で、茅花をチバナと読むのはその表われである。江戸時代の『毛吹草』に「茅《ち》花」、『増山の井』に「茅《つ》花ぬく」とあるほか、『連珠合璧集』の「つばなとアラバちばなのことなり、春のものなり」のような記述が必要になった。

今に伝えられている句の「茅」が、チ・ツいずれで読むことを求めているのか、わたしは不安になることがある。

雲切れて土手の茅花が光りだす　丸山叡子

佐保姫　廿日

佐保姫の産衣を浸す谷の水　福田甲子雄

春分の日なので、春の神である佐保姫について考える。平城京の東にある佐保山は五行説によって春の女神とされた。佐保は固有名詞、その表記は「佐保」で一定している。しかるに、季語に振り仮名したものは「サオ」で、国語辞書でもそうである。サオでは女神の感じがしない。机辺の辞書で「さほ」と振り仮名するのは、《片桐》と古語大辞典だけである。

サホは第二拍にホがある。ハ行音の転呼で、ホはヲに、さらにオに転ずるはずだったが、原則にはずれた。驚くにはあたらない。この類はいろいろある。美保ヶ関・由布院・気比の松原・伊香保温泉・島根県の周布《すふ》・秋田県の旧仁賀保町・三保の松原など。勿論、特に関西には保《ホ》の音を避けて変化した姫路市阿保《あぼ》、名張市阿保《あお》もある。

佐保の呼び方を『角川日本地名大辞典』で検すると、山も川も庄も村も住宅団地もサホである。奈良佐保短期大学はホームページで略称をサホタンとしている。

佐保姫に文の使ひの鶯通ふ　山田諒子

すぐろ野　廿一日

これには「すぐろの薄」も関わって実にややこしい。

万葉歌の誤読に発したとする説がある。巻八の「春山の開之乎為黒尓」の二句目の訓が、古写本に「せきのをすくに」「サキノヲスクロニ」などとあるからである。原文の「黒」を「里」と書く写本によって「開之乎為里尓」に訂し、万葉仮名「為」を「乎」の反復を示す字と見ると、「咲きのををりに」が得られる。「ををり」は見慣れない語だが、万葉歌に「花咲きををる」が複数例あり、撓《たわ》む意の動詞「ををる」と見て、「をゐる」はその音転と解釈するのである。

事を複雑にしたのは平安歌人たちである。続拾遺集に「粟津野のすぐろのすすき角ぐめば冬たちなづむ駒ぞいばゆる」、曽丹集に「春霞立ちしは昨日いつの間にけふは山辺のすぐろ刈るらむ」がある。歌論書がそれに輪をかけた。袖中抄に引く顕昭の「すぐろのすゝきとは春のやけのゝ薄の末の黒也。ゐ文字を略てすぐろと云る也」などである。

万葉集の「乎為里」の解明は不完全であることを認めたうえで、平安朝の無謀な解釈を捨てることを提案する。当然、架空の季語は用いるべきではない。

やなぎ　廿二日

とらへたる柳絮を風にもどしけり　稲畑汀子

ヤナギで思い浮かべる木の姿は、北海道出身者と内地出身者とでは大きく異なるだろう。稲畑汀子は後者である。卅年前わたしは北京で初めて柳絮《りゅうじょ》を見た。無数のピンポン玉が宙を舞い、テニスボールが路上を転がっていた。

万葉歌には「楊」「柳」が合わせて四十首に見える。この二字は中国でも通用したというし、日本でもすっきり分かれていたわけではない。ヤナギはアヲに下接して複合語アヲヤナギとなるが、大半がアヲヤギであることも難しい。アヲヤナギは日常語、アヲヤギは歌語であったか。

楊の漢字音はyang。語末に母音iを付けて日本語化すると、ヤギに近くなるので、漢語由来の語かとする説もある一方、「矢な木」の意かとする説もある。万葉集では、梅を万葉仮名で「宇梅」と書き、馬を「宇馬」と書きもしたので、楊は「楊な木」の蓋然性も捨てきれない。

漢字「柳」の音は「流」と、「楊」の音は「揚」と等しい。枝の様子が樹名になったという。漢字の国である。

しだれ柳ふれて都電は雑司ヶ谷　敷地あきら

やせうま　　廿三日

やしょうまの捏鉢《こねばち》うすき紅のこす　　清水　哲

きょうは旧暦二月十五日、釈迦入滅の日である。一茶顕彰に生涯を捧げたという作者の掲句を引いた宮坂Ⅰに、北信や中信では涅槃会《ねはんえ》に、寺のみならず一般家庭でも米の粉で団子を作るという。米粉を蒸して練り、赤紫蘇や色粉を入れて長芋状の太さにする、と。語源はわからないとも書いている。

大抵の歳時記には掲げないが、《方言辞典》には「やしょーま↓やせうま（痩馬）」とあり、その「やせうま」は東日本のほぼ全域に行われていることが分かる。これについて、拙著Ⅰに書いた短文を引く。

秋田市で「痩せ馬」は年玉である。孔空き銭に松葉を通した形が痩せ馬に似ているからだとの説がある。（中略）菅江真澄の『小野の古里』の正月七日条には、わらべが来ると屋のあるじが松の葉に銭を貫いて「此馬痩せてさふらふ」などと言って与えるとある。信州などの料理名「やせうま」も、神仏に供えたり、客人に差し出したりするときの謙遜の辞に始まるのかもしれない。

茎立　　廿四日

後ればせなる葉牡丹も茎立てり　　右城暮石

意外に難しい季語である。掲句の「茎」は「立つ」の主格なのでクキでいいが、名詞「茎立」ではそうは行かない。

ククタチの例は万葉集東歌に「上毛野佐野の九九多知《くくたち》」があり、ククの例は国名不明の東歌に「岡のくくみら」とある。「みら」はニラらしい。正倉院文書に「茎立」があり、和名抄は「蔓菁苗」の和訓をククタチとする。本朝食鑑も、二三月に薹《とう》をなしたものがククタチだとする。

ククとクキは、三月十九日条の「茅花」のチ／ツと同じ母音交替形である。この交替に関わる原則が次第に弛んで行ったのである。

主に大根・蕪・菜類の花茎すなわち薹が高くなることだという。この「薹」がまた難しい。漢字「薹」の漢音はタイ、呉音はダイで、トウの由来は不明である。辞典はおおむね和訓とするが、いついかにして生じたのだろうか。

秋田県羽後町のうご農業協同組合は、ここでしか生産されない、白菜の「とう立ち」させたものを「ふくたち」と称して販売している。語頭のク／フ交替例なのだろう。

摘み草　　廿五日

行為者が対象に何かの行為をすることを一語の名詞にするとき、動作に注目した表現は〈対象・動作〉の形（例芋干し）、結果に注目した表現は〈動作・対象〉の形（例干し芋）になる。「草を摘む」行為を言う名詞「摘み草」では、なぜ反対になるのだろう。

これに関する発言に、金田一書と松村明(3)のものがある。少し先んじた金田一は、「摘み草をする」と強引に使う人間が出てきて「摘み草」が生まれたのだろうと解釈し、昔は「哲学する」「科学する」類の言い方もあった、と結んでいる。だが、それと摘み草とは異質だし、この変格表現が生まれ、かつ定着した原因を考えていない。

松村は『柳多留』から例句を三つ採って、「つみ草もざるを持つたは近所なり」「つみ草の商売人はみかんかご」では、行楽ならぬ実利のさまを表現したと見ている。残る「つみ草の入れものにする下女が袖」は春菜摘みに興ずるさまだという。むしろ、この三句目は「摘んだ草」と解釈すると、本来の構成法に合致していると言えるかも知れない。

現代の歳時記はこの点に言及しない。

雉　　廿六日

片岡に雉子の蹴合ふ羽音かな　　杉山杉風

ことわざ「焼け野のきぎ＊夜の鶴」の星印の箇所はシ／スどっちだっけと迷うことが多い。実際いずれも通用している。杉風の雉子はいずれだろうか。

記紀歌謡にはキギシが二例見える。万葉集は東歌の一例がキギシであるほか、歌詞と題詞に「雉・鴙・春鴙」の表記があり、一般にキギシの訓が行われる、巻八の大伴家持の歌「春の野にあさる鴙の」は、拾遺集に採られてキギスとなっている。後拾遺集にもキギスがある。

古今集に、俳諧歌「春の野のしげき草葉の妻恋にとびたつきじのほろろとぞ鳴く」がある。《片桐》には、両語は雅語《がご》と俗語の関係ではないとある。だが、本草和名に「雉肉岐之《きじ》」、和名抄に「雉岐々須　一云岐之　野鶏也」とあることなどから、わたしはキジを日常語だったと考えている。鳥名の語末に多いスをもつので、キギは鳴き声と考えていいだろうが、シがスに転じた時期は不明である。

次の掲句の「盤」は誤植ではない。

雉子啼くや宇佐の盤境禰宜ひとり　　杉田久女

桜

廿七日

水鳥の胸に分けゆく桜かな　浪化上人

三月廿七日は、語呂合わせで桜の日なのだという。

桜が国花とされるほど日本人に愛されるのは、日本人の糧である稲と関わりがある、と《角川》は言う。これに異議を唱える人は多くあるまい。サクラのサに特別な意味を感ずるからである。その解説は、サを稲の精霊、クラを依《よ》り代《しろ》だと言う。依り代は座とも言える。稲魂の座すなわちサクラである。これは、日本人共通の感覚だと言えよう。『日本を知る事典』の桜の項の説明は違う。「サクラは咲くで、ウラは麗らかからサクラとなったといわれるほどに、春に美しく咲きそろう」。気象学者のまじめな説明であるが、かかる解説や鑑賞はいかにも多い。特に歳時記の解説に、この手の記述が氾濫している。サクラはサクラとして味わったらいいではないか、とわたしは思う。

「花は桜木、人は武士」という口ずさみは、『仮名手本忠臣蔵』以後人口に膾炙したが、それを散り際の潔さの道徳律で説いたのは昭和十年代だ、と山田孝雄『櫻史《おうし》』にある。

眼の癒えし法悦にある桜かな　平原玉子

にしん

廿八日

村失せて字の残る鰊場所　深谷雄大

掲句の「字」はアザナと読むのであろう。

《角川》は見出し「鰊」のもとに、漢字の異表記「鯡・青魚・黄魚・春告魚」を含む十六の傍題を挙げる。「春告魚」の異称をもつほど、北日本の春の代表的な魚であった。幼少期、春には新鮮な「カド」をどれだけ食したことか。

山口誓子が「樺太の天ぞ垂れたり鰊群来《にしんくき》」と詠んで以来、「群来」が俳句作者に重宝がられてきた。この強引な表記の成立過程は究め得ていない。《日国大》によると、十九世紀初頭の俳諧書『斧の柄』に「鯡のむらがるを方言に群来《クキ》ると唱ふ」がある。以後、明治期以降の作家に、クキル・クケル（群化・群来）が見られる。不快な当て字である。

方言研究者によると、「くきる」の使用域は北海道と青森県に限定されるようである。一昨年、NHKで放送した連続テレビ小説「マッサン」に余市の鰊大尽が出たので、それを数回見た。三月一日、大尽は「海がくきる」と言っていた。

鰊鍋囲み一会の夜を語る　小屋原伊一郎

げんげ

廿九日

げんげ野を来て馬市の馬となる　下村ひろし

菜の花に続いて田園風景を演出する花の絨毯として、ゲンゲは掛け替えのないものである。

《山本》は、鄙びた花ゆえ和歌には余り取り上げられなかったという。《講談社》は、江戸時代中期、中国から渡来したとある。後者なら事情は別である。辞書にもそれ以前の用例を見いだすことができない。

《角川》の「げんげ」の漢字表記は紫雲英・蓮華草・五形《げ》花《げばな》の三つ。紫雲英は一面に咲き広がった様を、蓮華草は花が蓮に似ているからだろうが、五形花について書いたものを見ない。右には含まれない漢名「翹揺《ゲウエウ》」の音転だとする説が一般であるが、わたしはこれにも納得しがたい。

源は一つだけとは限るまい。すぐ思いつくのはレンゲである。語頭にラ行音を許さない日本語の頭音法則によってレが避けられ、濁音のゲに交替したのではないか。本来、濁音も語頭には避けられたが、その制約はラ行音の方が長く続いたのだった。

睡る子の手より紫雲英の束離す　橋本美代子

耕し

卅日

隠れ里天を相手に耕せる　豊田都峰

《講談社》は見出しが「耕《たがえし》」で、傍題に「たがやし」があり、《角川》と掲げ方が逆である。《講談社》によると、「たがえし」が一般的であるような印象を受ける。

各歳時記とも「田返し」が「たがやし」に変化したとする。その時期は、文明本節用集・日葡辞書から、室町時代と見ていい。本来は「田・返す」の二語であったが、一続きの「田返す」と意識されると、「返す」が連濁してガエスになった。カエスには俗語カヤスがあった。岐阜市生まれの高齢者は今も「返ス」をカヤスと言う。

中世末以後、西日本ではサ行四段動詞のイ音便化が進んだ。「カエシタ」が「カエイタ」に、さらに長音化すると「カエータ」になる。だが、日本語ではエ列音の連続が嫌われた。エセ・エへへ・へベレケなどにそれは知られる。そこで、カエータとなるのをカヤイタとして、エ列音の連続を防いだと解釈できる。「田返す」の長音形「タゲース」より、俗語の「タガヤス」をよしとしたのだろう。

耕して畝くしけづる斎宮趾　岡田香代子

廿一日

麗らか

うら、かや女つれだつ嵯峨御室　正岡子規

十数年前、一勝もできずに引退する地方競馬の牝馬が話題になった。名は「ハルウララ」であった。

多くの佳吟を生んだ季語「ウララ」を、辞書はウラウラの約と説くことが多かった。同様に、シノノ（萎）はシノシノの約、タワワ（撓）はタワタワの約と。

かつてわたしは、古代の用例を精査して、その解の不可なることを述べた。万葉集にタワワはあるが、タワタワはなく、事実は逆なのである。同様に副詞イトドをイトイトの約とする通説も文献の事実に合わない。結局、歌語は散文語より古いとする理念に立って、「イトドこそ古形」と発言した。

大伴家持の歌「うらうらに照れる春日にひばり上がり心《こころ》悲《がな》しもひとりし思へば」に見えるウラウラニは、左注にある文選の「春日遅々」の訳によるか、とわたしは見ている。万葉集にウララがないのは偶然であり、家持がウラウラニを用いたのは必然だと考えるのである。

うららかや眠くなるほど羊ゐて　原田清正

メモ4

【母音交替】

音の交替はいろいろな場合に起こるが、ある程度の法則性を見いだしうることがある。ア列音とオ列音の交替例には、三月七日条の〈シラウヲ―シロウヲ〉もある。数詞のヨ（四）―ヤ（八）は同義ではなく、倍数を示す興味ぶかい例である。三月九日条の「木の芽」の項で見た〈イ列音―オ列音〉には、木立・木蔭・木魂の〈キ―コ〉、十九日条の「茅花」の項で見た〈イ列音―ウ列音〉、そのほか、〈エ列音―ア列音〉のアメ―アマガサ（雨傘）・テ―タヅナ（手綱）などもある。

【五行説《ごぎょうせつ》】

五行とは、万物を生ずる木・火・土・金・水の五元素をいう。中国の戦国時代に生まれた思想で、漢代に陰陽五行の説が盛行して、宇宙の造化から日常の人事までの一切が五行の力によって生成されるとして、種々のものに排した。五時が春・夏・土用・秋・冬、五方が東・南・中央・西・北、五色が青・赤・黄・白・黒、五常が仁・礼・信・義・智、五味が酸・苦・甘・辛・鹹である。

【開長音《かいちょうおん》・合長音《ごうちょうおん》】
固有日本語には、長音が存在しなかったとされるが、漢字音の流入と音韻変化によってそれが発生した。室町時代のオ列の長音について力行で簡単に示すと、カウなどに由来する口の開きの大きい開長音「コー」と、コウ・コヲなどに由来する口の開きの小さい合長音「コー」があった。キリシタンのローマ字綴りでは、原則として、開長音はǒで、合長音はôで書かれた。日葡辞書の見出しの実例では、「香」はCǒ、「功」はCôとなっている。

【新撰字鏡《しんせんじきょう》】
九世紀末の昌泰年間に成った、僧昌住の撰した漢和辞典。和製漢字を含む二万余の漢字の音訓を集めたもの。

【本草和名《ほんぞうわみょう》】
十世紀初めの延喜年間に医師深根輔仁が撰述した薬物書。一千余の本草に漢名・産地などをつけ、万葉仮名で和名を注記したりした。

【和名抄】
「和名類聚抄《わみょうるいじゅしょう》」の略称。源順《みなもとしたがう》の撰。十世紀前半に成った十巻本と、それを増補して平安時代末までに成ったとされる廿巻本がある。廿巻本への原撰者の関与のほどは不明である。本書では十巻本と廿巻本の別を記さない。

メモ５
語彙語法２

【ありにけり】
拙著Ⅱで論じたことを再論する。

麦秋を頒つ大河でありにけり　古賀幸子
花筏水に夕暮ありにけり　飴山　實
川音に梅雨入の力ありにけり　稲畑汀子
蠟梅の匂ふ日だまりありにけり　長谷川櫂

第一例を対象に述べると、「大河で」は口語表現なので、あとに文語表現を続けるのは控えなくてはなるまい。口語そのものと言うべき「で」に、最も文語らしい表現の「にけり」を続けたわけである。

「ありにけり」が廿一代集に遂に見えないことはその拙著に書いた。その原因について若干の考察を記したが、断定できない、とも書いた。他の研究者も、存在動詞「あり」は、実現している場合にはツを、未実現の場合にはヌをとる、と書いている。卑見の趣旨と同じことである。

この表現を俳句界に蔓延させたのは虚子であろう、とも書いた。『三句／索引新俳句大観』（明治書院　平成十八年）の約一万三千句の中に、虚子の二句、鬼城・万太郎の各一句がある。わたしの推論は当たっていたと思う。

四月

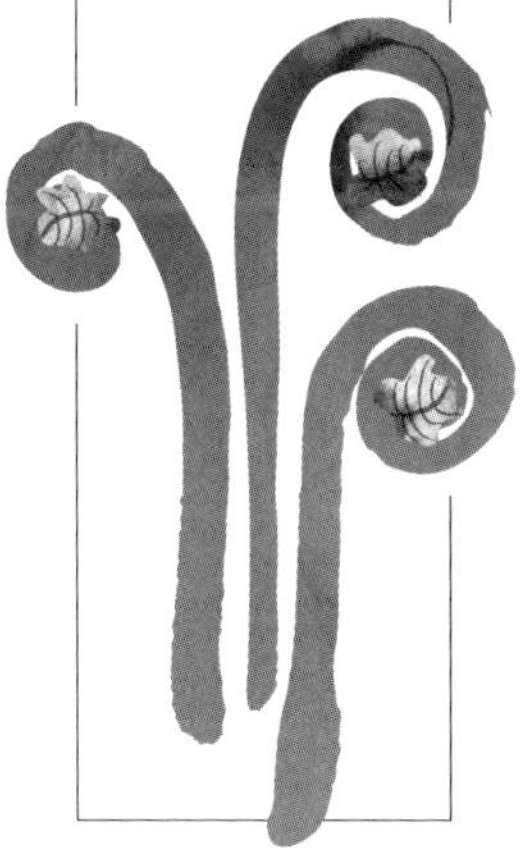

四月馬鹿　一日

四月馬鹿母より愚かなるはなし　岡本圭岳

その起源は複雑で、残酷な事実もあったらしい。時にはとんでもない事態も招くが、罪のない嘘で人を担ぐことに主眼があるこの習慣、April Fools Day がどんな経緯で日本社会に滲透したかが知りたい。

これが漢語「万愚節《ばんぐ》・愚人節」で入らなかったのは、英語から直訳したからだろうか。《日国大》の初出例は、明治四十二年、佐々木邦の訳書『いたづら小僧日記』で意外に新しい。

「バカ」の由来も謎に包まれている。「馬鹿」表記が広がってしまったが、室町時代には、母嫁・馬嫁・破家もあり、『運歩色葉《うんぽいろは》』には、「馬を指して鹿と曰ふの意」の注がある。まじめな議論としては、新村出ほかの「無智」の意の梵語 Moha（慕何）由来説、柳田國男の「をこ」の転音説、楳垣實の「若」からの転音説がある。

各歳時記の例句の半分は傍題の「万愚節」で詠んでいる。「馬鹿」の文字と語感が避けられるのだろう。

万愚節妻の詐術のつたなしや　日野草城

卯月　二日

はやり来る羽織みじかき卯月かな　立花北枝

旧暦四月の異称の代表格なのでここに置くが、新暦ではむしろ五月に相当する。

奈良時代の文献は、万葉歌の「四月」をウヅキと読んでおり、「卯月」の表記は見えない。

奥義抄には、「うのはなさかりに開くゆゑに卯の花月といふを誤れり」とある。この解は江戸時代も継承され、現代の諸家の説もさほど違わない。他の暦月の説明に比べて自然なように見えるが、ほんとうだろうか。

《榎本》が、卯の花の咲く季節から、と解釈する一方、田植えの季節で「植え月」がなまって「うづき」になったとする説にも説得力がある、としているのは危うい記述である。

「卯」という植物を明らかにせず、「うの花」の「う」が解けぬままの議論は意味がない。金田一書はそこを衝いて、卯の花が咲くから卯月だというのは逆で、四月は十二支の四番目なので、「卯に相当する月」の意味だろうという。私見はこれに等しい。

ひなまつり　三日

雛の間を通り風呂場へ木曾の宿　佐分靖子

北日本が雪に覆われている新暦三月初めに雛祭りをすることは愚かしくて、わたしは嫌いである。せめて月遅れで営む地方の慣習に学びたい。

「雛祭り」の歴史は《山本》に、桃は《五十嵐》に、季語への定着過程は《暉峻》に詳しい。

漢字「雛」の原義は鳥の子、その転義として生物の、そして人間の幼児にも用いられた。奈良時代の用例、日本書紀持統六年条の赤烏の「雛」がヒナと訓読されている。仮名書き例は『日本霊異記』上九の「雛」の訓注「比ナノコ」がある。ともに原義の用例である。

平安時代には、源氏物語などに「ひひな」の形が現われる。女児の遊ぶ紙人形らしい。ヒの反復は、トト、寝ネ、オ目目などと同じ造語法によるのだろうか。ヒヒナは音変化でヒイナになる。人形をニンギョウと呼ぶのは平安時代後期になってから。それ以前はヒトカタが普通で、和名抄には「偶人」に「俗云」として「ヒトカタ」の訓がある。

韓の血の絶えゆく家系雛飾る　姜　琪東

清明　四日

白無垢を着る清明の襟化粧　田所節子

春分に続く廿四節気の一つであるにも関わらず、日本では全く不人気である。

右の掲句は《角川》から引いた『沖縄歳時記』の一句、「清明」はシーミーと読むのだと思う。琉球語では、五十音のエ段はイ段に、オ段はウ段に転ずるのが一般で、セイメイの長音化したセーメーはシーミーに転ずる。

卅年前、北京市の八宝山革命墓地で見た光景は、書物で知っていた沖縄の清明節の光景さながらであった。家族は墓標に写真をはめこんだ墓地を清掃してまつり、毛氈などを敷いて昼餐をとるのであった。四月初めの北京で生花の入手は難しい。墓地の入り口には造花売りが出ていた。その光景は、まさに『燕京歳時記』清明条に引く『歳時百問』の「墳塋《ふんえい》を掃除して祭奠《さいてん》す」であった。

本州では清明節が不人気で、ほとんど意識されない。その時期、こちらは桜の開花に浮足だって、先祖よりも浮世である。これが今のわたしの結論である。

清明祭《しーみー》や蛇皮《じゃみ》線弾きの眼の厚まぶた　小熊一人

つばめ　五日

蔵並ぶ裏は燕の通ひ道　野澤凡兆

なぜか和歌では人気がない鳥で、万葉集では巻十九で大伴家持の歌に「燕来る　時になりぬと」と詠まれただけである。平安時代には、竹取物語で貴公子たちの求婚譚に「つばくらめ」の形で十四回登場する。本草和名・和名抄にはツバクラメの形で載り、字類抄にはツバクロメも見える。

漢語では玄鳥ともいうので、日本語のクロ・クラも同様の名づけだろうか。語末のメは、カモメ・スズメ・ヤブサメなどに共通する鳥名表示の接尾辞と見る常識的な解釈でいいだろう。

中世以降、ツバクラ・ツバクロも登場して、三拍から五拍まで三種類の語形をもち、五音句・七音句に応じて選べる便利な季語である。便利さの一方で、例えば「燕や酢の看板を抜けて行く　也有」などは「燕」の読み方が判然としないので、詠み手は表記法にも配慮が必要である。

人家に営巣するほど人間に近い存在で俳諧の好適な素材になり、芭蕉、蕪村には、その「糞」を詠んだ句もある。

燕来る野の香町の香忘れずに　豊田晃

長閑　六日

長閑さや簀にはぢかるる海苔の音　大伴大江丸

長閑しや麦の原なるたぐり舟　加舎白雄

《暉峻》「長閑《のどか》（のどけし）」の条が詳しく、万葉集以来、「のど→のどか→のどけし」と発達したことを述べる。そして、初期連歌から江戸時代初期までは初春の季語とされ、中期以降は三春とするものが多くなって現在に及ぶという。

「長閑」の読みを考えるべくさらに二句を挙げる。

長閑さや浅間のけぶり昼の月　小林一茶

のどけしや津々浦々のおもはるゝ　加舎白雄

安藤英方編『近世俳句大索引』（昭和卅四年）で上五を検索すると、六万句のうちに、「のどかさや」廿、「のどかさよ」二、「のどけさや」二、「のどけしや」七であった。意外にも「のどけし」が少なくないのである。

この〈のどか—のどけし〉型はほかに「はるか・ゆたか・さやか」などがある。語によって発達に遅速があるが、平安時代、ケシ型は歌語の方向に進んだ。

俳諧で「のどけし」が好まれた理由、また「のどかさ」との違いをいかに把握していたかは、究め得ていない。

のんどり

七日

わたしの知らない語であったが、《日国大》には室町時代からの用例がある。《角川》だけが「長閑」の傍題にするが、廿四の例句には見えず、考証に『蘭亭誹話』から「のんどり　春なり。のどむるも、あるいは春に用ゆべし。のどくとといふ詞もまた同じからん」を引く。

辞典類では、岩波古語辞典の採録が早い。初出は『玉塵《ぎょくじん》抄《しょう》』三の「雪のきえてのんどりとなったことぞ」で、以後、初期連歌にも用例が散見する。

「のんどり」と同じ語構造の語をあげて考える。中世以降なので現代仮名遣表記で、最上段に語基を置き、以下、反復形、リ形、カ形、括弧書きの漢字の順に挙げる。

しな　しなしな　しんなり　しなやか（萎）
ふわ　ふわふわ　ふんわり　ふわやか（浮）
にこ　にこにこ　にっこり　にこよか（莞）
やわ　やわやわ　やんわり　やわらか（柔）
のど　のどのど　のんどり　のどやか（長閑）

これで「のんどり」の位置はおのずと明らかであろう。

のんどりと古き駿河の町つゞき　服部嵐雪

魚島

八日

魚島の舟待つ犬は尾を立てて　辻田克巳

「うおじま」は、産卵のため外海から瀬戸内海に入って来たタイの群で海面が盛り上がり、時には小島があるように感じられることによる語だという。

同じ漢字で書かれるために自覚されにくい、西と東で訓の異なる語がある。「谷」のタニ・ヤ、「居る」のオル・イルは代表的である。古来、生物としてのイヲ・ウヲは「魚」、食材としてのサカナは「肴」と書き分けるのが普通であった。江戸時代後期から「魚」にサカナの訓が勢力を広げたらしく、東日本ではウオを駆逐していったようだ。

決定的な要因は、昭和廿二年版の国定教科書、『二年生のおんがく』に載った、「相談」である。「野球をしようか魚つり　それとも山へきのことり」が全国の児童の口に上ったからであろう。そして、さまざまの椿事が生じていることを、拙著Ⅰの「朗読者の務めと悩み」に書いた。

「魚島」が、音数律に支えられてサカナ島と誤読されないことは幸いである。

魚島の瀬戸の鷗の数しれず　森川暁水

おぼろ

九日

たたかれる月下の門も朧かな　中川乙由

春の天象の代表的な語、豆腐に昆布に雲の名に、複合語の多い「おぼろ」を通して、日本人の感性を考えたい。

オボロという語形は奈良時代には存在が確認できない。万葉集巻二の「髣髴《おほに》見し事悔しきを」と、その反歌の「於《お》保尓《ほに》見しくはあまた悔しも」などからオホが推測される。万葉仮名「保」は清音表記が普通である。巻七の「裏儲《ま》けて我がため裁たば差大裁」の末句の訓は「ややオホニたて」が大勢である。オホなのである。「大キナ」という語は、室町時代以後の成立らしい。

右に「オホニ見し」と読まれた状態は、巻十七で「漁り焚く火の於《お》煩《ぼ》保《ほ》之《し》久《く》」とも詠まれ、オボの形も出現していたようだ。巻十四には「於《お》保《ほ》々《ほ》之《し》久《く》見つつぞ来ぬる」もあり、こちらは欝々たる心情の表現である。程度の甚だしさ、多量であるさまは現代語と同じで、大風・大雪がある。

古代語では、数量も形態も、漠として捉えがたいさまを「オホ」と表現したが、次第に分化したのだと思う

さる方にさる人すめるおぼろかな　久保田万太郎

雁風呂

十日

乾びたる藻を焚き付けに雁供養　棚山波朗

流木を砂より起こし雁供養　磯田富久子

廿四節気の「清明」の次候「鴻雁北《かえ》る」の時期である。西行や定家の歌にも見える「外浜《そとがはま》」は、本州北端とおぼしい漠たる地に過ぎなかったが、四十年ほど前、津軽にある雁供養の地として、洋酒の広告で一躍有名になった。

渡り鳥が木の枝をくわえて空を飛ぶという『淮《え》南子《なんじ》』由来の話は、万葉集巻十七の大伴家持の七言律詩にも「帰《き》鴻《こう》は蘆を引き迥《はるか》に瀛《おき》に赴く」とある。枝をくわえて飛来した鳥は、帰路もそうするはずなので、死んだ鳥の枝は海辺に残ることになる。鳥が去ったのち、残った枝を集めて風呂を焚き、死んだ鳥を供養するという架空の話だが、北の住民の情を伝える話は不思議な現実味を帯びてくる。

かつて「そとが浜」と呼ばれた漠たる歌枕であったが、平成十六年、半島北端の三町村が合併して「外ヶ浜町」となり、歌枕地名を継承することになった。

雁風呂や笠に衣脱ぐ旅の僧　飯田蛇笏

しまひ湯に砂のざらつく雁供養　佐藤博美

人麻呂忌　十一日

顔知らぬ人々寄りぬ人麿忌　阿部みどり女

古今集の詠み人知らずの歌「ほのぼのと明石の浦の朝霧に島隠れ行く舟をしぞ思ふ」が、左注に柿本人麻呂の作とあることから、明石と人麻呂が結びつけられた。

命日を三月十八日とすることは、室町時代の『正徹物語』の「人丸の御忌日は秘すること也。（略）三月十八日にてある也」によるが、正徹がその日とした根拠は不明である。

人麻呂を祭る神社はいくつかあり、例祭日もまちまちである。仁和年間の創祀と伝える明石市の柿本神社（人丸神社）は、いま四月第二日曜日を祭祀の日としている。

ロとルの交替は古くからよく起こり、「人麻呂」が「人丸」と書かれることがあった。そのヒトマルが、「火止まる」「人生まる」と異分析されて、火災防止や懐妊・安産の利益があるとされている。歌人・俳人も多く詣でる。

例句はおおむね心情を詠んだ作である。次の掲句は、万葉集巻三の人麻呂歌、「もののふの八十宇治川の網代木にいさよふ波の行くへ知らずも」を踏まえた吟であろう。

人麻呂忌砂にひろごる波の末　長尾俊彦

なごり雪　十二日

舞ひまひて名残の雪となりにけり　吉田松籟

その春の最後の降雪を気象用語では「終雪《しゅうせつ》」という。東京の平年は三月十九日、札幌は四月十九日。季語は「雪の果」で、傍題に「なごり雪」「涅槃雪《ねはんゆき》」などがある。

ナゴリの表記は「名残り」が幅を利かせているが、文字どおりに読むとナノコリであって、ナゴリと読むべき根拠はない。そこで、わたしの嫌いな当て字について考える。

万葉歌に五例のナゴリが「塩干《しほひ》の名凝《なごり》・うしほの奈凝《なごり》」などと書かれていて、「凝」が興味ぶかい。一方、ナを含む語にはナギサがあり、「渝」一例、「波渝」一例、古事記の「波限」もあり、ともに由緒正しい漢語である。

以上から、ナミの古形「ナ」を想定してみる。波の引いたあとに残った水が小さな泡になっている様は、波が凝っていると捉えたとも考えうる。室町時代以降、「余波」が最も広く行われたのは理にかなう。「名残」はそれに次ぎ、「余風」もあった。「余波」は音読みされることが災いして残りえなかった。まことに残念なことである。

牛の背の湯気あげて来るねはん雪　水沼三郎

春暁

十三日

ふるさとの春暁にある厠かな　中村草田男

「春眠暁を覚えず」「春はあけぼの」は日本人なじみの成句である。歳時記では「春暁」の傍題に「春曙」もあるが、《角川》は例句卅二の大半が「春暁」で、残り五句の「春曙」は訓よみされ、シュンショは三拍ゆえか不人気である。

古代の日本語で夜から朝までの表現を見ると、日本書紀の推古天皇十九年五月五日の薬狩りは、集合が「鶏鳴《あかとき》」、出発が「会明《あけぼの》」で、振り仮名のような古訓がある。平安時代アカツキに変化したアカトキは、万葉歌では「暁・五更・鶏鳴」とも書かれた。「五更」は、夜の時間帯を一更から五更までに分けた漢語によるものである。

万葉集巻二に「小夜更けて鶏鳴露《あかときつゆ》に我が立ちぬれし」がある。「夜露」は江戸時代初期まで用例がなく、万葉集では「暮露《ゆふつゆ》」が用いられた。「暁露《あかときつゆ》」は朝露に近いと考えられる。

歌語と散文語との違いもあって詳細は未詳だが、平安時代にはアサボラケ・カハタレドキなどもある。夜の時間帯が細かいのは、妻問婚の習慣と関わるという説がある。

春曙何すべくして目覚めけむ　野澤節子

春の夕

十四日

燭の火を燭にうつすや春の夕　与謝蕪村

文字列「春の夕」に対して、三歳時記は「はるのゆう」「はるのゆうべ」二種の仮名を振っている。掲句の「夕」は、ユウ・ユウベのいずれで読むべきだろうか。

「朝夕」はアサユウだからユウでいいと思う人があるかもしれない。だが、「アサが来た・アサになる」とは言うが、「ユウが来た・ユウになる」とは言わない。ユウはアサより窮屈なのである。

古代の歌語で、アサは「朝風」のような名詞どうしの複合、「朝立《だ》ツ」のように副詞的な機能で複合し、アサだけの自立用法はなかった。ユフも同様で、「夕狩・夕居ル」のように機能した。自立形はアシタであり、ユフへであった。平安時代、アサは先に自立したが、ユフは遅れ、今なおその過程にある。ユフを文語に用いるには注意を要する。

古典大系本『蕪村集』で校注者の暉峻は、次の掲句のように振り仮名している。本項初めの掲句のそれは「ゆふ」である。この二句は並んでいる。

春の夕《ゆふべ》たへなむとする香をつぐ　与謝蕪村

春夕　十五日

見かけは漢語なので、「しゅんせき」の振り仮名がある一方、三歳時記には「はるゆうべ」ともある。和語界と漢語界の両棲語らしい。だが、合計廿二の例句に漢語「春夕」の句はなく、「春夕べ」は「春夕べ襖に手かけ母来給ふ　波郷」など八句、かなりの高率である。この「はるゆふべ」を、わたしの言語的直感は拒否する。

四季の語と名詞とを重ねると、春風・夏川・秋草・冬衣など、天文・地理・植物・衣類の別に関わりなく複合語が成立する。だが、夏朝・秋夜・冬昼のような複合語はない。季節名と、一日のうちの時を意味する語が複合することはないようである。「春夕」だけはありうるのだろうか。わたしはそうは思わない。そのような複合が成り立たないのはなぜか、その理由はまだ分からないが。

十三日条に掲げた野澤節子の句の「春曙」はどうだろうか。これは、枕冊子の冒頭の表現「春はあけぼの」の記憶で繋がっているに過ぎないと思う。

「春ゆうべ」が季語として機能するなら、辞書に登録されるはずだが、これを載せた辞書にはまだ接していない。

踏青　十六日

赤んぼにはや踏青の靴履かす　飴山　實

中国では、時代や地域によって異なるが、春のしかるべき日に野外で遊ぶことを「踏青《とうせい》」と言ったようだ。

前日の「春夕」と同じく漢語である一方、傍題「青き踏む」の和語形も有する。実作では傍題のほうが多く詠まれ、三歳時記しめて六十四の例句のうち、傍題「青き踏む」の句が四十五の多きに上る。

わたしはこれが好きになれない。自分の語意識から遠いと感ずるのである。その原因ははっきりしている。「青き」が形容詞の連体形だからである。「青き海」とか「青き山」とか、下に名詞を要求するはずなのに、「踏む」という動詞が来るのは不自然に感じられる。動詞に係かるなら、「を」などの助詞を介させたいと思うのである。

助詞を介在させたばあい、「鳥の鳴くを聞く」「花の散るを見る」のように、動作主体が伴ってなんら不自然ではない。形容詞も、「山高きを尊ぶ」「草深きに驚く」なら違和感はない。一拍の助詞といえども侮り難いのである。

靴ぬぎて青きを踏みて友ら亡し　富澤統一郎

霜くすべ

十七日

霜くすべ星の明るき夜なりけり　岡安仁義

遅霜対策に、茶農家などが、古タイヤやボロきれなどを燃やして気温の低下を免れようとする作業である。

昨年三月三日午前、テレビで『美の壺』の「印伝《いんでん》」を見た。皮を煙でいぶす技術の解説で、字幕の表記に「燻《ふす》べ」の振り仮名があり、ナレーションも同じ「ふすべ」であった。一方、奈良県宇陀市の印伝職人の話では「くすべ」であった。

名義抄の「燻・熏」にフスブ・フスボルなどの訓があり、日葡辞書にはフスブル・フスボルの形で掲げられている。古くは、語頭音がクならぬフで行われたのだ。

『片言』には、「ふすぶるをくすぼるは如何」の一条があり、このころの京都で、語頭のフがクに交替する現象の起こっていたことがわかる。この現象は、語頭の狭母音に起こりやすく、特にフとクについて、いろいろ指摘されている。今、この加工を施した皮の称「ふすべ皮」は、古い用語が残ったのだろう。

霜くすべして戻りたる祖父の声　齋藤朗笛

ぶらんこ

十八日

ふらここや韓の乙女のチマチョゴリ　高野キミヨ

鞦韆《しゅうせん》からブランコまで多種の名をもつ季語である。鞦韆は中国の北方民族由来の漢語、ブランコは一説にポルトガル語由来というが、定説とまでは言いきれない。

ブランコというと、児童公園の遊具くらいにしか思っていなかったが、卅年前の六月、北京の中央民族学院で朝鮮族の運動会を見る機会があった。高い樹上から吊るされた鞦韆を、正装した若い女性が裾ひらめかせて漕ぐ姿は艶冶なものであった。

日本文献への初登場は、平安時代初期の漢詩集『経国集』に載る嵯峨天皇の「雑言　鞦韆篇」で、一世紀後の和名抄は、対応する和語「ユサハリ」をあげている。今の「揺さぶり」に当たるのだろうか。字類抄も同じ語である。

中世に見えるユサワリは、ユサハリから自然に音変化した形である。江戸時代に見える「ふらここ」は、擬態語「ふら」と遊戯性を強調する「ここ」によるのかも知れない。そしてブランコである。

ふらここに夜は失意の人が来る　大谷あきこ

十九日

都をどり

都をどり果てたる路地に絹の雨　小路智壽子

京都の祇園甲部歌舞練場で催される春の踊りで、戦時中の中断を挟んで明治五年から続く。仮名書きは、《角川》に言うように「をどり」が保たれている。組合の意思なのだろうか。例句十七の表記は、仮名と漢字が拮抗している。

会社名の漢字を変更しない例として、製鉄会社などが「金」を「失」うことを嫌って「鐵」を守る話などはあるが、仮名について多くは聞かない。最近、部分改築が成った「大名古屋ビルヂング」は話題性が高い。このたぐいは、「ブリヂストン・後楽園スタヂアム」もある。「都をどり」の同類は「ヱビスビール」であろうか。

漢字表記に隠れて露わにはならないが、ローマ字表記に歴史をとどめることもある。創業以来百卅年余の明治屋のジャムなどのラベルには「MEIDI-YA」とある。

社名は、商法の関係で容易には変更しえないこともあるが、地方自治体の名を住民が仮名書きするときは、そうではない。先年旅した安曇野では、「あづみの」が多かった。

都踊今年かぎりの老女にて　豊田まつり

廿日

ぜんまい

ぜんまいのほぐれゆく野のひかりかな　椿　文恵

三歳時記の見出しは一様に漢字表記である。近くに載るワラビもしかり。この二つの漢字「蕨」と「薇」を並べて出されたら、わたしは区別する自信がない。

角川大字源によると、「薇」の古訓は、中古・中世・近世を通じてワラビだという。これはなぜか。しかも、漢名を「薇」と書くのは誤用というのだからいよいよ混乱する。古代、ワラビの表記は、正倉院文書・出雲国風土記・新撰字鏡・本草和名に「蕨」である。和名抄は「薇蕨」にワラビの訓を附す。

これらから言えることは、古くはゼンマイとワラビは区別しなかったのだ。中世、文明本節用集には「前麻伊」とある。表音表記せざるを得なかったのだろう。永禄二年本下学集は「薇蕨《ワラヒ》」に「二字同義」と注記している。ゼンマイの銭巻《ぜにまき》由来説を否定する根拠は見つからない。

次の掲句は、「ぜんまいののの字ばかりの寂光土　川端茅舎」を踏まえたものであろう。

ぜんまいのしの字と長けてしまひけり　角川照子

薪能　　廿一日

入相の鐘なほ暮れず薪能　　稲畑汀子

薪能は、もと東大寺の修二会《しゅにえ》の前行事、のち三月十四五日に行われたので、《角川》は春とする。ことしの旧暦三月十四日は四月廿日にあたる。わたしの関心は「薪」にある。

東日本大震災のあと、京都市は陸前高田市の木を五山の送り火で焚く計画をたてた。が、放射性物質が検出されたとして、実行が見送られた。それを報ずる八月十四日の朝日新聞に「薪《まき》」とあった。昨年十一月九日の夕方、NHKTV岐阜のニュースでも「薪」はマキと読まれた。

金田一書の三月十四日「臥薪嘗胆」の条にこの成語を説明して、「ゴロゴロしたまきの上にすわったり」とある。「薪」のことを金田一は「まき」と書いたのだ。秋田市育ちのわたしには、暖房の燃料の「マキ」は方言、「竈木《かまぎ》」は土地の標準語であった。《日国大》に引く『筱舎《しょうしゃ》漫筆』に、「江戸の方言に薪のことをまきといふ」とある。

金田一は東京育ち、その父京助は岩手県の出。推測するに、家庭での言葉遣いがひょいと露出したのではあるまいか。和名抄も字類抄も、「薪」の訓はタキギである。

溝さらへ　　廿二日

紺屋町藍の匂ひの溝浚ふ　　下里美恵子

四半世紀ほど前、『サライ』という雑誌が創刊され、ゼミナールで誌名が話題になったとき、一学生がペルシャ語と日本語の二重の意味だと教えてくれた。

「さらへ《サラエ》」は、動詞「さらふ」の連用形名詞である。「さらう」は今も使われるが、下一段だったり五段だったり、活用が複雑である。例えば、「鍋の物をさらえる」「宿題をさらう」。この混同は今に始まったことではなく、平安時代から見え、和名抄は「攫」に「サラヒ」の訓をつけるなど例は多い。我が方言では熊手を「コマザライ」と言う。

現代の俳人はそのことに気づかず、歳時記編者も無自覚である。《合本》の「溝浚へ」四例句のうち、「溝浚ひはじめての水ほとばしる　登四郎」など三句が五段活用である。「祓ふ」も「浚ふ」と同類のふるまいをする。語頭がハとサで異なる以外、構造は同じである。平安時代も「みなづき祓へ」は下二段、「祓ひ箱」は四段活用であった。

次の掲句の「浚ふ」はいずれであろうか。

溝浚ふ脛頼りなき男かな　　山田弘子

蚕　廿三日

棺過ぐいま蚕《こ》ざかりの家の前　飯田龍太

生活に必須なものほど名づけが細かいことは、遊牧民の家畜の呼称などについて言われる。日本語では、成長段階で変わる魚名がそれであるが、蚕はそれを上回るという。

岩波古語辞典の「こ」の項目から、奈良時代の和語を拾い上げて私に整理して三分すると、A「子・児・卵、蚕、粉、籠、小、濃」、B「此、木、処」、C「海鼠」と多い。当辞典は「上代特殊仮名遣に関係ある語」として、意味記述の末尾に、Aは甲類、Bは乙類、Cは甲乙不明としている。

一音節語が多いと混乱しそうに思うが、古代語はアクセントの種類が多く、現在の高・低の拍のほかに、上昇・下降の拍もあって混乱が避けられた。時代とともに音とアクセントの種類は減少したが、語形を長くすることで混同を避けた。コドモ・コナ・カゴであり、蚕はカフコ→カヒコ→カイコである。名義抄のアクセントと濁音の表示を見ると、蚕のカヒコは低高低、卵のカヒゴは低低高であった。カヒゴ（殻子）は室町時代にタマゴに変わった。

道の辺に捨蚕の白さ信濃去る　橋本多佳子

凧　廿四日

几巾きのふの空のありどころ　与謝蕪村

凧を四月末の季語としたことをいぶかしがる人もあるに違いない。だが、日本は広い。正月・旧二月・五月・六月・冬など、凧揚げを伝統行事とする時期は地域によって異なる。その呼称も多彩で、東の代表は「たこ」、西の代表は「いかのぼり」である。

蕪村句集から引いた右の掲句の冒頭二字は五音句である。几董の編んだ『蕪村句集』の表記にあえて「几巾」を用いた意図は定かにしがたい。「風」を変形した「凧」は、凪・凩とともによく知られた国字である。それの分字「几巾」は、イカノボリを表記した二重の国字だと言えよう。

分字は合字ほどには多くない。泉の「白水」、松の「十八公」、米の「八木」などが通用する範囲は限られるだろう。ほかに、女を「くノ一」、只を「ロハ」と言うこともある。年祝いの「白寿・皇寿」も分字を基礎にして作られた。

次の掲句を詠んだ子規は松山の出身だから、「凧」はイカノボリなのだと思う。

人もなし野中の杭の凧　正岡子規

壬生念仏　　廿五日

嶋原は菜の花ぐもり壬生念仏　　石井露月

四月廿一日から九日間、京都市の壬生寺《みぶでら》で営まれる大念仏の別称であるが、ここでは「壬生」という語を考える。新選組の屯所《とんしょ》を知る人に「壬生」は難読ではないが、ミブと読む根拠を問われても的確に答えることは難しい。

同じ字面の古代の郷名は多い。各県別の『角川日本地名大辞典』を見ると、安房国の壬生郷にはニブ、遠江国のはミブ、筑前国のはニフ、三様の訓がついている。各県の担当筆者の判断だろうが、不思議なことである。

当の京都市の壬生の起源について、日本歴史地名大系『京都市の地名』は、「壬生村」の条に「京都府地誌」の記事を引いて、昔、湧泉が多く耕作に適したので「水生《みぶ》」の称が起こり、次第に「壬生」に変わったとする。

奈良時代、下字に「生《ふ》・原《ふ》」をもつ地名は多い。上字は植物による粟生《あはふ》・茅生《ちふ》・豆生《まめふ》、鉱物による埴生《はにふ》・丹生《にふ》、動物による鰺原《あぢふ》など、平安時代には稲生《いなふ》・蓬生《よもぎふ》・萩生《はぎふ》などがあり、いずれも「生」は清音フであって、水生《みぶ》は考え難い。

暮れかぬる一町ほどや壬生の鉦　　山田みづえ

壬生狂言　　廿六日

壬生狂言亡者抜かるる布の舌　　川井玉枝

前項の傍題「壬生狂言」の「壬生」の考察を続ける。読みの混乱の原因の第一は、和名抄の流布本《るふぼん》の訓にある。流布本は三つの「壬生」郷に、万葉仮名でニフと読むべき注をつけながら、四つの「丹生」郷も同じくニフと読ませている。壬生と丹生に区別がないのである。一方、和名抄の最古の写本たる高山寺本は壬生に附訓せず、三つの丹生にだけニフと読むべき訓を附している。

原因の第二は、日本書紀の皇極天皇元年にある。皇子女の出産・養育にかかる部民「乳部」に対して、「美父《みぶ》」と読む旨の訓注がある。単字「乳」の呉音はニウである。平安時代を通して、語中末のハ行音はワ行音に転じ、丹生のニフもニウと読まれることがあり、丹生と乳の発音は同じになったのである。字類抄の仁《ニ》部の「壬生部ニフヘ」、「壬生ニフ」は、こうした経緯によるものであろう。

『片言』に「壬生《みぶ》は　にぶとも　にぷともよむ」とあるのは、江戸時代にも若干の混乱があったことを語るのだろう。m音とn音の交替も絡んでいるかも知れない。

都わすれ　廿七日

永平寺東司の都忘れかな　堤　保徳

俳人好みの季語と言われるものがある。語に物語性を含んでいたり、譬喩によって特別な情緒を帯びたりする語である。「都忘れ」も悲話の匂いが強い。

承久の変で囚われの身となって佐渡に流された順徳上皇の歌「いかにして契りおきけむ白菊を都忘れと名づくるも憂し」に因むという。上皇が植えたのは白菊とあるが、配流の身の哀れさから、歌に因んで「都忘れ」と呼ぶようになったのだろうか。

柳田國男は『野草雑記』で、名づけにおいて動植物学者は精確を期するため歌詠みの苦労を考えず、二階三階を重ね深い穴を掘るきらいがあると嘆く。郷土の人のつけた名は実際的で、最も普通なのはクサをつけて五拍、そしてテニヲハの余地を残した四拍乃至六拍が多かったという。

「都わすれ」と呼ばれる植物は、江戸時代末に作られた「深山嫁菜」の園芸品種だという。野春菊、深山嫁菜では悲運の上皇の霊を慰めるには物足りないのだろう。深山嫁菜と同じ六拍だが、目にした十五句すべてこれであった。

雀がくれ　廿八日

利根の洲も雀がくれの色広げ　星野魯仁光

歳時記類に必ず引かれるのが『かげろう日記』下巻、天禄三年の「三月になりぬ。木の芽、すゝめかくれになりて」のくだりである。平安朝文学ではほかに、曽丹集《そたんしゅう》の「浅茅生もすずめかくれになりにけりむべ木の下はこぐらかりけり」がある程度で、わたしの知らない語であった。これも前項と同じく俳人好みの季語だと思っていた。

ところが、今年の一月十六日、《里山》で宇治田原の茶畑を放送したとき、茶畑の傍らに植えた「ころ柿」の木の葉の茂りが「雀がくれ」になったら茶摘み時だ、というので驚いた。俳人好みどころではない。製茶農家のなりわいに生きていたのである。

江戸時代の俳諧書を見ると、その実態が分からず、生類ではないとか、春の草の長くなることだとか、麦や麻が伸びたことだとか、細心の気遣いを示している。いろいろと用いられたようである。

三歳時記に廿二句が見えるが、すべて近代の作である。

都府楼址雀隠れに大礎石　宮川杵名男

曲水

廿九日

曲水や草に置きたる小盃　高浜虚子

もと旧暦上巳の行事、いま京都の城南宮では四月廿九日と十一月三日に行われる。歳時記の見出しは「きょくすい」だが、傍題は「ごくすい」が多くて紛らわしい。

日本の「曲水の宴」が記録された最初は、日本書紀の顕宗天皇元年三月三日条という。その条の現在の読みは、訓読み「めぐりみづ」、漢音「きょくすい」、疑似呉音「ごくすい」の三種である。辞書も「曲」の呉音をコクとしながら「曲水」の読みゴクスイに言及しないのは奇怪である。節用集を見ると、まめに濁点を打っている易林本《えきりんぼん》の読みはコクスイである。日葡辞書には Qiocusui（キョクスイ）として「詩歌語」の注記がある。

日本の漢字音に、時に大きな変化が起こったことは、日本語学の常識である。例えば、平安時代には、国の方針で漢音学習が奨励された。明治時代には、文明開化の波に乗って漢音の勢力が拡大した。ゴクスイはそれとも異なる。歳時記の例句では、コクかゴクかキョクか分からない。

はしり書する曲水の懐紙かな　松瀬青々

にはとこの花

卅日

古事記下巻に軽《かるの》嬢子《おとめ》の歌「君が行き日《け》長くなりぬやまたづの迎へを行かむ待つには待たじ」がある。万葉集巻二、磐《いわの》姫《ひめ》皇后の短歌に第三句が「山尋ね」とある歌は異伝とされる。「やまたづの」の語性が変化している。

その歌には左注があり、古事記の先の歌謡を掲げ、ヤマタヅは今の「造木《みやつこぎ》」だとある。造《みやつこ》は日本古代の姓《かばね》の一つなので、この読みは納得できる。これがなぜ「迎へ」の冠辞（枕詞）になるのか。多くの説が出たが、ニワトコは葉が対生するので、葉が向き合う意で「迎へ」に係るのだという説明が幅を利かせている。だが、この説は怪しい。葉が対生する木は無数にあるからである。

語頭のｍとｎは交替しやすい音だった。ｕとｏの間にも多くの交替があった。残るハとヤの交替はよく分からないが、ミヤツコはニワトコに転じえたと思う。

この木の幹や枝を煎じて練った物が、民間薬として接骨木の名で重宝がられた。折れた骨を迎えて接ぐ、という知識が古代の日本人にあったとしての仮説である。

接骨木の花にはじまる旧街道　長谷川せつ子

五月

メーデー　一日

ねむき子を負ひメーデーの後尾ゆく　佐藤鬼房

はたち前のこと、郷里の新聞のラジオ番組欄に、講師・東京教育大学助教授「尾形働」の名があった。偶然その人の名ツトムを知っていて記憶に残った。新聞の原稿に「仂」とあったが、文選工が気を利かせて変えたのだろうか。

労働運動が盛んな時期で、労働組合や学生団体のビラ・看板に略字・作字が躍った。労仂《ろうどう》、耺員《しょくいん》、权利《けんり》などはあたりまえ、K察・K官から⿸广K⿸广O大学まであった。それを「組合文字」と呼ぶ研究者もあった。

十年ほど前、小田急電鉄の新百合ヶ丘駅前のバス乗り場で、学生の催しの手書きのポスターに「多⿸广マ」とあるのを見て、ああ、まだ生きている、と思ったことだった。

「はたらく」は、古くは、体を動かすことであった。古辞書には、その訓の文字が、「動」のほかに「搦・跳」などと見えるが、今その訓で用いられるものはない。とまれ、こうして音《おん》をもつ国字「働」が生まれたのである。

メーデーの火照りに抱きし妻も老ゆ　花田ひろまさ

茶つみ　二日

菅笠を着て鏡見る茶摘かな　各務支考

きのうは八十八夜であった。小学唱歌の歌詞のとおりの時期なので、季語「八十八夜」の所属は歳時記によって晩春と初夏に分かれる。

世界の言語に「茶」相当の語を探すと、英語のtea、フランス語のthéくらいはすぐに思い当たる。その他について、ネット百科によると、たちどころに卅ほどの言語で知ることができ、それらは中国語から出たものであることは見当がつく。

ある辞書に、日本語「茶」の漢字音は、呉音ダ、漢音タ、唐音サ、慣用音チャとある。辞書の範囲を広げても、チャを慣用音とすることはほぼ動かないが、成立経過については書いてない。チャの日本の辞書への登載は字類抄が最初で、漢音と唐音の中間期にあたる。

朝鮮漢字音にもタとチャがあり、植物・飲料にはチャを用いる。これは日本の用法と矛盾しない。日本には朝鮮語を通ってこの時期に入ったのではなかろうか。

海光を指先に摘む一番茶　増田富子

さつき

三日

五月の異名である。奥義抄には「田うることさかりなるゆゑにさなへ月といふをあやまれり」とある。終わりの部分は、例の方法による説明であるが、言い誤るほどの月名でもない。《榎本》に挙げる八つの異名のうち、漢語は「悪月」だけである。これは『荊楚歳時記』以来の俗称で後世まで行われたが、その詳しい根拠は不明らしい。

日本語としての解釈は、奥義抄にもあるように、田植えの時期で、「さ苗」「さをとめ」「さみだれ」「さなぶり」「さおり」「さんばいおろし」など、米作りに関わる語彙の多くに共通する「さ」に、「稲の霊」のような特別な意味をこめた日本人の精神伝統があるのだと思う。それは、三月廿七日条の「桜」の項にも述べたとおりである。

新暦で句作するとき、「さつき」を「五月」と書くのは誤りであり、由来のよく分からぬ「皐月」と書くことにも賛成できない。ゴガツは五月と書くべきである。

赤ん坊置くや五月の大芝生　蓬田紀枝子

屋根の反り跳ねて北京の五月かな　金ヶ崎礼子

牡丹

四日

美服して牡丹に媚びる心あり　正岡子規

牡丹が中国を代表する花、「花王」であることは知っている。それをあえて取り上げる目的は二つ、異名「ふかみ草」と俗称「ぼうたん」の由来は何か。

《榎本》に、和歌では「ぼたん」の音はあまり詠まれないとある。それは事実であるが、説明が必要である。三代集の物名歌《もののなうた》を見ればすぐにわかる。王朝和歌では音読みの語の使用が忌まれ、和語で詠むことが求められた。万葉集でさえ漢語が見えるのは、ほぼ巻十六の一部に限られる。

王朝人あこがれの唐を代表する花「牡丹」、それが歌に詠めないことは無念であった。それに代わる語が「ふかみ草」なのだろう。「深見」の文字を当てることは見当違いではあるまいが、なぜ「深」「見」なのか遂に分からない。もう一つの異名「富貴草」は納得できるが。

「ぼうたん」の初見は『かげろう日記』らしく、以後の和歌と散文に散見する。字類抄に「ボウタン俗」とあるのは貴重である。音が伸びただけなのだろうか。

筆硯の部屋に牡丹の風入るる　稲荷島人

畦ぬり　五日

千枚田一と畦も塗り余すなし　谷口秋郷

読者はこの句の「畦」をどう読むだろうか。大半の歳時記はアゼを見出しにして、クロを傍題にする。

秋田市生まれのわたしは、水田の畦畔《けいはん》を言う語はアゼしか知らず、姓氏の「畔柳《くろやなぎ》」と水田のクロを関連づけることはしなかった。後に古事記を学んで、スサノヲの暴挙を語る「営田《つくりた》の阿《あ》を離ち、溝を埋み」を読んで、アゼが古くはアであったことを知った。方言学者は、ア→クロ→アゼの変化を推定する。

方言地図によると、北海道と中部以西はアゼ、東北地方はクロ、南島はアブシ、東関東地域にケーハンが見られ、周圏分布だと言える。

古辞書を見ると、和名抄の「畔」に「クロ一云アゼ」とあり、名義抄・字類抄もそれを踏襲する形で、方言学者の説を裏づける感じである。アゼ・クロともに二拍では、俳句の作者がいずれによったかは判別しえず、判断は読み手にゆだねられる。困ったことである。

塗り上げし畦の掌型へ夕日澄む　吉田鴻司

立夏　六日

おそるべき君等の乳房夏来る　西東三鬼

教室で万葉集を読んでいて学生から質問された、巻十七の家持歌の題詞「立夏」の振り仮名「りふか」は変ではないかと。彼の疑念も無理はない。漢字音は、呉音・漢音・唐音の別以外、細部について学ぶ機会が少ないからである。

漢字音も日本語の音韻史に沿って変化した。「立」の原音はpで終わるので、日本ではフで受容されて「リフ」が普通であった。それが平安時代のハ行音の転呼でリウに変わった。字類抄の「立用」には「リウヨウ《フ》」の訓がある。ウの右のフは、本来の仮名遣を示すのだろう。

室町時代、節用集でも「立夏」はリッカとなっている。立の下に続く字との関係で、促音が成立したのである。かくて、「立」単字でも「リツ」の字音を有することになった。立《リュウ》は「建立《こんりゅう》・冊立《さくりゅう》・腹立《ふくりゅう》」などに残り、東海道の池鯉鮒《ちりふ》宿は、いま愛知県知立《ちりゅう》市である。同類は、雑・摂・合などと多い。特に悩ましいのは「執」で、例えば「固執」を声にだすとき、コシュウかコシツか、わたしはいつも悩む。

夏来る白き乳房は神のもの　三橋鷹女

筍　七日

筍をゆがく焔の快楽かな　飯島晴子

「快楽」はケラクと読む。

孟宗竹は江戸時代半ばに渡来したのだという。しかし、竹が日本文化の重要な位置を占める事実から考えて、固有種の竹を用いる伝統があったのだろう。それを表記する漢字は「筍」と「笋」が一般的だが、字典によると異体字の関係にあるのだという。漢字にしては意外に淡白である。

日本語の「たけのこ」は極めて散文的な名づけだと思うが、江戸時代の俳諧では圧倒的に「竹の子」表記が多い。「たけのこ」は古今集の詠み人知らずの歌にあり、歌語としても機能していたことになる。その一方で、本草和名・和名抄には「タカムナ」とある。これは、ニナ（蜷）の古称ミナによる「竹のみな」＝タカミナの転と考えて誤りない。のちにタカウナに転ずるのも自然な音変化である。「たかむな」は譬喩的な名づけなので、ゆかしく感じられるが、歌語・一般語という単純な差なのではあるまい。

戦後数年間、「筍生活」という言葉があった。

時かけて初筍のひとり酒　石田波郷

あふち　八日

花樗霧吹く如き盛りかな　西村和子

見出しを平仮名にしたのは、現代人にとって「楝・樗」の漢字はなじみが薄いと考えたからである。

国語辞書と歳時記が読み仮名を「おうち」とするのは、現代語音「オーチ」に沿った現代仮名表記である。が、ネット検索で得た日外アソシエーツの『植物名辞典』には、楝に「読み方：アウチ（auchi）」とある。

万葉集巻十に「我妹子《わぎもこ》に相市《あふち》の花は散りすぎず今咲けるごとありこせぬかも」がある。「我妹子に逢ふ」の修辞が好まれたもので、これは古今和歌六帖・万代集などにも継承されるが、中世には次第にその含意が薄れた。

わたしの関心は、この樹名が、なぜ香木であるセンダン科の樹木の名になったかにある。不思議なことだが、この疑念に意を注いだ記述には遭遇していない。万葉集に意字表記例はないが、他の古代文献では「楝」が普通である。

遠くから見ると煙って見える様子を詠んだ句が多い。先の掲句がそうだし、次の句もその前提で解すべきだろう。

むらさきの散れば色なき花樗　松本たかし

九日

よしきり

よし切や葛飾ひろき北南　永井荷風

原初のこの国の名は、古代文献に「豊葦原ノミヅホノ国」とあり、「豊葦原」の表記はほぼ維持された。だが、植物名アシの漢字表記は葦・蘆・葭などがあって、日本語には少し複雑な光景が出現した。その辺のことを考えたい。

もとより、植物名「あし」の同義語「悪し」を避けて、対義語の「善し」に変えたことが始まりである。それがいつ始まったかは定かでないが、平安時代後期には記録されている。辞書に載るのは十五世紀後半である。

《日国大》は鳥名ヨシキリの慣用表記を「葦切・葭切・蘆切」としている。通時代的な観点からの処置だろうが、用例は三才図会の「蘆原雀《よしはらすずめ》」「葭剖」など、立原道造の「葦雀《ヨシキリ》」があって、複雑な実態を示している。

《角川》の「葭切《よしきり》」の傍題には「葭雀《よしすずめ》・蘆雀《あしすずめ》」があって、アシ・ヨシの書き分けが進んだ現実を反映している。すなわち、江戸時代、植物名としても、それを生活材にするときも「葭」で書くことが普及した事実がある。

葭切のさからひ啼ける驟雨かな　渡辺水巴

十日

鮎釣り

飛ぶ鮎の底に雲ゆく流れかな　上島鬼貫

五月十日は、わたしの住む岐阜市域の長良川の鮎漁解禁日である。その状況は必ずニュースに取り上げられる。

五年ほど前、名古屋放送局の昼のラジオでは、それが「鮎づり」と報ぜられた。夕方のニュースも同じ担当者が同じ語形で報じた。翌年の解禁日も同じ人の鮎ヅリであった。

ほかの「〇〇釣り」を考えると、キス釣り・フナ釣り・ハヤ釣り等、みな清音のツリである。対象が他の動物でも、トンボ釣り・狐釣りなど、ツリであって連濁はしない。

鮎漁でも、「友釣り」はヅリである。一般に広げると、夜ヅリ、磯ヅリ、一本ヅリ、投げヅリ等、時・所・方法などはヅリと連濁することが分かる。『国語学辞典』の「連濁」の項に、「前部が後部の目的格の時は、副詞修飾格の時より連濁しがたい」とする説明がそのまま有効だと思う。

その年の十二月廿二日、同じ担当者の「煤《すす》ばらい」も耳にした。生育地の言語の特徴なのだろうか。

てのひらの鮎を女体のごとく視る　沢木欣一

鵜飼　十一日

おもしろうてやがて悲しき鵜舟かな　松尾芭蕉

五月十一日、岐阜市では長良川の鵜飼《うかい》が始まる。

映画『男はつらいよ』の第十九作「寅次郎と殿様」で、寅次郎は伊予大洲に現われる。夕方、彼が宿に入ると、遠方でドーンと大きな音が上がる。宿の仲居に尋ねると、「ウガイ」があるのだと応える。寅次郎は、嗽《うがい》かと思った、と応ずる。わたしも同様で、鵜飼と嗽の区別は第二拍の清濁にあると思っていた。

内田吐夢監督の映画『飢餓海峡』、青森県大湊の娼婦八重は、大金をくれた客を「イヌガイ」と呼んだ。鵜飼と同じで、イヌカイしか知らぬわたしの記憶に残った。水上勉の原作にも「犬飼《いぬがい》」とあるほか、警官たちのやりとりにも同じ語形で書かれている。

《日国大》によると、東京教育大本『下学集』に、「鵜飼ウガイ　嗽《クチススク》也」とある。区別しない地域もあったのだろう。「鮎釣り」と同じで、鵜を飼う「鵜飼い」だと考えていたが、「鵜で獲る」という解釈がはたらくのかも知れない。

鵜舟去る舞台に幕の下りしごと　岡村葉子

薔薇　十二日

この文字を、読者はどう読むだろうか。音読みか訓読みか。音読みなら仮名遣はどうか、訓読みならバラかイバラかなど。そもそも、この語を漢字で書こうにも、わたしは上の字には自信がない。

この語の和歌への初登場は古今集である。漢字まじりに書くと、「我は今朝《けさ》初《うひ》にぞ見つる花の色をあだなるものと言ふべかりける　貫之」。初句の末尾から第二句にかけて「さうび」が隠された物名歌《もののなうた》である。物名歌は何か物の名前を歌に隠すように詠むもので、漢語も厭わない。ここでは「薔薇《さうび》」が詠まれている。

《榎本》に、中国から渡来した薔薇は万葉集にその例が見える、とあるが、その記述は不正確で、同じ著者の『季語の来歴』から推測するに、巻十六の「からたちの棘原《うばら》刈り除《そ》け倉建てむ糞《くそ》遠くまれ櫛《くし》造る刀自《とじ》」のウバラを指すらしい。それなら、薔薇より「茨」などが適切である。これは、江戸時代の俳人たちも「愁ひつつ岡にのぼれば花いばら　蕪村」「古郷はよるもさはるも茨の花　一茶」と詠んだ。万葉集防人歌の一首に「うまら」という形もある。

バラ

十三日

薔薇園《さうびゑん》一夫多妻の場をおもふ　飯田蛇笏

右の掲句は音読みすることを求めているが、終わりの掲句にはそれがない。拍数から推してバラなのだろう。

古代、イバラ・ウバラ・ムバラなどと読まれた漢字、棘・荊・刺・茨などは、その鋭いとげに特徴づけられる植物であった。近代、美しい花が開く栽培種が入ってくると、とげよりも花に着目した名づけが必要であった。そのとき、洋語めいた片仮名による書き方の「バラ」は、語頭が濁音であるにもかかわらず、それが負の意味を担う方には機能しなかった。むしろ、美しく新しい舶来の花という高い価値を発揮したのである。

《日国大》によると、日本文献での初出は、「ローズ」が十七世紀末、「ローザ」が十八世紀中ごろである。《角川》の例句廿七のうち、仮名書きは「バラ」が二句、《講談社》の例句卅のうち、「ばら」が三句と分かれた。バラは疑似洋語なのだから、《角川》の方式がいい。

薔薇満開一夫一妻つまらなし　高　千夏子

風薫る

十四日

風かほる羽織は襟もつくろはず　松尾芭蕉

卅ほどの例句の「かをる」に当てた漢字に、「薫」以外の馥・郁・芳・香などはなかった。漢詩文の「薫風」の訳による成立ゆえだろう。中世和歌で梅や桜の香と考えられていたことは、《山本》《暉峻》に詳しい。

四十年ほど前、「シクラメンのかほり」という歌が世に出た。冬に咲くシクラメンは、人間が気づくほどの香りを発しない、と批判されながら、よく売れたようだ。その「かほり」の話である。

現行の歳時記に古句を載せるばあい、仮名遣を直すことがあり、先の芭蕉の掲句も「薫る」としたものが多い。が、真筆は「かほる」であったらしい。これは、中世以来の歌人たちが墨守してきた藤原定家の仮名遣によるのだろう。定家によると、「薫る」は「かほる」であり、「音羽山・置く露・愚か」は「を」である。

それが、いわゆる歴史的仮名遣に変わるのは、元禄期に成った、僧・契沖の研究『和字正濫抄《わじせいらんしょう》』以後である。

薫風や岩にあづけし杖と笠　久保田万太郎

葵　十五日

銀屏に葵の花や社家の庭　志太野坡

京都の上賀茂・下鴨両神社の祭礼は、今は五月十五日に行われる。その祭礼の牛車や冠帽を、丈が二メートルにもなる二葉葵で飾るので、普通は「葵祭」と呼ばれる。その「葵」の旧仮名表記と音韻変化がここでの問題である。

五月八日条の「あふち」は樹名「楝・樗」で、現在はオーチと呼ばれる。それに習うと、旧仮名で「あふひ」の葵は、新仮名で「おうい」と書くように変化しているはずだが、実際はそうなっていない。なぜか。

「あふひ（葵）」は、古代和歌で「逢ふ日」の掛詞で詠まれることが多かった。それが音韻変化に干渉したかとも考えたが、動詞「あふぐ（扇・仰）」「たふる（倒）」「あふる（煽）」も同じようにオウグ・トウル・オウルには変わっていないことから、それは否定される。意味の喚起に不都合なので、語幹内部を大きくは変形させせなかったようだ。

それで、葵はアオイの形で踏みとどまったのだと考える。

日に動く葵まばゆき寝覚かな　高桑闌更

虹　十六日

虹二重神も恋愛したまへり　津田清子

虹が架かっているとき、内側にも、まれには外側に薄い虹の見えることは知っていたが、その二つを呼び分けることなど思いも寄らなかった。廿代の終わり、京都の大学で和名抄に親しみ、古代の中国ではクジラにも雌雄があるばかりでなく、無生物にもそれのあることを知った。

和名抄では中国の文献を引いて、「楓」にヲカツラ、「桂」にメカツラの和訓を記している。単音節文字である漢字で区別があるのである。瓦も、下になる瓦をメガハラ、上に載せるのをヲガハラと言う。非生物でも、例えば螺子《ねじ》は雌雄を区別する方が実際に便利だが、日本語でその区別がいつ始まるか、文献上は明治期半ばまでしかさかのぼれない。

虹の区別は方言に残っていないようで、それが見られるのは、字類抄・塵嚢《ちりぶくろ》・毛詩抄《もうししょう》など、中世知識人の書いたものに限られる。庶民一般には広まらなかったのだろうか。

納棺の父へ大きな虹立てり　手塚その子

虹消えて医師と患者に戻りけり　阿部タミ子

十七日

初鰹

胡座より正座へ戻し初鰹　林　翔

魚類の一種として、あるいは日本の文化史的意味は語りつくされている。ここでは、言語の面を考える。

正倉院文書、平城京跡から出土した木簡、延喜式の規定、そして万葉集の歌にも「堅魚」が用いられている。奈良時代すでにこれに固定したようである。これは〔カタ-ウヲ〕(kata-uwo)の約音に依存した表記であろう。「鰹」はその合字と見えるが、本家中国では別の魚名なのだという。

わたしの関心は、それの加工食品「鰹節」にある。辞典も事典も、なぜかその件には言及しない。鰹の燻製品なのだから「鰹燻し」なのだ、とわたしは素朴に思っていた。専門書には言及があり、宮下章『鰹節』(「ものと人間の文化史」97)には、二案の第一として、「カツオイブシが原型だ」としている。わたしも同意見である。

「なまり節」も解けていない。同書には、「生イブシのイがりに転訛したものだという説も納得できよう」とある。わたしもそれで妥協しておこう。

天寿なほ伸びよと母へ初鰹　新井吉枝

十八日

えにしだ

金雀枝の花の真盛りをんな病む　吉川　秀

この語に初めて会ったのは高校時代、新潮文庫のルナール『博物誌』と記憶している。だが、このたび確かめたら、エニシダはない。「蛇」の項の「長すぎる。」はちゃんと載っている。どこで記憶がずれてしまったのだろう。

この植物名は外来語と意識していなかった。なぜか。一つは、歳時記の見出しも例句も、一般に漢字で「金雀枝」と書かれたからだろう。それも道理、江戸時代半ばには日本語に入っていたのだ。洋学の研究者によると、ラテン語のgenistaがオランダ語を経由して入り、そのとき、語末のタが濁るようになったという。

語頭の「エ」は、語頭濁音を避ける日本語の性質がゲをエに変えたのだろうか。一方で、語の後半のスダがシダに変わった。やはり研究者の言うように、エニシには「縁《えにし》」が、シダには「羊歯《しだ》」が関与したのではなかろうか。その二つが合わさって、日本語らしく感じられたように思う。

金雀枝の掲句には次の一句がふさわしい。

金雀枝の丘をそびらに調香師　井上閑子

卯の花

十九日

卯の花や茶俵作る宇治の里　　黒柳召波

うつぎ、卯月ともによく知られている語なので、由来についても奇説・珍説が氾濫する。

《小学館》で、長谷川櫂はそれらがこじつけだとし、むしろ「卯の花の木」「卯の木」→「卯つ木」に「空木」を当てたかという。だが、ウツホ・ウツロ・ウツセミなどから、「ウツ＝空」は否定しがたい。

金田一書は、卯の花は幹が空白である、すなわちウツだからウツギ（空木）と呼ばれたので、卯の花の咲くウヅキとは似た響きの名前だ、とするところでとめている。

「卯つ木」と解釈する人は、一拍の樹種名である榎《え》・檜《ひ》と比べてみるとよい。この二つは、榎の木・榎の実・榎の本、檜の木・檜葉・檜原のように、樹種名としても自立できる。だが、「卯つ木」の「卯」はそのようには自立できない。「空木」は「空なる木」で別だからであろう。確かなことはそこまでである。

卯の花の中に崩れし庵かな　　三浦樗良

卯の花くたし

廿日

書淫の目あげて卯の花腐しかな　　富安風生

混乱の著しい季語である。三歳時記の見出しは「卯の花腐し」であるが、「腐し」の振り仮名は、《角川》が「くだし」、他は「くたし」である。これはなぜか。

淵源は万葉集にある。巻十の「花に寄する」歌の一首「春されば宇《う》乃《の》花《はな》具多《た》思《し》我が越えし妹《いも》が垣間は荒れにけるかも」がある。「具」は濁音仮名なので、多くの研究者は「卯の花ぐたし」と読んでいる。これは「卯の花」と「くたし」が複合していることになるが、そう解釈できるだろうか。

第二三句は、「卯の花を朽たし（＝ダメにして）、わたしが越えた」と解釈できる。古代語ではヲ格の助詞は任意なので、不連濁の「卯の花くたし」で十分のはずである。「具」を用いたのは偶然だったか、清音仮名クのつもりだったかとも考えうる。その考え方に立てば、「卯の花朽たし」である。「くたす」は、朽ちる意の自動詞「朽つ」に対応する他動詞で、万葉集に用例がある。

本項の二つの掲句では、タ・ダのいずれだろうか。

さす傘も卯の花腐しもちおもり　　久保田万太郎

麦焦がし

廿一日

水の粉に風の垣なる扇かな　榎本其角

高が知れた食品なのに、見出しが歳時記によって異なる。異称も、ハッタイのほかに、香煎・炒り粉・練り焦がし、そして「水の粉」と多い。

わたしの郷愁の名称はハッタイと香煎で、ハッタイは普段着、香煎はよそゆきという感じであった。ハッタイは関西に発する呼び名が普及した、と説く歳時記がある。しかし、粉砕する、搗き砕く意の動詞「はたく」が全国に広く行われることを考えると、そう限定する必要はないように思う。

分からないのは、右の掲句の「水の粉」である。物類称呼に、「炒　こがし　東国にて、こがし又みづのことといふ」とある。近代の用例はまれだが、江戸時代の作は、太祇にも蕪村にもこれが見える。

次の掲句の「祖母より」は、祖母のほかは、の意であろう。かかる感慨に浸らされる場面がじつに多くなった。

母方の祖母より知らず麦こがし　岡本　眸

鹿の子

廿二日

うれし気に回廊はしる鹿の子かな　五升庵蝶夢

見出しの「鹿」の字に対して、《角川》は「しか」、《講談社》《小学館》は「か」の仮名が振ってある。音数で読み分けられるので不都合はなく、双方が使えて音数の調節に好都合だが、不慣れな人は迷うだろう。

《山本》の簡潔な記述がある。多くの日本人は、伊勢物語の「時知らぬ山は富士のねいつとてか鹿の子まだらに雪の降るらむ」で「かのこ」なら記憶している、と。だが、万葉集巻八の「山彦の相とよむまで妻恋に鹿《か》鳴く山辺にひとりのみして」の単独の「鹿《か》」は、耳慣れないので落ち着かない。カが古称であることは、平城京址木簡の「賀宍《かのしし》」や多くの複合語に残ることからも確認できる。奈良時代にはシカが一般的な名称であったようだ。

和名抄には、ほかにヲシカ（牡鹿）・メガ（牝鹿）・カコ（鹿児）が見え、シカが雄鹿でもあったと推察される。歌語のサヲシカは、サ百合・サ霧・サ夜などのように、「牡鹿」に歌語の指標の接頭辞がついたものであろう。

鹿の子のひとりあるきに草の雨　鷲谷七菜子

泉　廿三日

掬ぶよりはや歯にひびく泉かな　松尾芭蕉

霊亀三年、元正天皇は美濃行幸で多度山の美泉を見て喜び、養老と改元した。来年はその改元から千三百年、岐阜県養老町では記念行事を計画している。

「出る」の古形は「出《い》づ」、水の古形は「み」、ゆえに「出づ水」。地中から湧き出る湯は「出で湯」、なぜ「出づ湯」ではないのか、これは誰もがいだく素朴な疑問だろう。

古代語には、動詞の終止形が名詞を修飾して単語を作ったものが少しある。地名出石《いずし》のほか、垂水《たるみ》・垂氷《たるひ》、神話や祈禱関係の語「生く」による生魂《いくたま》・生日《いくひ》など。出湯と出水で構成が異なるのは、成立時期の差なのだろうか。

泉に関わるもう一つの疑問、国郡名のイヅミはなぜ「和泉」と書くのか。地名を好字二つで書くことは国の方針であった。ここで「和」の字をかぶせたことについて、本居宣長は『玉勝間』で、地誌『和泉志』に、上代、清く甘い水が出たので「和泉《ニギイヅミ》」と書いたという記事を紹介している。この説明は危うい。

袂なきことつまらなき泉かな　正木ゆう子

くも　廿四日

巣を張つて日の暈に入る女郎蜘蛛　廣瀬直人

雲ではなくて虫の蜘蛛である。《講談社》に、蜘蛛は「籠もる」を語源とすると断言している。それが何の役に立つのだろう。ここで言及するのは女郎蜘蛛である。

ジョロウグモに近い語形が文献に登場するのは江戸時代初期らしい。派手で鮮やかな雌の姿は女郎すなわち遊女を髣髴とさせ、女郎蜘蛛の名は納得できる。言語史の視点からも興味ぶかい変遷の跡をたどって、早く柳田國男が指摘し、後に亀井孝(4)が詳細に論じた。

「上臈《じゃうらふ》」は、もと、地位・身分の高い人の意で、宮廷では上級の女性を指していた。やがて上《ジャウ》の頭子音ジがヂと同じになり、さらに短音化してヂョ（女）に近くなった。臈《ラフ》の発音は、さらに早く郎《ラウ》と同じになっていた。そこで、上臈と女郎が紛れることになった。江戸時代初期、女性を指す語につける愛称以外の用法は、派手な衣裳に身を包む遊女を指すに至ったのだという。

黒と黄の縞文様は蜂の文様の擬態だ、と稲垣Ⅱは言う。

風の日も股を開きて女郎蜘蛛　阿波野青畝

廿五日

蝸牛

かたつむり甲斐も信濃も雨の中　　飯田龍太

カタツムリ・デンデンムシなどの総称「蝸牛」である。平安時代半ば、新撰字鏡・和名抄にカタツブリがあり、和歌にも物語にも使用例を見ることができる。同じ漢字について、ナメクヂの訓をもつこともある。

柳田國男は昭和五年の論文「蝸牛考《かぎゅうこう》」で、蝸牛の方言形を五つにまとめて全国の分布を調べ、京都を中心にしてデデムシ系が行われ、その周辺を順にマイマイ系、カタツムリ系、ツブリ系、ナメクジ系が取り巻いていることを示し、周辺に行くほど古い語を残しているとした。国の中心で新しい語が生まれると、それ以前の語は次第に周辺に追いやられて、そこに古い語形が残るというのである。この学説は方言周圏論と呼ばれる。

デンデンの古形は「出む出む」。「む」は推量の助動詞の、命令に近い要求の用例で、「出よ出よ」とはやした児童の古い言葉であろう。柳田はカタツムリを笠頭《かさつむり》と推定したが、アクセントの法則から見ると硬ツムリが適当らしい。

でで虫や駈けこむ雨の無人駅　　中谷葉留

廿六日

なめくぢ

なめくぢり這ひて光るや古具足　　服部嵐雪

枕冊子に「いみじうきたなき物、なめくぢ」と書かれたほど、実害はさほどないのに、意外に嫌われる虫である。道の駅で買って帰った野菜を洗い終えたと思ったとき、葉の陰で指にぬるりと触れたときなどは、やはり不快だ。

文献上では平安時代のナメクヂが最も古く、ナメクジ、ナメクジリという順に変化したらしい。ナメクジラはかなり新しい。クジリの語形は、野菜などを舐めてくじると解釈して生まれたかと考えられる。ナメクジラは、鯨《くじら》の音に引かれてできたかと推測されている。

柳田國男「蝸牛考」の説では、元来、カタツムリとナメクジは区別されていなかった。関東から九州にかけて、ハダカナメクジ・ハダカメーメー・ハダカダイロなどと呼ぶ地域がある。殻を持たない蝸牛の意味をハダカで表現したものである。

ナメは、滑らか・すべるの意、常滑のナメである。

蛞蝓を見たからと言ひ手を洗ふ　　田口　武

新緑

廿七日

満目の緑に放つ旅心　福山奏月

三歳時記ともに、「緑・緑さす」を傍題とする。「新緑」が俳諧に登場するのは近代のことである。

「みどり」自体、和歌には余り見えない。古今集の三例中の二例は、「ときはなる松のみどりも」「野辺のみどりも色まさりける」とあって草木の若芽を指し、まだ色名になりきっていないようである。律令で三歳までの児童を「みどりこ」と呼ぶことからも、それは理解できる。日葡辞書がMidoriの語釈を「木々の若枝」などとし、中華若木詩《ちゅうかじゃくぼくし》抄《しょう》に「柳が栽てあるが、春雨の中に緑がのぼるほどに」とあることなどから、右の推論は裏づけられる。

その「みどり」は、「瑞々し」との関連が推測できるが、古代の文献はそう単純ではない。日本書紀神代上の「豊葦《とよあし》原《はら》千五百《ちいほ》秋《あき》瑞穂《みづほ》之《の》地《ち》」では、「瑞」にミヅと読むべき訓注があり、万葉集の「みづかき」は「水垣」「楉垣」などと書かれたりしている。楉は国字かと言われる。

摩天楼より新緑がパセリほど　鷹羽狩行

滴り

廿八日

滴りの崖に始まる大樹海　藤崎初枝

三月十七日条「山笑ふ」の項で触れた郭熙《かくき》の画論のうち、「夏山蒼翠《かざんさうすい》にして滴るが如く」からは季語が採られなかった。それについて《暉峻》は、宝暦年間の『誹諧糸切歯』から「句に作りて紛らはしき故除きたるも俳諧の掟也」を引いて肯定している。《講談社》の「山滴る」の項で筑紫磐井は、本意に従えば、「滴る山」はおかしい、としている。山の緑がしたたるのだ、というのであろう。

「滴り」はシタタリと読むのが普通だが、平安時代からシタダリであった。『奥の細道』の雲岸寺のくだりでは、「松杉黒く苔したゞりて」と濁音に読まれている。恐らく「下垂る」という構造で、「下」は副詞的に動詞に係かるのだろう。そう考えると、納得できる語が多くある。

この構造の古代語で近代まで残った語、近ヅク・遠ザカル、羽グクムなども、動詞部の頭は濁音化している。シタタルと第三拍が清音化したのは、水滴の反覆落下する様がタタの反覆を良しと感じさせたからではないか。

光陰の狂ふことなく滴れる　三村純也

廿九日

扇

倖を装ふごとく扇買ふ　馬場移公子

ここでは、和語「扇」の語形変化が問題である。それは五月八日条の「あふち」、十五日条の「葵」にも関わる。扇の旧仮名表記は「あふぎ」で、「楝・樗」の「あふち」が参考になる。当然、新仮名表記は「おうぎ」で、発音もオーギである。この同類は、「あふみ→おうみ（近江）」「たふとし→とうとい（尊）」が挙げられる。

一方、「おうぎ」は、動詞の連用形が名詞に転じた語である。元の動詞は「あふぐ」であり、その現代語は「あおぐ」となっている。また、同じ語音排列と言えるアフヒ（葵）もオーイにはならずアオイになっている。同類に、タフル→タオレル（倒）、アフル→アオル（煽）、アフグ→アオグ（仰）、ハフル→ホオル（放）などがある。ハフルの名詞形はハオリ（羽織）なので、なおややこしい。

以上、長音と呼ばれる現象の不思議について、濱田敦[5]の論などに拠って書いたが、わたしにはなお分からないことが多すぎる。

賛入れてより白扇にうらおもて　水内慶太

卅日

かはせみ

翡翠の影こん〳〵と溯り　川端茅舎

留鳥とも漂鳥ともされる。散歩道で通年見ているわたしには留鳥だが、緑に囲まれた夏の姿が特に美しい。宝石名になっている漢語「翡翠」も捨てがたい。

この鳥の文献上の初見は、古事記上巻のヤチホコの神の歌謡の「ソニ鳥の青き御衣《みけし》を」で、「青」の冠辞（枕詞）としての使用である。新撰字鏡では「鴗」にソニの訓、和名抄では「鴗」に「曽比、小鳥也、色青翠而食魚」の記述がある。

歳時記は、右の諸語に加えて「しょうびん」を傍題とするが、それは例句に見えない。かなり広く行われた方言であるが、もはやカワセミ類に座を奪われてしまったのだろう。そのショウビンは、和名抄の「曽比」が変化したものらしい。「比」は濁音のビだったのだろうか。

カワセミは、新撰字鏡のソニに川が上接した「カハソニ」の変化したものかと推定する。

かはせみの一句たちまち古びけり　黒田杏子

かはせみの一の矢二の矢柿田川　平井さち子

青鷺

卅一日

青鷺と青嶺動かず千曲川　堀口星眠

初めて青鷺を見た人は不審に思うに違いない。少しも青くない、と。かく申すわたしがそうだった。白鷺に比べると、その差は明白である。《講談社》の「青鷺」条の解説に、「灰色だが翼をひらくと黒色の風切り羽が目立つ」とある。右の掲句の青鷺と青嶺の色感もおよそ異なる。

万葉集や古代日本語を学んで、日本語の色名の由来を知った。すなわち、日本語に固有の色名は、アカ・クロ・シロ・アヲの四つだけで、その他は顔料や染料、アカネ・ムラサキ・アヰ・クリ・ミドリなどを転用したというのである。名詞のまま形容詞にもなったこの四色は、元来、明《アカ》―暗《クロ》、顕《シロ》―漠《アヲ》という光の感覚で捉えられたものだったという。(6)佐竹昭広の論である。なお不明な点もあるが、おおむね納得できる説である。

ついでに言うと、古代語に青雲はあるが青空はない。灰色の背をした蛇は青大将と呼ばれる。青鷺なみである。

青鷺の一歩を待てず雲崩る　目黒十一

メモ6

【名義抄】「類聚名義抄《るいじゅみょうぎしょう》」の略称。原撰本の図書寮本は平安時代末期成立か。音と義を漢字で記し、和訓を万葉仮名や片仮名で記す。改編本は熟語の大半を省き、和訓を片仮名に改めてある。本書では原則として改編本の観智院本による。

【字類抄】「色葉《いろは》字《じ》類抄《るいしょう》」の略称。平安時代末期に橘忠兼が撰述した辞書。二巻本・三巻本がある。十巻本は鎌倉時代に別人が補訂したものと考えられている。編纂当時に常用された漢字表記語を集めてイロハ順に排列した辞書。

【延喜式《えんぎしき》】十世紀初めの延喜五年、醍醐天皇の命で撰修を始め、廿年ほどして完成した、律令の施行細則をまとめたもの。朝廷の年中儀式、諸官庁の事務・作法をはじめとして、諸国の物産なども知られる。

【八雲抄《やくもしょう》】鎌倉時代初期、順徳天皇が著わした歌学書。古来の歌学・歌論を集大成した六巻の大著。「八雲御抄」とも言う。

【守貞謾稿《もりさだまんこう》】喜田川守貞著、嘉永六年成立の江戸時代後期の風俗誌。明治期に「類聚近世風俗志」の名で刊行された。

【定家《ていか》仮名遣】
鎌倉時代初期の歌人・古典学者である藤原定家《さだいえ》が、同音の仮名の書き分けを記したもの。特に「お」「を」について、当時のアクセントによる独自の仮名遣を実践した。歌学の権威者の説として広く行われた。

【抄物《しょうもの》】
室町時代、五山の学僧、博士家・神道家の人々が行った各種講義記録の総称。「何々抄」の名をもつことが多いので、この名がある。片仮名を主にしたので、「カナ抄」とも言われる。狂言・キリシタン物と並ぶ、室町時代口語資料の一つ。史記抄・毛詩抄・玉塵抄など。

【壒嚢抄《あいのうしょう》】
僧・行誉の著わした百科事典的な書で、室町時代文安年間の成立。江戸時代には慶長年間と正保年間に刊行された。「烏乱《うろん》」などの唐音、「末額《まつかう》」などの俗語も見える。『塵嚢《ちりぶくろ》』を加えた本は『塵添《じんてん》壒嚢抄』と呼ばれる。

【醒酔笑《せいすいしょう》】
江戸時代初期、説教の達人と言われた安楽庵策伝《あんらくあんさくでん》の編んだ笑話の本。一千余話から成る広本と三百余話の略本がある。これによって、策伝は落語の祖とも言われる。

メモ 7
語彙語法 3

【助動詞「なり」】
助動詞「なり」には、解釈の難しい用例が少なくない。次の句がまずそうである。

小さくても昇殿すなり福寿草　一茶

正岡子規にも幾つかある。右と同じ用法なのだろうか。

大粒の霰降るなり石畳
柿くへば鐘が鳴るなり法隆寺
あたたかな雨が降るなり枯葎

いずれも中七の終わりにある。江戸時代から近代にかけての「詠嘆の助動詞」説で解釈するほかはない。
次の句の「なり」はどうだろうか。

老一人門田刈るなる月夜かな　百童
沙魚釣りの小舟漕なる窓の前　蕪村

ともに中七にありながら、下に続いていくので、詠嘆とは解釈できず、さりとて伝聞・推定の用法とも言えない。
さらに現代俳句の例を挙げる。

夕焼けてなほそだつなる氷柱かな　中村汀女
懐柔を事とするなる製茶かな　相生垣瓜人
日盛りに蝶のふれ合ふ音すなり　松瀬青々

青々詠について西村和子は、週刊歳時記12の「名句鑑賞」で、推定と解釈している。

六月

みなづき　一日

みなづきの酢の香流る、厨かな　　飴山　實

奥義抄の異名の説明は、「六月　みなづき　農のことどもみなしつきたるゆゑにみなしづきといふをあやまれり。一説には此月俄にあつくしてことに水泉かれつきたる故にみづなし月と云ふをあやまれり」。

右の記述の前半は論外である。一説として引かれる後半の「水無し月」が半ばまっとうな解釈であることは、この語構造、すなわち「み無し」がじかに名詞に続く語例、「身無し子」「実無し栗」「身無し貝」などから明らかである。だが、これから「し」が省かれることはありえない。

奥義抄の説に似た言説は、現在も見られる。《講談社》の「暑さがはげしくて水がかれ、地上に水の無い月とするのが一般的なようである」、《榎本》の「水無月の語感はぴったり」ともに、論外の記述である。

『言海』には「水之月ノ義ニテ、早苗月ニ対シ、田毎ニ水ヲ湛フヨリイフカト云」とある。古い連体助詞「之《な》」と考えたもので、最も穏当な解釈である。

みなづきの何も描かぬ銀屏風　　黒田杏子

ひきがへる　二日

蟇鳴いて孤島のやうな大藁屋　　成田千空

掲句の「蟇」はヒキなのかと思ったが、《講談社》は「がま」と振り仮名している。この字だけで幾とおりかの読みを求めるので実に厄介である。作者はそこに配慮すべきだし、俳句界は率先して漢字崇拝を脱すべきである。

日本のカエルは、渓流に棲息して澄んだ声が好まれるカジカガエルから、醜い風貌のガマガエルまで種類が多い。しかも、古語から方言まで多彩である。中村草田男は、第一句集の題になった「蟾蜍《ひきがえる》　長子家さる由もなし」のほかに、「谷蟇《たにぐく》よ老醜まで吾《あ》を生かしめよ」と、奈良時代の文献に多く見える語も使った。

ヒキ・ビッキが東北と九州にまとまって分布し、伊豆半島や紀伊半島の先端部にも用いられて、周圏的分布を示している。ビッキはヒキの語頭を濁音にしたものである。北陸にはガワズ・ギャワズが、九州には古語タニグクに繋がるタンギャクが、熊野にはタンゴクが残るという。これらに語頭濁音の形が多いのは鳴き声の反映だろう。

蟇《ひき》鳴いて奪衣婆堂の灯のゆらぐ　　菅さとし

三日

夏椿

夏椿きのふの落花打ちて落つ　谷　迪子

今、「夏椿」を見出しにする歳時記はない。すべて「沙羅の花」である。そして、「夏椿」が正しい名・植物名だとしている。だが、沙羅が何であるかは書いてない。俳人に特有の風流好みというべきだろう。好みが過ぎて過誤を犯して平然たりというさまである。

そもそも、「沙羅」はどう読むのだろうか。各歳時記の見出しには「しゃら」の振り仮名がある。が、《講談社》の「沙羅」の例句十五中の六句の振り仮名は「さら」である。原句の出典には「しゃら」とあったのだろうか。サでもシャでも構わぬという意見もあるからこうなるのだろう。だが、一字一音に命を削るのが俳人であり、拗音を嫌う人もあるのだから、無神経ではないか。

森鷗外の出身地・島根県津和野に、株式会社「沙羅《さら》の木」がある。鷗外の詩「沙羅《さら》の木」に由来するらしい。辰濃和男『天声人語自然編』に鷗外と龍之介の沙羅の詩を二回引いている。

四歳時記の例句は四十六。「夏椿」は五つだけ。

四日

噴井

水なきが如透きとほる噴井かな　松本糸生

「噴井」は「吹井」とも書かれる。読者は見出しと掲句の「噴井」をどう読むだろうか。俳句に縁遠い人はフキイだろうか、親しんでいる人はフケイだろうか。

諸歳時記は、見出しに「ふけい」と振り仮名し、「ふきい」を傍題にする。右の掲句がそのいずれかは、作者に問わないかぎり知りようがない。例句、「手を入れて井の噴き上ぐるものに触る　誓子」を見るだけでも、フキイが当然なのに、なぜその逆の扱いをするのだろう。

吹井は吹井戸とも言われた。「吹け井戸」が行われた形跡はないので、その逆は考えがたい。《日国大》によると、「ふきいど」の用例は文化年間から夏目漱石まで見える。同辞典で「ふけい」を見ると、「ふきい（吹井）の変化した語」とするだけで、用例さえ挙げないのに、なぜだろう。

岐阜県大垣市は自噴水が多く、「水都」と自称している。幸田露伴は秋の句にフキイで詠んだ。

秋深しふき井に動く星の数　幸田露伴

夜盗虫

五日

花や野菜を作らない人には、何を論ずるか見当がつかないかもしれないが、それはほとんど関係がない。

《角川》の見出しは「夜盗《よとう》虫」、傍題に「よとうむし・やとう」とある。「夜盗」は訓と音が混ざった形で読まれていることを考えたい。「夜」は日本人には最も基本的な漢字なのに、なぜ混同したのか。

文明本節用集に「夜盗　ヨタウ」の訓が、日葡辞書にもYotōがあって、室町時代にこの語のあったことが知られる。江戸時代には「夜《や》盗博打《とうばくち》」もあった。人々は「夜」の音と訓の違いをさほど意識しなかったのだろう。そこに作用したのは、漢字「夜」の、音ヤと訓ヨの近さではないか。あるいは「野盗」との混同を避けようとしたのだろうか。

同類を探してまず浮かぶのが「香」である。「香」は訓がカ、音がカウ。カウは自然な変化でコウになった。「河」の音カも時に紛れて、「河鹿《かじか》」「河岸《かし》」が正当な使用と思われたりする。「死」は、音がシ、訓がシニなので、他の字に比べると紛れにくいようである。

夜盗虫・夜盗蛾の佳吟は得られなかった。

とちの花

六日

御嶽の神に総立ち杤の花　　青柳志解樹

岐阜市の南部に中国料理店「挧挧然」がある。ククゼンと読むそうだが、かくも読みにくい名をつけた意図が分からない。一度覚えたら忘れない効果はあるだろうが。

「挧」は、日本の文献では和名抄の菓類、「杼」の項に「爾雅集注云挧一名杼」として、和名トチとあるのが最初らしい。新撰字鏡には「橡木実、止知」とある。名義抄はトチに「挧」など六字、字類抄はトチの訓を負う「杼・挧・杤」など五字を載せる。「杤」は、「十《と》×千《ち》＝万」の数と言葉のあそびによる造字らしい。

栃木県の杤の字は、一方に「杤」と書く地名人名があって、とかく話題になるが、「栃木県」は、明治十二年に県令三島幹の通達で決まったことが、現存する通達書で分かる。

漢日の間では、なかなか同文すなわち同樹種とはいかない。万葉集研究者は、「橡」をツルバミと読んで、黒色染料を採るクヌギ類を指すと理解している。

橡の花ひそかな紅を身の奥に　　渡辺恭子

落し文　　　　　　　　　　　　七日

落し文ひらきて罪をひとつ負ふ　大橋敦子

原義の落書《らくしょ》・捨文《すてぶみ》・投文《なげぶみ》の意で用いられることはほとんどないので、今はもっぱらオトシブミ科の虫の名で行われる。《小学館》で中原道夫が言うように、「俳人好みの季語の一つ」には違いないが、わざとらしさがないのは、平安時代以来の伝統を負うからであろう。

わたしが初めて見たのは晩い。十年ほど前、岐阜県郡上八幡の「古今伝授の里　フィールドミュージアム」の茶房のテラスで休んでいたとき、樹上から何か落ちた。二センチほどの長さの緑色の円筒であった。所が所であるだけに、感慨ぶかくそれを手にしたのであった。

傍題「時鳥の落とし文」「鶯の落とし文」について、自明のこととしてか、諸歳時記には解説がない。稲垣Ⅱによると、昔は鳥が作ったと考えて名づけたからで、「カッコウの玉章《たまずさ》」の名もあるという。

作者の心情を詠んだ佳吟や遊びを含む句が多い。

落し文愛つらぬけば傷多し　細江久美子

尼寺に付け文めきし落し文　岩橋玲子

ごきぶり　　　　　　　　　　　八日

ごきぶりを打ち損じたる余力かな　能村登四郎

油虫貧しと思ふ故に出づ　岡本圭岳

「御器」は漢籍に由来し、続日本紀の大宝元年正月十六日条にも見える古い語である。落窪物語に「御ごき」があるのは、「ご」に敬意が感じられないほど一般化していたことを意味する。今、「椀」を意味する語として全国に分布するので、「御器かぶり」によることは疑いなかろう。ゴキカブリでは、キカにカ行音が続くので、縮約が生じたことも確かであろう。カブリは、カブリツクなどに残る平安時代以来の語で、漢字は「噛・齧」などで書かれた。

ゴキブリの俗称アブラムシが日葡辞書に見えることは意外であった。この呼び名も古いのである。郷里の家で使っていた「戸棚虫」が秋田の方言書にも国語辞書にも見えないのは不思議である。今、ゴキブリが正式和名となって、アリマキの領域を犯さずに済むことは喜ばしい。

ごきぶりと十年銀座に住ひけり　松崎鉄之助

髭うかがひしてあぶらむし突つ走り　西山多津子

九日

鰌鍋

どぜう汁神輿待つ間にすゝりけり　久保田万太郎

固有日本語の語頭には濁音が立たないはずだが、魚介名には例外が多い。グチ・ブリ・ボラ、そしてドジョウ。ドジョウを意味する漢字「鰌《しゅう》」を目にする機会はほとんどない。泥との熟語「泥鰌《でいしゅう》」も同義である。日本では「鯲《どじょう》」とも書かれる。これは、「淤泥《おでい》」の淤の三水を除いた「於」と「魚」による造字である。ドロは、語頭の濁音こそ命と言うべき語で、鎌倉時代には生まれていたようだ。そこに、泥の中に棲息する「鯲」の生まれる契機があった。

江戸時代を扱う舞台のセットなどに見る看板の「どぜう」は、浅草の越後屋が火災で焼けた店を再建したとき、四字の「どぢやう」を変えて生まれたという。ドジョウの文証は、室町時代中期、壒嚢抄《あいのうしょう》の「鯲・土長」にトチヤウ、文明本節用集のドヂヤウ、日葡辞書Dogiǒが得られる。

この間二百年、ヂとジが、アウ・オウの長音が、それぞれ一つになっていた。「どぜう」に根拠はないが、古めかしさを演出する効果はあったかも知れない。

灯を入れて葭戸透くなりどぜう鍋　石田波郷

十日

時の記念日

時の日の正刻に入る厠かな　藤田湘子

大正九年に選定されたというが、俳句には長すぎるので、大半の句が「時の日」で詠まれている。しかもほとんどが上五に置かれ、佳吟は多くない。ここで採り上げるのは当て字について考えるためである。

何が当て字？と思う人もあるだろうが、「時」は訓がトキ、音がジなので、「時計」をまともに読めばジケイである。不自然さを意識させない、よくできた当て字だと思う。

《日国大》の「とけい【時計・圭角】」の語誌が簡潔である。日時計を意味する中国古典語の「土圭」が平安時代以来用いられた。「斗景」は『蔭涼軒日録』延徳三年条から知られて黒本本節用集にも見える。「時計」の初見は西鶴の「日本永代蔵」である。日葡辞書はToqifacariを見出しにする。「時・計」をそれぞれ単字読みしたのだろう。

以下、明治初期まで挙げると、「自鳴鐘・調時儀・辰器・時辰儀」などがある。なお、『附音／図解英和辞彙』第二版には、Clockの訳語が「自鳴鐘《リンウチトケイ》」となっている。

時の日の時計見詰めて待ち惚け　田中光子

十一日

ほたる

草の葉を落るより飛蛍哉　松尾芭蕉

季語としての蛍については、《小林》《山本》《五十嵐》などに詳しい。それを敢えて取り上げるのは、傍題の末尾にある「ほうたる」について一言せんがためである。

《講談社》は廿三の傍題の末尾に「ほうたる」を置く。《角川》も十四の、《小学館》も六つの傍題の末尾にある。「蛍」に例句が多いことも各歳時記に共通し、《角川》はその例句八十のうち、「ほうたるのなまぬるき水平家谷　中山純子」、《講談社》は六十七のうち、「うまれた家はあとかたもないほうたる　種田山頭火」ほか六句である。《講談社》は、「ほうたる」と長音化して読むこともあるとしている。

そもそも、「ほうたる」は詩語として認知されていると言えるだろうか。もしそうなら、中型の国語辞書くらいには載せられるだろう。だが、大辞泉・広辞苑は載せていない。これは、蛍狩りする児童が唱える「ほーほーほーたる来い」の「ほーたる」なのではないか。字足らずになるとき、一音伸ばして逃げようとした魂胆が感じられる。

恋を得て蛍は草に沈みけり　鈴木真砂女

十二日

あぢさゐ

紫陽花やはなだにかはるきのふけふ　正岡子規

この花に関する歳時記類の記述への不信を述べる。

《角川》の解説に、「名はアヅ（集まる）とサイ（真藍）による」と断言している。《講談社》にも、「あぢ」は「集まる」の意の動詞、「さい」は藍色で、藍色が集まるという意味からきているといわれる、としている。《榎本》にも、集まる意の「あず」と、その色の「真藍」が合わさって「あずさい」となったのが語源、とある。

でたらめが横行するものだ。断言に近い記述には裏があるに違いない。そう思って『言海』を見ると、「古言あづさゐノ転」とある。これが臭い。

アヅサヰは和名抄に見え、それを承けたらしい名義抄にもあるが、さりとて、それが古言だとは言えない。新撰字鏡には「安地佐井《あぢさゐ》」とあるし、早く万葉集に「安治佐為《あぢさゐ》」一例、「味狭藍《あぢさゐ》」二例があるのだから。

語源を知ることが、創作や鑑賞の上でなんの役に立つだろうか。かかる思い込みから早く覚めなくてはならぬ。

紫陽花や白より出でし浅みどり　渡辺水巴

ついり　十三日

焚火してもてなされたる入梅哉　加舎白雄

今は六月十一日ころが入梅に当たるが、旧時代は芒種《ぼうしゅ》後の最初の壬《みずのえ》の日で、ことしは九日がその日であった。

京都の大学に学んでいたとき、アルバイト先に栗花落《つゆり》という姓の人がいた。なんと風流な、さすが京都、と思った。大学の学会の会員名簿にもその姓があった。今の歳時記は、「ついり」だけを季語として、「つゆり」は見えない。この語については《山本》が詳しい。

掲句は《山本》の本文中から得たものだが、《小学館》は下五を「ついり」と書いている。《山本》は、「入」の字はあるが、梅雨そのものだとしている。今も「入梅にはいった」と言う人があることと同じである。「つゆり」の文証を《日国大》に探すと、足利本人天眼目抄《にんでんがんもくしょう》の「五月ついりの晴て」、易林本《えきりんぼん》節用集の「墜栗花　ツイリ　霖雨」などがある。この「墜栗」は漢語めかした表記ではあるまいか。

三重県と和歌山県では、今も「つゆり」が梅雨の意味で用いられているようだ。

勾玉の深みどりなる梅雨入かな　秋篠光広

うつせみ　十四日

空蟬のなほ苦しみを負ふかたち　鷹羽狩行

奈良時代、ウツセミに近い語形は、ウツソミ・ウツシオミもあった。その関係は解明済みとは言い切れないが、おおよそ共通の理解に達している。

記紀の神話や平安時代の文献には、「顕・現」をウツシと読むことを求める注があり、これは「現実」の意を負う語であったらしい。神や君に対する臣下の意味の語「臣《おみ》」があり、現実の世の人がウツシ臣、その縮約形がウツソミ、その転じた形がウツセミであった。そこから現世などの意も生まれた。万葉集では、ウツセミノの形で「世」などに係かる冠辞（枕詞）として機能した。その表記は、万葉仮名のほかに「空蟬・虚蟬」が多く用いられた。

平安時代以降、無常観の滲透によって「虚蟬」の意味が深まって行った。古い俳諧は諧謔を目ざしたので用例が少なかった。俳句に「空蟬」が多く詠まれるのは近代に入ってからである。

岩に爪たてて空蟬泥まみれ　西東三鬼

旧姓といふ空蟬に似たるもの　辻　美奈子

ギヤマン　十五日

《小学館》《合本》はこれを載せない。死語に近い南蛮渡来の語だから無理もない。これを載せる《角川》《講談社》の傍題は「切子・ビードロ・カットグラス」である。ここでは、ギヤマン受容の経過を考える。

ギヤマンは、ガラス細工用のダイヤモンドを意味するオランダ語 diamant の訛りだという。フランス語がオランダ語を経て入ったとも言われるが、いずれでも構わない。

渡来語の日本語化を考えると、いろいろ思い浮かぶ。スペイン語の medias がメリヤスの形で日本語化し、明治期に pudding がプリンの形で入った。地域を限ると、鹿児島の「両棒《りゃんぼ》」はヂャンボが原形だという。九州には「林《りん》檎《ご》」の転じたヂンゴもあり、r・l の音の絡むことが多い。

当該の語について言うと、日本語では元来、di と ji は、ヂとジで書き分けていた。が、中世の音韻変化で次第に合一して ji に近い音になっていた。そこで、diamant の di の音を、聞こえの印象が近いギで受け入れた。そこにギヤマンが成立したのだと考える。（拙著Ⅱの「九の章」）

唇に吸ひよせられし切り子猪口　菱田ます子

和菓子の日　十六日

中山圭子『事典和菓子の世界』（岩波書店　平成十八年）によると、明治時代にすたれた「嘉祥《かじょう》」を、昭和五十四年に全国和菓子協会が蘇らせた記念日。この日、嘉祥菓子や協会のマークの焼き印を押した嘉祥饅頭などを売るのだという。いわば死語である。それがどこまで復活しうるか、興味がそそられる。

その源は、『日本を知る事典』の〔嘉祥食い〕の条に、「旧の六月一五日（ママ）、疫病を払うために一六個の菓子や餅を買って食べた。平安時代にはじまるともいうが、室町以後、武家で広く行われ、江戸時代には、土器に杉葉を敷き、大きな饅頭を三つ盛って杉原紙に包んで贈答した。この日、一六歳の人はそれまでの振袖を詰めて袖直しを行うが、その饅頭の真中に穴をあけて、その穴から月を見る習慣があった。成人式の一種である。」とある。

《角川》に三つ、《講談社》に一つの例句がある。

月もこよひ食したまふや嘉定食　松永貞徳
物安きむかしゆかしや嘉祥餅　溝口素丸
子のぶんを母いただくや嘉定喰ひ　小林一茶

嘉定喰　十七日

前日と同じことがらを対象にする。ここでは「嘉定喰」の読み方が問題である。

この慣習・行事の名は、平安時代の元号「嘉祥」によるとも、室町時代に流通した宋の通貨「嘉定通宝」によるともいう。後者の略称「嘉通」が「勝つ」に通ずるので武士に喜ばれたのだとも。

わたしの疑問は、平安・室町いずれの時代にせよ、元号の下字にある。「定」は漢音がテイ、呉音がヂャウ、「祥」の音はシャウであって、漢字音が異なるということである。これでは通説のような混同は起こりようがない。

それと直接関わりはしないが、これまで言及されなかったことがある。「嘉祥」のカジャウもそうだが、「祥」を下字にもつ熟語の読み方である。「吉祥」の音はキッショウのはずだが、東京の地名吉祥寺はキチジョウジである。一方、京都市南区にある浄土宗の吉祥院はキッショウインである。「祥」は概して仏教関係の語ではジョウと読まれるようだが、このことに言及したものにはまだ遭遇しない。

胡瓜　十八日

青き胡瓜ひとり嚙みたり酔さめて　加藤楸邨

歳時記は、おおむね新旧の仮名遣で振り仮名するが、漢字と仮名の合わないことがある。例えば「胡瓜」の「キ‐ウリ」「キュ‐ウリ」である。そのズレの原因を考える。

平安時代の呼び方は、和名抄の「胡瓜」に「ソバウリ俗云キウリ」で知られる。ソバは、表面の突起を指すらしい。室町時代には、ローマ字文献から推して、まだ「キ‐ウリ」と呼ばれていたと見られる。

江戸時代初期、《角川》によると、「木瓜・胡瓜・黄瓜」の表記が見える。「木瓜」は当て字くさい。柳田征司[7]は、ルイス＝フロイス『日欧文化比較』に、果物を未熟のまま食する日本人が、胡瓜だけは黄色に熟したものを食するとある箇所を引いている。「黄瓜」の初見は、南北朝時代、『師守記《もろもりき》』貞治六年の記事であるとも。

品種改良が進んで生食が可能になり、享和元年『俳諧袋』の「胡瓜いでて市四五日のみどりかな」は、そのころの事情を伝えるのであろう。次の掲句はその感想である。

君好かせ給へど胡瓜青くさし　富羅

苔しげる　　十九日

斧入らぬ梅の林の苔の花　　伊東　肇

大学の国語学入門の教室でよく用いたのが「こけ」である。日本じゅうに行われながら、指す対象は微妙にずれる。ずれるけれども繋がっている。そこがおもしろかった。

秋田市周辺の広い地域で、コケは体の表面に付いた垢《あか》を指す。これは本州・四国の西端や九州の西部にも言える。それが頭部にあると一般に雲脂《ふけ》と呼ばれるが、西日本の高知・宮崎・鹿児島県などではこれをコケと言う。

そのコケに接辞ラの付いたコケラは建物の屋根材であるが、中部日本以東で魚類などの鱗の意でも広く行われる。そして、中央地溝帯の美濃・尾張・北信には茸《きのこ》をコケと呼ぶ地域が広がっている。海苔の生え始めを言う所、歯の垢を言う所もある。

この淵源は平安時代にあり、和名抄の「雲脂」にはカシラノアカ・イロコの訓がある。コケの指す対象は、いずれも物の表面に付着し、小さな力で除くことができる。民族の認識が底辺で繋がっていることが愉快である。

苔の花深井戸鎖す斜陽館　　三原清暁

へび　　廿日

蛇は殺さぬ村の掟の中に住む　　国友栃坊

蛇にはつながりの見いだしにくい傍題が多くて興味ぶかい。《角川》は【蛇】に対して九つの傍題「くちなわ・ながむし・へみ・青大将・赤楝蛇《やまかがし》・熇尾蛇《ひばかり》・縞蛇・烏蛇・じむぐり」を掲げている。マムシ・ハブを除いてこれである。民話や民俗とも関わることが多く、いかにも多彩である。忌詞が発達したからだとも解されている。人間に益することが多い動物であることを思うと、蛇は不遇である。

ヘミは、奈良薬師寺の仏足石に刻まれた廿一首の歌の一つに「四つの閉美《へみ》云々」とあるものが古い。のちにミが同じ唇音のビに変わって現在の形になったのだろう。

アカカガシの古形とおぼしいのは、古事記の八岐大蛇《やまたのおろち》の条に見える。大蛇の説明に、眼は赤カガチのようだとあり、カガチは「今の酸醤《ほおずき》だ」という旨の注記がある。

クチナワは、和名抄の「蛇」の項に、異称クチナハ、「毒虫也」の注記がある古い語であるが、用例は多くない。

畦草に乗る蛇《くちなは》の重さかな　　飯島晴子

水ゆれて鳳凰堂へ蛇の首　　阿波野青畝

ソーメン

廿一日

手の力抜き素麺の束を解く　佐々木まき

見出しは片仮名表記にした。参照した歳時記では圧倒的に「素麺」が多いのに、仮名書きの句は「さうめん」が多いからである。たかがソーメン、されどソーメン。

《日国大》によると、中国から伝来した「索麺」が本来の表記らしいが、当初から揺れていたようで、十四世紀成立の『異制庭訓往来《ていきんおうらい》』に「素麺」があるという。庭訓往来の十月三日返状に「索麺《サウメン》」とあり、妙本寺本『いろは字』は、「素麺」に開長音サウと合長音ソウ、二つの読みを附している。素は漢音がソ、呉音がスのはずなのに。

節用集類は「索麺」が普通だが、江戸時代の俳諧書や辞書には「素麺」が多くなった。いつの間にか、素はソウの音を獲得していたことになる

サウメンのサウは、「索《さく》」のウ音便だと言われる。クがウに転じた例は、形容詞連用形語尾クのそれが最も多い。ほかに、「冊子《さくし》」から草子や草紙が生まれ、「格子《かくし》」がカウシに転じたことなどが挙げられる。

掬ふたび冷さうめんの氷鳴る　岡本　眸

さつきばれ

廿二日

抱きおこす葵の花やさ月ばれ　五升庵蝶夢

陰暦と陽暦とで時期が完全にずれてしまったのに、表記には無頓着であるために生じたこの怪現象について、歳時記の筆者は一言を費やしはする。

《角川》は「現今、梅雨の前の陽暦五月の晴れをいうのが一般化しているが誤用」、《講談社》は「現在は陽暦五月の風さわやかな空のことをいうようになった。誤用であるが、いまではこの用い方が定着している」としている。《小学館》も同様に書き、日本語の歴史にはままある現象だとして、「梅雨晴・梅雨晴間」という同じ意味の季語が定着する一方で、「五月晴」が一般に誤用のまま使われているとしている。

三歳時記の態度は共通して、誤用と断じながら、対処法を考えていない。漢字至上主義に縛せられているのだろう。言葉の正確な運用、日本語の長所を伸ばし、短所の補正を目ざすことこそ俳人の責務であろう。集英社版『大歳時記』で久富哲雄は、陽暦の場合はゴガツバレとでも改めるべきか、と書いている。同感である。

ところてん　廿三日

清滝の水汲よせてところてん　松尾芭蕉

わけの分からぬ季語である。わけの分からぬまま数百年やってきたのだから不思議な話である。

四歳時記を比べる。歴史主義色の濃い《角川》は【心太《ところてん》】、傍題が「心天《ところてん》・こころぶと・こころてん・心天突《ところてんつ》き」である。歴史色が希薄な《小学館》でも、傍題を「心天・こころぶと・心太突き」としている。四歳時記の例句は全部で四十一、その表記は「心太」廿五、「ところてん」十六。これきりである。「こころぶと・こころてん」の例は一つも見えない。古い句の実例が欲しいところである。

ココロブトは古い語である。辞書によると、正倉院文書に「心太」があり、延喜式にも同じ表記で見える。和名抄は海藻部で「大凝菜」に注して、「古留毛波《こるもは》、俗用心太二字、云去々呂布戸《こころふと》」とある。後世には「心が太い」の意を掛けて用いられることがあったが、ほぼ古語の位置に置かれていたと言えるだろう。

よく分からぬ語を現代の歳時記に載せる意味を篤と考えてみる必要がある。

紅花　廿四日

まゆはきを俤《おもかげ》にして紅粉《べに》の花　松尾芭蕉

「べにの花」については、万葉集巻十、花に寄せて詠んだ相聞の歌に「よそのみに見つつ恋せむくれなゐの末摘む花の色に出でむとも」があって、「くれなゐ」と異称の「末摘む花」の先駆がみえる。

週刊歳時記11の「色の名前」欄に、ベニの呼称は近世以降で、唇や頬に丹《に》（赤色）をのばす意の「のべに」が語源という説を紹介している。和名抄では『釈名』の「䞓粉」に「閉邇」の和名がある。閉は濁音の「べ」であろう。源氏物語・常夏に「へにといふもの、いとあからかにつけて」などがある。これらは「のべに」由来説では説明できない。

我が関心は、固有日本語に語頭濁音の語はない、という通説と矛盾するかに見えることである。平安時代語で見る語頭濁音の語は、擬声語由来のドヨメク、負の価値を示すべく濁音化した「化《ば》く」「耄《ぼ》く」、奈良時代には語頭に狭い母音のあったことが知られている「奪ふ」「茨」などでおおむね説明が可能である。残る「べニ」は遂に解けない。

山々に呼ばれ紅花開きけり　鳥海むねき

なすび

廿五日

こきと捥《も》ぎこつと籠《こ》に入れ初なすび　鷹羽狩行

語形と自分の語意識とのずれに驚かされることがある。秋田育ちのわたしはナスビを耳にした経験がなく、それは上方の中流家庭などで使う語かと思っていた。

見出しの「茄子」に、《角川》の振り仮名は「なすび」、他書はおおむね「なす」である。この二分の背後には、俳句の読みは音数律で決まる、という思想があるようだ。平安時代、本草和名・和名抄に茄子の和名を「ナスビ」としており、ナスビで安定しそうなものなのだが。

《日国大》は、『お湯殿の上日記』などに見える女房詞ナスが全国に広まったのだという。わたしはむしろ語末のビに品位を感じていたのだが、実態は逆だったのである。今は、東日本にナス、西日本にナスビの傾向があるという。

「茄子」の「子」は、萩を「芽子」、燕を「燕子」と書くのと同じ、中国の俗語用法かと考える。

《小学館》は、ナスは「為す・成す」の意で、実がよく生《な》ることに由来する、という珍説を載せている。

生きて世にひとの年忌や初茄子　高井几董

ねぢばな

廿六日

捩花をきりりと絞り雨上がる　浅田光喜

ネジバナは小なりといえども蘭なのだという。

昨年六月某日、ＮＨＫＴＶ岐阜の十九時前の放送で、視聴者からの投稿写真を紹介する際、ネジバナともネジレバナとも言った。これはよく耳にするが無理もない。そう迷わせるような、動詞の形態変化が介在するからである。

文語の「ねづ」は、用例はごく少ないが、上二段活用の自他両用の動詞だったらしい。現代語のモクネジ、ネジマワシに古形が残っている。

中世、それが変化して、五段活用化が進む一方、自動詞が下一段活用に転じ、現代語のネジレルになった。かくて、ネジバナは古形、ネジリバナは新形だと言うことができる。

この花は、中世以来、モジズリと呼ばれることもあり、漢字「文字摺」が当てられもした。文語の動詞「もづ」は「もどる」と同根の語で、その動きが「捩《ね》づ」と似ていることもあり、起こるべくして起こったとも言える。だが、「文字」はモジ、「捩《も》づ」の連用形はモヂ、別の語である。

捩花はねぢれて咲いて素直なり　青柳志解樹

冷麦

廿七日

冷麦や夫婦ふたりの卓広く　小林篤子

本項の見出しは、世に流通する形「冷麦」で掲げた。三歳時記は申し合わせたように、傍題を「冷し麦・切麦」としている。切麦については説明の有無が異なるが、「冷し麦」に言及しない点は共通する。わたしはそこを考えたい。

冷した麺だからヒヤシムギが自然なはずだが、掲句のようにヒヤムギとなっている。同じ視点から「ひや酒」「ひや汁」「ひやめし」も視野に入ってくる。

《日国大》を主な手掛かりにして初出時期を探ると、ヒヤ麦・ヒヤ汁・ヒヤ酒は、いずれもヒヤシ麦・ヒヤシ汁・ヒヤシ酒に先行して、十六世紀末までに見える。その初出は、ヒヤ麦の類は中世の辞書、塵芥・節用集・いろは字であるのに対して、ヒヤシ麦の類は、俳諧書である。

今、「冷しコーヒー」「冷しラーメン」と言うことから分かるように、新語は「冷し」によるのが一般のようだ。それは、中世に始まったように見える。冷した食品全般を「冷し物」と呼ぶのがそのころだからである。

冷し麦今年も半ば過ぎにけり　角川春樹

ほととぎす

廿八日

郭公一声夏をさだめけり　大島蓼太

その名の由来に関する説は、漢・日・梵、三つの言語に及ぶ多彩さである。語末のスをウグイスなどと同じ接辞と見て、万葉集巻十八の「暁に名のり鳴くなるホトトギス」などから、古代人も鳴き声をそう感じていたとする通説でいいと思う。

その名の漢字表記も応対にいとまなき多彩さである。標準的な表記「時鳥」の成立は、名義抄・字類抄にそれが見えることから考えると、平安時代半ばすぎであろうか。その由来にも諸説が錯綜している。右の掲句もその知識を詠んだものだと思う。

万葉集巻十七の大伴家持歌の左注「霍公鳥は立夏の日に来鳴くこと必定なり」は、大陸渡来の暦を背景にした言である。東歌「信濃なる須我の荒野にほととぎす鳴く声聞けば時過ぎにけり」は農民の思いの吐露だろうか。わたしの住む地域では立夏のころが初音の時期である。

掲句は、悲運の晩年を生きた作者、絶頂期の作である。

谺《こだま》して山ほとゝぎす欲しいまゝ　杉田久女

廿九日

まむし

寂光院蝮さげたる人と会ふ　脇本星浪

野の草が伸びてくると、田畑に「マムシに注意」の札が立つ。マムシの古称タヂヒについては三月八日条の「いたどり」の項に書いた。ここでは現在のマムシを考える。

龍光院本妙法蓮華経・一の「蝮蝎」に、平安時代後期の訓「ノツチ」が残っている。マムシとサソリを意味する二字を、ノツチすなわち「野の精霊」と見ていたことが分かる。ツは古い連体助詞、今の「の」に当たる。マムシすなわち「真虫」である。強い物・恐ろしい物・崇めるべき物を「真《ま》」の称詞によって敬したのである。「へび」をムシと言うことは、ヘビの傍題「ながむし」にもあった。

古代人は、蛇を敬することで恐ろしい力の害を防ごうとした。常陸国風土記行方《なめかた》郡の条に、「夜戸の神」が群れを率いて開墾を妨げた話がある。それは蛇に対する俗《くにひと》の名づけだとある。万葉歌には、大和の地名「真神の原」の冠辞（枕詞）「大口の」がある。「真神」は「狼」である。日本には棲まない虎を「虎といふ神」と詠んだ歌もある。

夜遊びの座に持ち込みし蝮酒　吉田汀史

卅日

なごしの祓へ

夕かぜや夏越しの神子のうす化粧　安井大江丸

わからぬことの多い季語である。《角川》は「名越《なごし》」、《講談社》・《山本》は「夏越《なごし》」で、諸書の表記は二種に分かれる。拾遺集巻五に「みなつきのなごしのはらへする人は千歳の命のぶといふなり」とある、六月終わりの神事である。それにちなむ諸行事も季語になるので、「茅の輪潜り・形代流し・川祓へ」など傍題も多い。

八雲抄の「邪神をはらひなごむるゆゑになごしと云也」に始まる名の詮索はとどまることを知らない。八雲抄の解によれば「和し」であろうが、古代語に動詞「なごす」は見当たらない。夏の名を越す意とする解は、ナツを略してナとする根拠が説明できない。いずれにせよ、漢字表記には無理が伴うので、仮名書きすべき語である。

神の名において祓いをすることを「祓へ」というのも不思議である。ここには四段活用と下二段活用の違いが消えている。これは奈良時代かららしく、万葉集巻十七の巻末歌に「中臣の太祝詞《ふとのりと》言《ごと》言ひ祓へ」とある。

形代やたもとかはして浮き沈み　飯田蛇笏

七月

氷室饅頭

一日

世の貢多かる中に氷のみつぎ　加舎白雄

普通は「氷室の使い」「氷室の貢」で詠むのだが、あえて金沢の風習を見出しに立てた。

延喜式では、四月一日から九月末日までが、氷雪を朝廷に献ずる期間とされていた。江戸時代、加賀藩の前田家は、旧暦六月一日を氷室開きの日として、それを幕府に献上していた。金沢の菓子屋が考案した酒饅頭が、使者の無事を祈って神社に供えられたという。

明治期、新暦の七月一日を氷室開きの日として、町民は無病息災を願って酒饅頭を食する習わしが残り、それを「氷室饅頭」と称するようになった。わたしも金沢の大学に学んだ時期、乏しい財布をはたいてそれを食して市民の習慣に同じようと務めた。

「氷室饅頭」を宮坂Ⅰは地貌季語としているが、「氷室」によって一般性を獲得していると言えるだろう。次の掲句のように、若者には縁遠くなっているのかも知れない。

氷室饅頭食べるは老いし者ばかり　土肥真佐子

ふみ月

二日

文月や空にまたるるひかりあり　加賀ノ千代女

奥義抄には、「七月　ふみづき　七日たなばたにかすとてふみどもをひらくゆゑにふみひらきづきといふをあやまれり」とある。例によって「あやまれり」であるが、この文章の意味がわたしには分からない。

引用は日本歌学大系第一巻によった。本書に限らず、第三拍を濁音ヅで読むのは、日葡辞書のローマ字綴りによるらしく、それ以前の読み方は不明である。「ふみども」とある「ふみ」は書翰か書物か、その両方か、ほかに何かを含むのか。それを「かす」とは、いかなる行為なのか。結局、何も明らかではない。

次の掲句は「文」を書翰としての詠であるが、新暦なのか旧暦なのか分からない。

佳信来ぬま、に文月過ぎにけり　平松三平

風鈴

三日

売り声は上げず風鈴売りが過ぐ　朝妻　力

全く迂闊なことだが、この季語の「鈴《りん》」を意識したことがなかった。リンが現代漢字音とは知っており、漢音のレイは見当が付くが、呉音はリヤウかレウか自信がない。《角川》には「考証」を設けていない。「解説」で十分との判断なのだろう。その解説には、鎌倉時代に中国から伝わったとある。だから唐音なのだ、と納得できる。だが、フウリンに定着するまでには紆余曲折があったようだ。日葡辞書の見出しは、「Fūreō または furiō」と両形あり、邦訳の編訳者は後者について、fūriō の誤りかとしている。語の後半について言うと、これを発音し分けることはたいそう難しかったのだと思う。現代語の感覚で仮名表記することは不可能である。

《書言》の「風鈴」には、右にフレウ、左にフウリン、注記「一名簷鈴、又云風箏」がある。江戸時代にもまだ語形が固定しなかったようである。

次の掲句の「音」には、「ね」の振り仮名がある。

風鈴の音には容喙せぬつもり　後藤夜半

みちをしへ

四日

此方へと法の御山のみちをしへ　高浜虚子

「斑猫」の傍題で、「道教え」の意。人の前へ前へと進むのでこの名があるが、じつは、明るく開けた所を棲みかにしているので、人間の進む道と重なるだけの話。だから、人間から逃げているつもりなのだろう。掲句の「此方」は、句柄から推すに、コナタと読ませるのだろう。

郷里の海岸の松林でもいくたびか遭遇した愛すべき虫である。六月七日条の「落し文」と並ぶ俳人好みの虫の季語の双璧である。歳時記に登載されるのは案外遅く、文政元年の『季引席用集《きびきせきようしゅう》』が最初らしい。「落し文」の初出も同書であることは興味ぶかい。

漢語の異称は「郷導虫」。郷は方の意なので、同じ原理である。なぜ「猫」なのか、大漢和辞典は「斑蝥《はんみょう》」に同じとするが、よく分からない。英語名は tiger beetle。

稲垣Ⅱによると、美しい羽根の色は、光沢色で鳥の攻撃を避けているのである。ところが、その美しさゆえに毒虫と考えられてきたのだという。

斑猫や松美しく京の終　石橋秀野

青大将　五日

青大将見てより眠くなりにけり　星野　椿

六月廿日条の「へび」の項に収めるべき語であるが、個人的な思いがあって、ここに一項を立てる。

幼い時分から、青大将は見もし聞きもしていて珍しくない。タイショウにアオが上接したので、連濁してダイショウになったのだろうと思っていた。ところが、「平安朝日本語復元による試み」と副題する『朗読源氏物語』（大修館書店　昭和六十一年）を聴いて、そうではないことを知った。その録音の須磨之巻では、「大将」に昇進した光源氏がダイショウと読まれているのである。

金田一春彦の解説には、「大」は日葡辞書・落葉集などによってダイと濁る、とある。《日国大》によると、永禄二年本節用集に、官職の場合はダイショウ、軍統率者の場合はタイショウと読み分けており、以後の節用集も多くはそうだとある。一般の古語辞典は、両形があることを指摘するにとどめている。

木之下正雄『源氏物語用語索引』（国書刊行会　昭和四十九年）は、見出し項目を「だいしやう」としている。

西瓜　六日

こけざまにほうと抱ゆる西瓜かな　向井去来

今、大半の野菜と果物に言えることだが、栽培方法・品種改良で季節感が変わり、歳時記での扱いが難しい。

二年前の十二月廿八日、NHKFMの「日曜喫茶室」で小学校教育に話が及び、轡田隆史がスイカと仮名書きすることを批判した。「西瓜」と書くことでその由来が分かるので、漢字表記の方が優れているというのであった。

中国の中心部で西瓜が知られるようになったのは十世紀以後らしい。西方渡来なので、「西瓜」なのだと思うが、日本でスイカと呼ばれるのはなぜか。諸書の説明は三分しうる、①唐音、②唐音か、③説明なし。

唐音説は本朝食鑑に、「西」読みて須伊となす、としたのが早いか。三才図会も、「西瓜」の右に「すいか」、左に「スユイクワア」と振り仮名し、唐音の訛りとしている。[8]佐藤喜代治は、唐音資料『中原音韻』によると、石灰《しっくい》・堆《つい》朱《しゅ》・擂茶《るいざ》が西瓜と同音グループに属するので、スイカになるのは理に叶っているという。

いつまでも埠頭の波の西瓜屑　深見けん二

涼し

七日

涼しさを見せてそよぐや城の松　内藤丈草

これまで注目されなかった形容詞の一面を扱う。

楽しい・悲しい、これらは学校でシク活用形容詞と教わり、遠い・高い、これらはク活用形容詞と教わった。前者は情意性形容詞、後者は状態性形容詞とも教わる。今は、感情形容詞・属性形容詞の名で呼ばれることが多い。かかる名づけは便利だが、二分法では処理しえない語もある。「涼しい朝」は「寒い朝」と表現構造に差がないので、属性形容詞と考えたい。「彼は失敗したのに涼しい顔をしている」も、他人の様子を第三者が表現するのだから状態形容詞としての用法である。

楽しみ・悲しみ・苦しみ、これらは形容詞の名詞化した形であるが、「涼しみ」ではなく、「涼み」という。名詞を上接させた形もある。「朝涼の身より生まるる礼言葉　村越化石」「夕涼や一会の膝を船に組む　伊藤白潮」。季語ならぬ形容詞「憎い」は逆で、名詞化すると、「憎み」ならぬ「憎しみ」である。

この現象を説明することは、わたしはまだできない。

のうぜんかづら

八日

凌霄花這ひ上がる木をまだもたず　村上秋嶺

夏の花は花期の長いものが多い。盛夏から晩夏まで咲く凌霄花もその一つである。あえて平仮名で書いた見出しに的確な漢字が当てられる人は多くあるまい。凌霄を「のうぜん」と読むのは難しい。

平安時代中期、本草和名・和名抄の記事は、訓「マカヤキ」、音「ノウセウ」を示す。漢字はのちに「凌霄」で固定するので、特に音の乖離が目につく。字類抄まで下ると「凌苕　リョウテウ」の音表記が見える。

古代日本語は、原則として語頭にラ行音が立たなかったので、外来語を借用する際はそれが避けられた。蘭《らん》・竜胆《りんどう》などの例外もあるが、硫黄《るわう》はユワウで受容してイオウに転じた。語頭のラ行音を避けたのは、同じ音特徴をもつ朝鮮語で姓の盧がノ、柳がユになるのと同じである。

「凌霄」の下字「霄」は末尾音がngである。これを受容する方法は、ン・ウの二つがあった。ノウゼンとノウセウがあるのはその結果だと考える。

たのみたる雨雲それぬ凌霄花　高橋淡路女

四万六千日

九日

観世音菩薩結縁《けちえん》日。七月九日・十日に詣でると、四万六千日詣でたと同じ功徳があるとされる、東京の浅草寺が有名である。今、各地の寺で営まれ、月も名称も異なり、名古屋の大須観音は九万九《くまんく》千日《せんにち》である。俳句にシマンロクセンニチは長すぎるので、浅草寺については傍題の「ほおずき市」で詠まれることも多い。

ここで取りあげるのは別の視点からである。十数年前のこの日の夕方、ラジオで浅草寺からの中継が放送された。若いリポーターはこの行事を「ヨンマン云々」と言うのだった。若いから許されると思うのは甘いし、番組のディレクターの指導にも疑問がある。この例も含めて、拙著Ｉの「朗読者の務めと悩み」に書いた。

今、漢数詞と和数詞を区別できない人が多い。一例として、『季語の食卓』(ＴＢＳブリタニカ)から、焼鳥の例句「焼鳥やよく働きし四十代《よんじゅうだい》　大牧　広」を挙げよう。俳句を知らない人が仮名づけしたのだろう。

人去りしほほづき市のさびれ雨　石原八束

アリスのごと鬼灯市に紛れたり　浦川聡子

忘れ草

十日

無宿墓そびらに長けし忘草　山城やえ

萱草《かんぞう》は知っていても、異名「忘れ草」を知る人は多くないのではあるまいか。かく申す自分がそうで、万葉集を読むようになって初めて知った。万葉集には、「恋忘草《こひわすれぐさ》・萱草《わすれぐさ》」が詠まれている。

万葉集巻三に、「萱草我が紐に付く香具山の古《ふ》りにし里を忘れむがため」のように詠まれた。これは、和名抄が「萱草」に、「一名忘憂、漢語抄云和須礼久佐《わすれぐさ》」とするように、漢語「萱草」を訓読みしてできた語らしい。漢籍では、『文選』五十三・嵆康「養生論」に「萱草をして憂へを忘れしむ」などとある。

日本語の〔忘れ＋名詞〕構造の語には、古歌の「忘れ水・忘れ井・忘れ貝」があり、俳諧に詠まれた「忘れ扇・忘れ潮・忘れ霜」もある。いずれも「忘れられた物」を意味する複合語である。それに対して、「忘れ草」は忘れるための草なのである。日本語と漢語との違いなのだろうか。

野に咲いて忘れ草とはかなしき名　下村梅子

はす　十一日

白蓮に人影さはる夜明けかな　大島蓼太

《山本》の「蓮」の項には、中国における漢字の使い分けを述べ、蓮・荷・藕・蕾などで部位を細かく表現する旨を書いている。漢語の辞書ではさらに細かい。さすが漢字の国と思わせられる。

日本語のハスは、古事記の歌謡に万葉仮名の「波知須《はちす》」で登場して以降、万葉歌のハチスに「蓮」、ハチスバに「蓮葉・蓮荷」、題詞のハチスバに「荷葉」が見える。ハチスはやがてハスに変わっていくのだが、古今集では詞書も歌詞もハチスであり、源氏物語では「はすの実」一例のほか、十九例はハスである。そして、歌にハスが詠まれるのは平安時代末期である。

そのハス、一般にはハチス（蜂巣）から出たと解釈されているが、《片桐》はそれを、信じられない、と拒否している。そのハチス、現代の俳句にも意外にしぶとく生きており、例句の二割ほどに詠まれている。音数が調整できる便利さゆえに貴重なのだろう。

暁闇を弾いて蓮の白さかな　芥川龍之介

梅干　十二日

梅漬けてあかき妻の手夜は愛す　能村登四郎

多くの歳時記は、傍題の筆頭に「干梅」を置く。この二語、「梅干」と「干梅」の関係はどう理解すべきなのだろう。

美濃の華厳寺の境内に齋藤茂吉の歌碑「谷汲《たにぐみ》はしづかなる寺くれなゐの梅干ほしぬ日のくるるまで」がある。歌集『白桃』の歌である。高浜虚子にも「梅干を干すに日曇り人仰ぐ」がある。歌人・俳人は気にならないようだ。

「梅干し」は「梅を干す」の名詞形である。ある物を対象とする動作を形式化すると、〔名詞＋動詞〕となる。「干す」では、「蒲団干し・甲羅干し・堰干し」がある。

一方、行為によって得られた物に重点をおくと、〔動詞＋名詞〕になるようだ。「柿を干す」と「干し柿」になるように、「干し芋」「干し魚」である。ならば、「干し梅」となるはずがそうはならなかった。一方、「焼き魚」「焼き肉」「焼き芋」などは原則どおりである。この違いが何によるのか、わたしには分からない。

干梅の匂へば母の在るごとし　冨所陽一

七月

待宵草

十三日

月見草はらりと地球うらがへる　三橋鷹女

見出しの「待宵草」で詠んだ例句は一つも見当たらず、歳時記に載る例句はほとんど傍題の「月見草」である。掲載されるカラー写真のほとんどが黄色い花であるが、本来の月見草は白い花なのだという。

江戸時代後期に渡来した待宵草は、その性質から、「宵を待って咲く花」の意で「待つ宵草」と名づけられたらしい。だが、これには歌語としての前歴があった。決して優勢ではなく、平安時代の用例も少ないが、「待つ宵の風だも寒く吹かざらば見え来ぬ人を恨みましやは」(曽丹集)など、「来るはずの人を待つ宵」なのであった。待つ対象が宵と人では大違いである。

人ならぬ「宵」を待って咲く花なら、「宵待ち草」と名づくべきである。直感鋭くそれを実践したのが竹久夢二らしい。その詩集『どんたく』に、「まてどくらせどこぬひとを　宵待草《ヨヒマチグサ》のやるせなさ」を収めたのは、大正二年のことであった。

町中に月見草咲き基地近し　保坂伸秋

河童まつり

十四日

河童《かはたろ》の恋する宿や夏の月　与謝蕪村

掲句は夏の月の句であり、そこに詠まれた河童も夏の風物のはずである。だが、季語とされないのは不審である。架空の動物なのに、雪女は既に季語入りしている。

河童まつりは全国のかなりの地域で行われる。福岡市姪浜の住吉神社の「祇園河童祭り」が七月十二日、茨城県牛久市の「うしくかっぱ祭り」は七月の最終土曜日、千葉県我孫子市の「あびこカッパまつり」は八月の最終土曜日、広島市段原の「猿猴川河童まつり」は九月第三日曜日である。近年は町興しのために創められる祭が多い。

ここで懸念されることがある。いわゆる河童は、全国各地で多彩な方言が行われてきた。それが季語化したら、関東以北のカッパが席捲するに違いない。すると、例えば陸奥・日向・大隅などに残る「メドチ」系の語など、古代以来受け継がれてきた民族の伝統が忽ち消えてしまうに違いない。それが惜しい。「河童《みんずち》」などの振り仮名で抵抗するほかないだろう。

蟬の声

十五日

閑さや岩にしみ入蟬の声　　松尾芭蕉

芭蕉が『奥の細道』の旅で立石寺を訪れたのは五月末である。閏一月があった年で、新暦への換算も蟬の種類の詮索も余り意味がない。ここでは上五の読みを考える。

掲句の三字を、諸家は「しずかさや」と読んでいるが、「しずけさや」の可能性はないのだろうか。これは、四月六日条の「長閑」で考えたことの続きである。

明治書院『三句／索引新俳句大観』（平成十八年）によると、

静けさや清水ふみわる武者草鞋　　蕪村

静けさに堪へて水澄む田にしかな　　々

他の二俳人の一句ずつもある。一万三千句中の数である。〔静か―静けし〕のように形容動詞と対応するケシ型形容詞は、古代和歌には詠まれたが、所属語彙が多くなかったせいであろう、次第に衰退して行った。そのような趨勢の中で、歌語臭の強いこの形容詞をあえて俳句に用いる意図は何なのだろうか。

俳諧の軽みや生活詠などには不向きなので、「しずかさ」で十分だとわたしは思うのだが。

夕凪

十六日

夕凪ぎて原子禍の町音絶えし　　石原八束

作者は広島の出身者ではないという。それなら旅行詠であろうか。この感慨は、この町で五回の夏を経験したわたしにはよく分かる。凪は朝夕に生ずる自然現象であるが、夏は夕凪が圧倒的に厳しいので、作例数も朝凪よりはるかに多い。《小学館》が、「朝凪」を「夕凪」の傍題としているのは理解できる。

掲句では「凪」を動詞として詠んでいる。同様に「朝凪ぐ」と作句するひともある。その背景には、《講談社》に記す、語源は「和ぐ」で、波が穏やかになる様子を指す、という解釈があるのだろう。俳句に語源論は不要だが、上代語「和ぐ」は上二段活用なので、四段活用の「薙ぐ」説には及ばない。万葉集に「夕薙《ゆふなぎ》」の例がある。「朝凪ぐ」「夕凪ぐ」はその動詞化であるが、落ち着かない感じが残る。

「凪」の字は、凩、凧ともに、国字の佳作である。「几」の部首名をわたしは知らなかった。「きにょう・つくえ」が一般的らしいが、「かぜがまえ」こそがふさわしい。

夕凪や垂乳《たるち》あらはにゆきかへる　　吉岡禅寺洞

山鉾巡行

十七日

月鉾の出づるは山のあはひかな　　北村季吟

京都八坂神社の祇園会で行われる、卅数基の山と鉾による市中巡行が「山鉾巡行」だが、俳諧にこの形は見えず、「鉾」「何とか鉾」などの形で詠まれる。ここでは、「山鉾」の「鉾」が連濁するか不連濁かが問題である。

ネットで「山鉾巡行」を検索すると、筆頭がasahi.comで、祇園祭の山鉾の読みはヤマボコかヤマホコかを問う件が出た（平成十九年七月十四日）。この時期になると、神社や山鉾連合会に質問が寄せられるのだという。

ヤマとホコなら並列関係で不連濁のヤマホコ、ヤマのホコなら修飾関係で連濁形ヤマボコとなる、これが模範解答だろう。「山川」のヤマカワとヤマガワがその典型であるが、原則どおりにならぬのが言語。

巡行関係者の大半の回答は、ホコが本来の形だが、発音のしやすさ・自然な発音でボコになったとする。私見では、もう一つ、語中のハ行音の不安定さがあると思うが、その解釈の妥当性の検証は難しい。

遠目にも長刀鉾にまぎれなし　　牧野秋生

病葉

十八日

病葉や銀座は窓の美しき　　神尾久美子

漢字表記すると一目瞭然なのに扱いにくい語である。万葉集の「ワクラバニ」二例は、人間として現世にあるという仏教思想を帯びた表現らしい。一方、巻八に枝の状態を詠んだ「秋萩の末《うれ》和《わ》々《わ》良《ら》葉《ば》尔《に》置ける白露」があり、「々」を「久」と見るとワクラバになるが、いずれにせよ未解決である。

平安時代以降、平仮名書きされる和歌は濁音表記をしないのが普通だったので、事が複雑になったとおぼしい。日葡辞書はワクラバに、「六月に虫に食われた葉」と語釈し、ワクラワに「詩歌語。まれな」の語釈のあることがそれを示している。

十六世紀末の二つの辞書の記述を見ると、易林本《えきりんぼん》節用集には「嫩葉」に「木之若葉」とある。嫩は若くやわらかい意の漢字らしい。元亀二年京都大学本『運歩色葉』は「秏」をワクラハと読んで、「病葉也」と語釈している。

ワクラバは、今や日本の詩歌語として不可欠の語である。

病葉と見しがはらりと落ちにけり　　熊川陽子

夕立

十九日

夕立に幾人乳母の雨やどり　森川許六

古代語の動詞「夕だつ」からの転成名詞であるが、現代人には無用のことなので、歳時記では一般に触れない。《山本》には、「夕立つ」と動詞にも用いるとして、王朝和歌から、「波」にかかる「かき曇り夕立つ波のあらければ浮きたる舟ぞしづ心なき　紫式部」(新古今集)などを引いて説明している。

「夕」が動詞に前接した語は、万葉集には、名詞に転じた「夕立ちの雨」のほか、「夕渡り来て」「夕越え行く」もある。「夕」の対語の「朝」にも、「朝立ち往ぬ」「朝開き漕ぎ出て」などの例がある。これは、朝・夕が時間に関する語なので、単なる名詞ではなく、副詞的な機能で動詞に上接していたことを語る。アサ・ユフが、それぞれ単独では名詞として自立せず、アシタ・ユフへになる必要のあったことが思い浮かぶ。

右に見た実例は、現代語にも生きる「近づく」「遠ざかる」と同じ構造の語であり、古代語には「高行く」もあった。

夕だちや頓《やが》て火を焚く藪の家　井上士朗

いかづち

廿日

いかづちの忘れて行きし十日月　中村契子

夏の夕立につきものの「いかづち」は、歳時記ではおおむね「雷」の傍題に置かれ、手元の歳時記類の百の例句中に得られたのは、本条の二句だけである。廃語寸前と言えるかも知れない。

イカヅチは「厳《いか》ツ霊《ち》」に由来すると考えて誤りないと思う。イカは、イカメシイの語基で、神話的文脈で多く用いられた、厳粛なの意。ツは古い連体助詞。チは人知を超えた超越的な存在・霊格と解釈できる。ツがヅと濁音になっているのは、助詞の意識が希薄になっていたのだろう。

《山本》に、近代好んで詠まれだしたとある。その一方で、長い四拍語イカヅチ・カミナリを避けるべく、「雷」を二拍語「ライ」で詠んだ句が圧倒的に多い。漢語「雷《らい》」は鎌倉時代から文献に散見するが、近代は、俗語あるいは主に東日本に広く分布する方言と見なされている。作者がそれを自覚し、読者がそれを理解しているか問題である。単に音数の節約を意図したのではあるまいか。

いかづちの炎《ほ》のいつくしき夜なりけり　小林康治

帰省

廿一日

桑の葉の照るに堪へゆく帰省かな　水原秋櫻子

成城大学の前学期の最後の授業では、右の掲句を板書して、故郷への思いや帰省の意味などについて話すことが、わたしの毎夏の習慣であった。

新潟県の出身で、毎週末に帰郷する女子学生もあった。上越新幹線ゆえである。かくて、学生の帰省の意味が変わっていることを痛感した。貧学生の自分などには予想だにしえない行動であった。

「帰省」と「帰郷」は、似ているようで違う。字典によると、漢字「省」には、みまう・安否を問うの意がある。故郷に帰って父母の様子を尋ねることが本来の意味であったらしい。

交通の便が良くない時代にこそ、この季語のもつ意味が濃厚に感じられた。今は、八月の月遅れ盆の時期、あるいは年末以外に、この季語の意味を理解することは難しい。

大利根の今日滔々と帰省せり　関　芳子

さきだてる鵞鳥踏まじと帰省かな　芝　不器男

帰省子の大股に入る仏間かな　石井奈加

川床

廿二日

川床や法師の中を鮓運ぶ　長谷川零余子

昨年五月廿日夕方、中京テレビの番組「タッチ」で、新人アナウンサーが、簡単な指令のメモを手にして、岐阜県関市の目的地を目ざす「こんな所にこんな店」が放送された。指令には「関市の川床」とあったらしい。

メモの「川床」をどう読むかという関心から、わたしは注意して聴き、かつ視た。アナウンサー・ナレーター・関市の市民・目的の店主、全員「カワドコ」であった。

ことし四月二日朝七時、NHKのラジオのニュースは、加賀温泉鶴泉渓の「カワドコ開き」を報じた。中部日本ではカワドコが普通なのかも知れない。三年間京都に住んだ経験のあるわたしの耳には、鴨川の「ユカ」の方が親しいので、この違いが興味ぶかかった。

平安時代以来、「床」をトコともユカとも読んできた。岩波古語辞典に、トコは「高く盛り上がって平らな区域」で、どっしりと安定した所、ユカは「一段高く板などを敷きつめて設けた一区画」とある解が適切だと思う。かくてトコ・ユカ、いずれも可能だということになる。

暑気中り　　廿三日

のぞきこむ父の面輪や暑気中　　石田波郷

きょうは廿四節気の「大暑」である。

「水中り」から「湯中り」まで、庶民の生活から生まれた様々の「あたり」があるのに、気象庁は何を考えたか、飛んでもない日本語を捏造した。「熱中症」である。

拙著Ⅰの「気象の日本語」に書いたが、「熱中症」は昭和六十年ころから新聞に現われている。以後、飛躍的に増加して目に余る存在になった。大気の高温化ばかりが原因ではあるまい。漢語に無智なのだ。

そもそも「熱中」は、『孟子』などに見える古典漢語であり、「賭け事に熱中する」のように、日本語社会になじんだ言葉である。「暑気中り」「熱中り」を漢語で表現するなら、当然「中熱」でなくてはならない。これも『史記』などに見える由緒ある漢語で、同義の「中暑」もある。

老人が室内で暑気に中ることもあるという。それは野外の「日射病」と区別できる。

百般の世事にはたけて暑気中り　　執木　龍

蚊やり　　廿四日

旅寝して香わろき草の蚊遣哉　　向井去来

ヴェトナム戦争時、米国軍が日本で調達した民生品の雄は、即席麵と蚊取り線香であったという。さもありなん。過ぎ去りし日の物事は懐かしいが、郷里の言葉で「蚊いぶし」と言ったあの煙は例外である。これは、わたしの年代の多くの人には共通する思いに違いない。

枕冊子の「にくきもの」に、眠ろうとするときに聞こえる蚊の声を挙げたのもよく分かる。まさに憎き物で、《暉峻》「蚊」の項には「夏のデートの邪魔物」でもあって「和歌でも詠まれるはずもなかった」のに、《山本》に言うように、「蚊遣火」が詠題になったのは興味ぶかい。

明治廿三年の発売という「蚊取り線香」は、宣伝のための命名だろうか。閉じられた狭い空間でなくては、蚊を取ることはできまい。人間が活動できる空間では、蚊は逃げ去るのみ、「蚊遣り線香」と名づけるべきであった。が、それでは商品としての迫力に乏しいと考えたのだろう。

水音の高まる木曽の草蚊遣　　長田　等

母恋へば母の風吹く蚊遣香　　角川春樹

霍乱　廿五日

霍乱のさめたる父や蚊帳の中　原　石鼎

「霍」は見慣れない字である。「霍乱《かくらん》」は、激しい下痢や嘔吐を伴う急性の病気で、主に日射病を指すことから夏の季語とされる、「揮霍撩乱」という語の略だという。和名抄は、「霍乱」について「俗に云ふ、尻より口よりこく病ひ」と書いている。大変な病いである。

日射病を、幼いころ郷里では「はぐらん」と言っていた。秋田県教育委員会の『秋田のことば』によると、「はぐらん」は秋田県下ほぼ全域ばかりでなく、東北地方から九州まで広く行われているという。この語形でかくも広がった原因は、語源俗解による言語変化によると解釈されている。第二拍のグはクの濁音化。

語源俗解は、「吐く」と「霍乱」のカクを関連づけて、霍の発音をハクに変えてしまったのである。当然、音の近似も関与したに違いない。かつて日本語のハ行子音は両唇音のfだったので、「吐く」はfaku、「霍」の日本漢字音はkwakuで、唇を丸めて発音する音であった。

霍乱や一糸もつけず大男　村上鬼城

鈴虫　廿六日

一振りのあと鈴虫のしぐれ啼き　石原八束

歳時記では初秋に置くのが一般であるが、三年前に友人から贈られて飼い始めた鈴虫が、七月末には鳴きはじめるので晩夏に排した。掲句の「しぐれ啼き」は作者の造語であろう。巧みである。

平安時代、殿上人が始めたという、飼育と声の聴き分けが、江戸時代には庶民も楽しむほどに広まったようだ。その鈴虫は、啼き声が松虫と似ているので、区別がやかましかったし、現在も地方によっては反対に呼ぶこともあって、決着がついたとは言えない、と《山本》に言う。

自身で飼い始めてから、三才図会の「鈴を振るがごとく里里林里里林《りりりんりりりん》といふ」を良しとしている。だが、松虫の声を下位に見るわけではない。それぞれ楽しむべきである。

古歌に因んで、その声は一振り二振りと数えるのだといふ。数匹の声を聴くのは楽しいが、次第に声が少なくなるのは、命のはかなさが思われて寂しい。

鈴虫のための小さな茄子畑　石川秀治

死に下手の鈴虫にまた胡瓜買ふ　奥　静代

玫瑰

廿七日

玫瑰は人待つ花よ風岬　渡辺恭子

漢語表記を見出しにして読みを伏せた。三歳時記は「玫《はま》瑰《なす》」として、傍題に「浜梨・浜茄子」を置いている。ハマナスを標準形と考えているのだろう。東北地方に自生するので、シ・スの音の紛れによる現象と考えられる。

郷里の秋田市新屋は砂丘の下にできた町で、砂丘には無数のハマナスが生えていた。夏休みに入ると、朝の日がまだ低いころ、大きな籠を背負った人が砂丘を降りて来る姿をよく目にした。ハマナスの花は香水の原料になるのだと聞いた。根皮は秋田黄八丈の染料に用いるともいう。当初はそれが目的で植えられたのかもしれない。

『牧野植物随筆』（講談社学術文庫）で、著者は浜梨子を強く主張している。春山行夫『花の文化史第三』によると、ツンベリーの『日本植物誌』にはラマナスと誤っており、四十年後に刊行されたシーボルトの『日本植物誌』では、ハマナシに訂正されているという。

玫瑰のゆれて地に聴く怒濤かな　酒井夏人

お花畠

廿八日

お花畑霧が消しては日が描く　福田蓼汀

大学を出て勤めた名古屋の学校のＰＴＡ会長が、運動場脇の「はた」など、畑をハタと言うのが意外だった。ハタケ以外の語に思い至らなかったのである。白秋の「からたちは畑の垣根よ」は知っていたのに、ハタは、「畑中・小畑・田畑」など複合形専用と思い込んでいたようである。

三歳時記の扱いは分かれる。《講談社》の見出しは五拍の「お花畠《はなばた》」、他の二社版は六拍の「お花畑《はなばたけ》」で、俳句界の事情に疎い者には難しい。清澄・崇高な自然美から、特に「おはなばた」と呼ぶので、単に「花畑《はなばたけ》」とあるのは秋の季語だ、と解説するのが一般である。しかし、「山にはぐれお花畑にめぐり合ふ　島村茂雄」もあって厄介である。

表記論から見ると、「畑」は常用漢字で訓が「はたけ」なので、「畠」を「はた」の訓で使い分ける便法もありうる。だが、中世の辞書、節用集類では、「畑」にハタ、「畠」にハタケの訓が普通であったのだ。

しばらくは雲の中なりお花畑　片山由美子

なでしこ

廿九日

酔うて寝むなでしこ咲ける石の上　松尾芭蕉

《角川》は秋に、他の三社版は夏に収める。枕冊子は「草の花」の筆頭に、多くの秋の草とともに挙げている。万葉集では、山上憶良の秋の七種の花にあるが、巻十に「野辺見ればなでしこの花咲きにけり我が待つ秋は近づくらしも」ともあり、夏に分類される歌の方が多い。

勅撰集では夏のものとする傾向が強まった。稲垣Ⅲは花期の長さから「とこなつ（常夏）」の異名が出たとする。《片桐》は、「妹《いも》と我が寝《ぬ》るとこなつの花」（古今集・夏）など、共寝の「床」を懸けていることを指摘する。

「なでしこ」に「撫でし子」の意味を汲むのは自然で、平安時代の歌にも物語にも用例があるが、万葉集に「撫」「子」の表記は見えない。だが、「なでしこの花」より、「なでしこが花」の方が多い。これにには意味がありそうだ。

古代語の連体助詞「が」は、「我が母・我が背子《せこ》・我が妹《いも》子《こ》」など、「の」よりも親愛の意味を込めて用いることが多かったので、「撫でし子」の意味が汲めると考えている。

大阿蘇の撫子なべて傾ぎ咲く　岡井省二

打水

卅日

主客の座しつらへ終り水を打つ　犬伏康二

《小学館》は、本項を「暑中、埃を鎮め、涼を得るために道や庭に水を撒くこと。」としている。これには少し違和感がある。「水を撒く」なら、「撒き水」と言うべきで、「打ち水」と違うのではないか。

国語辞書の記述も歳時記に似ている。例えば《日国大》は「打水」に、「ほこりを抑え、また、涼気をとるために庭や道にまく水。云々」とある。やはり「まく水」である。

「打水」から思い浮かべるのは、例えば手桶に汲んだ水を、庭や家の前の道などに手や柄杓でかける情景である。一方、如雨露やホースで水を広く撒き散らす情景は、「撒水・撒き水」が適するように思う。「撒き水」は、撒水車などが出現した近代の表現ではないか。《日国大》によると、「水撒《みずまき》」「撒水《まきみず》」ともに、初出は明治期半ばである。

「打つ」は多義の最たる動詞である。「投網を打つ」「錨を打つ」などで打水を理解すべきだろう。

打水や砂に滲みゆく樹々の影　臼田亜浪

打水や妻子待つ灯へみないそぐ　柴田白葉女

卅一日

虫干し

漢籍を曝して父の在るごとし　上田五千石

きょうは土用の丑の日、晴れていれば虫干しに好適な日である。五月十日の「鮎釣り」、十一日の「鵜飼」、七月十二日の「梅干」の項で、〔名詞＋動詞連用形〕構造の複合名詞について考えた。さて「虫ぼし」はどうだろうか。

逆引き広辞苑で「‐干し」を探して卅七語を得た。その内実を見ると、「天道ぼし」は天道に対して干す、「塩ぼし」は塩に漬けてから干す、「三日ぼし」は三日間干す、「裂きぼし」は裂いて干す、「陰ぼし」は日陰に干す、「素ぼし」は素のままで干す、じつに多様な干し方を、連濁形「ぼし」で表現していることが分かる。

不連濁形は「物ほし」だけである。これは「物を干す」と対象を指すからであって、「鮎釣り」と同じ構造なのだろう。原則どおりである。すると、「虫ぼし」は「虫を干す」のではなく、「虫を駆除するために干す」なのだと思う。

例句には、過去を回想したりする佳吟が多い。

虫干や伏字の多き世に育ち　富田のぶ子

あぶな絵もまじり医《くすし》の土用干　加古宗也

メモ8

【日葡辞書《にっぽじしょ》】
慶長八年と翌年、イエズス会の長崎学林で刊行された、日本語とポルトガル語との対訳辞書。当時の口頭語を中心に、文章語・歌語・女房詞・卑語・方言など三万三千語を収める。本書では、岩波書店版の『邦訳日葡辞書』によって引いた。なお、二月十八日条「日向ぼこ」の『羅葡日《らほにち》辞典』は、文禄四年に天草で刊行された、ラテン語・ポルトガル語・日本語の対訳辞書である。

【和漢三才図会《わかんさんさいずえ》】
大坂の医師寺島良安の手に成る絵入り百科事典。百三巻と首巻・目録各一巻がある。江戸時代の正徳年間の序跋がある。写本のほかに、文政七年の版本と刊年未詳の版本がある。三才は天地人の意。

【本朝食鑑】
人見必大《ひとみひつだい》による十二巻から成る本草書。元禄十年刊。食物の形態・種類・産地・薬効について記し、特に食材としての考察を漢文で書いた書。

【片言《かたこと》】
慶安三年に京都で刊行された言葉直しの書。貞門の俳人であった安原貞室が、自分の男児の言葉遣いを直す名目の書であるが、時代を映す言語の様相を伝えて貴重。

【節用集《せつようしゅう》】
室町時代通行の語彙の用字を正し、時に語釈を施し、語の由来を説明した通俗的な国語辞書。明治時代まで様々の形態・様式のものが刊行された。室町時代以前のものは、一般に「古本節用集」と呼ばれる。なお、周辺の「下学集」「運歩色葉」「いろは字」「伊京集」などの辞書を含んで言うこともある。

【書言字考節用集《しょげんじこうせつようしゅう》】
『和漢音釈書言字考節用集』などの名でも呼ばれ、かつ刊行された。江戸時代の節用集中、語彙・説明が特に多く、古語・雅語・俗語・外来語も多く収める。槇島昭武編。

【物類称呼】
『諸国方言物類称呼』の略称。越ヶ谷の俳人・越谷吾山編、安永四年の刊。江戸時代の最大の全国方言集。膨大な語の蒐集方法の不明であることが欠点とされる。

【日本を知る事典】
「失われつつある日本」、「日本的」と呼ばれるものの性格について客観的に明らかにし、考えることを主眼にして編まれた、五十人の執筆による読む事典。昭和四十六年、社会思想社から刊行された。

メモ9
語彙語法4

【助動詞「つ」】
完了の助動詞「つ」と「ぬ」のうち、「つ」は早く廃れて「ぬ」が残った。次の句は、春眠を破られて惜しむ思いを「つ」によって的確に表現した例である。

吾妹子に揺り起されつ春の雨　夏目漱石

次の三句の「つ」はどんな役割を果たしているだろうか。

千鳥啼く夜は深酒を知りつ飲む　大見鐘之
六道のおぼろを言ひつ舟を出す　中原道夫
年の瀬の忙しといひつ遊ぶなり　星野立子

いずれも〔動詞＋つ＋動詞〕の表現で、二つの事態を「つつ」のように接続したと見ると句意が汲める。つまり、「つつ」を「つ」だけで済ませたのだと思う。

春日没る荷馬車の馬の行きつ糞《ま》り　石田波郷

右は拙著Ⅰに引いた句であるが、この「つ」は並列の意によると解した例である。以上四句は、要するに、「つつ」とあるべきところを、半分の「つ」だけで済ませたのだと思う。無理な省略である。

次の句は、中七で切れる句ではあるまいと思うので、右と同じに解していいか悩ましい例である。

牡丹雪の地に着くを見つ傘ひらく　殿村菟絲子

八月

はづき

一日

旧暦八月の異称「はづき」によってここに置いた。旧暦では、八月は中秋である。ことしは閏一月があったので、新暦とのずれが少し縮小して、それでも旧八月一日は廿八日後である。

奥義抄に「木の葉もみぢておつるゆゑに葉おち月といふをあやまれり。」とあるのがいかにばかばかしいか、言うまでもない。《榎本》はこの説を肯定しているが、「もみぢ」は「霜葉」とも表現されたことを忘れてはいけないだろう。

近代の作は当然、新暦八月の句である。

山荘を外より閉ざす葉月尽　　河府雪於

うすもの

二日

羅をゆるやかに着て崩れざる　　松本たかし

わたしは和服を着る機会が乏しく、母の言葉に、ラ・ロ・シャなどを聞いたが、その区別も知らずに老いてしまった。

ウスモノは、歳時記の「羅」の読みである。《角川》は傍題に「軽羅・絽《ろ》・紗《しゃ》・透綾《すきや》・綾羅《りょうら》・薄衣《うすぎぬ》・薄衣《うすごろも》」を挙げてわたしをあざわらう如くである。現在の歳時記には見えないが、《日国大》は夏の季語「蟬衣」を掲出し、江戸時代の三人の作を挙げている。そこで思い出すのが、万葉集巻三の「珠衣乃《たまきぬの》さゐさゐ沈み」と、その類歌、巻十四の「安利伎奴乃《ありきぬの》さゑさゑ沈み」である。和名抄の「飛蟻」には「ハアリ」の訓と、翼のある蟻で飛ぶことができるものという説明がある。「羅」には「一云蟬翼」ともある。

万葉集にはなお興味ぶかいことがある。巻七の「寄せ来る波の音の清羅《さやけさ》」、巻十六の「羅丹《さに》つかふ色なつかしき」で、漢字「羅」をサの仮名に当てているのである。語頭のラ行音が発音しにくい上代人が、羅も絽も、類似の絹織物「紗」と通用させていたらしい。

羅や人かなしますす恋をして　　鈴木真砂女

つゆくさ　三日

月草や澄みきる空を花の色　大島蓼太

《角川》の「露草」の見出しに、月草・かま草・うつし草など八つの傍題があるが、関連がたどりにくい。名づけの根拠が、花の色・形・花期・用途など様々なのである。

万葉集では「月草・鴨頭草・鶏冠草」の三種の表記で十二例が記されている。上代の語形はツキクサであろう。古今集もしかり。源氏物語・枕冊子とも、ツキクサ・ツユクサが一例ずつ見えるのは興味ぶかい。移行期だったからか。枕冊子は、見た目には格別なことはないのに、文字に書くと仰山なものとして、イチゴ＝覆盆子・クモ＝蜘蛛などとともにツキクサを挙げている。字類抄では「鴨頭草・押赤草」の文字列にツキクサの訓がある。

日本語音韻史の視点から見ると、色が付くから付キ草とは解釈しがたく、露草への変化も説明しがたい。月草のキがイ音便化してツイ草となるとき、tui と母音が続くことを避けて、イをユに変えたのではないかと言われる。現段階ではこれが最も合理的な解釈だと思う。

はびこりて露草の名のそぐはざる　杉村凡栽

ひでり　四日

海賊の村に水汲む旱かな　正岡子規

竜神も木立にこもる大旱　大島民部

《山本》に教えられることが多い。春と秋に好みが傾いた古典時代に比べて、夏の季語は近代になって詠まれたものが多いとして、江戸時代の「畠にてほし瓜となす日でり哉　日能」など三句を挙げるが、「日でり」を季題として立てた歳時記もないという。

《角川》は、享保二年刊の『通俗志』に「雑《ぞう》」として出たのが最初だとし、十八例句中に江戸時代の作はない。

《講談社》の廣瀬直人の解説に、現代の「旱」が端的に現われるのは都市の水不足であろう、とする。旧時代とは水不足の意味が違うというのは納得できる。「旱に不作なし」という諺のような背景もあるだろう。

和名抄は「旱魃」の項で、「魃」にヒデリノカミの訓を与えた。「魃」は鬼と犮（日照り神）による形声文字である。この国の言語政策では、この熟語を「干ばつ」と漢字・仮名の交ぜ書きをさせている。

軍鶏《しゃも》賭博旱魃の田の匂ひ来る　田中午次郎

五日　狗尾草

狗尾草貧中子守唄やさし　清水基吉

「狗尾草」は初めての人には読みにくい。わたし自身がそうだった。掲句の上五は五拍に読むのか字余りなのか、正確には分からない。歳時記の見出しには「えのころぐさ」と振り仮名されているが、六拍ゆえに用いにくいか、用例はごく少なく、大半が五拍の「ねこじゃらし」である。

わたしの関心は、古来、「狗尾」の仮名表記「ゑのころ」の仮名遣にある。和名抄が「狗」に「ヱヌ」として「犬と同じ」と注し、「狗尾草」に「ヱヌノコクサ」とすることに発する。それが字類抄に継がれ、名義抄には「ヱノコクサ」とある。そして和歌から連歌書へ、さらに俳諧書へと続き、一般書にも及んだ。ワ行の「ヱ」で書かれたのである。

柳田國男『野草雑記』は、犬コロのコロに「来れ」という命令の古い形を推定したが、ヱヌには言及していない。

一つ思い当たるのは、エビス（戎・胡）を、恵比寿・ゑびす・ヱビスと、ヱで書く伝統があったことである。ヱヌは、啼き声をワンと写す以前の形ではあるまいか。

父の背に睡りて垂らすねこじやらし　加藤楸邨

六日　かちわり

かちわりやスコアブックの端濡らし　山崎ひさを

京都で大学院生活を始めたのは廿代終わりだった。甲子園の野球大会が始まったころ、国文学研究室で指導教授から、秋田ではカチワリをなんと言うかと尋ねられた。一瞬迷ったが、「氷の割ったの」と答えると、「そんなあほな」と一笑された。なるほど、回りくどい表現であるが、それ以外に言いようがないのである。

甲子園でそういう物が売られていることを知ってはいたが、現物も写真も見たことがなかったので、おかしな返答になったのである。大阪府と京都市で暮らした師は、あずまえびすの言葉に興味があったのかと思うが、ほんとうのことは分からない。

カチワリすなわち「搗ち割り」は、今は知らないが、大阪市・奈良県・岡山県島嶼部・香川県など、関西のわりに狭い地域に行われる方言であった。「搗」はほとんど見ない漢字であるが、郷里では時に目にする。清酒の広告に、酒米の「精搗率《せいとうりつ》〇〇パーセント」と書かれるのである。

頬返しできぬぶつ欠き氷かな　高瀬武治郎

ねぶた　七日

出陣の前しかと飲みねぷた衆　藤田枕流
ねぶた来る闇の記憶の無尽蔵　黒田杏子

著名な行事の、歳時記への載せ方に小さな疑義を呈する。多くの歳時記は「佞武多」の見出しを掲げる。が、右の枕流詠に見るように、「ねぷた」の形もかなりの地域で行われ、「ねむた」で行われる所もある。それを、勇ましい「佞武多」の表記で固定するのは好ましくない。

その呼称は一般に「眠り流し」に発すると説かれる。我が郷里で、母の幼い時代がまさにそうであったし、この名で行う所はほかにもあり、「ねむけ流し」とも呼ばれる。

要するに、その起源を一つに限る必要はないように思う。「ねむり流し」では、その訛りが「ねぶた流し」になる点がうまく説明できない。これは、「眠り」の訛りではなく、「眠たい・眠たさ」が元の形なのではあるまいか。東北地方は広いとは言えないが、その呼び名に地域差があってもいいように思う。

力水門に冷やしてねぶた待つ　木田杜雪
武者ねぶた瞋恚も恋も真赤ぞよ　行方克巳

滝　八日

滝の上に水現れて落ちにけり　後藤夜半

江戸時代までは季語でなかったので、「滝見して袖かき合はす袷かな　几董」のように、何かの季語とともに詠まれている。季語になったのは昭和期以後、と《暉峻》に言う。

多くの日本人は、万葉集巻八の巻頭歌「岩そそく垂水の上のさわらびの萌え出づる春になりにけるかも　志貴皇子」によって、古代には滝を「たるみ」とも言ったことを学んでいる。一方、万葉集には「滝」が十九例あり、巻六の「み吉野の滝の水沫《みなわ》に咲きにけらずや」などは、今の滝と理解することに抵抗がない。

だが、巻六の「岩ばしり多藝千《たぎち》流るる初瀬川」、巻十一の「高山の岩本滝千《たきち》行く水の」を見ると、激流・奔湍《ほんたん》を言う「たき／たぎ」二つの形があったとする説も捨てがたい。実際、古今集の詠法を書いた本には、清音濁音両方の読みを伝えるものもある。

万葉集に三例ある「垂水」が、平安時代には忽然と消えていることも不思議でならない。

火祭に那智の大滝こたへけり　吉岡杏花

かまきり

九日

饌米にかまきり脚を掛け申す　森田　峠

その姿かたちと習性から、「斧虫・祈り虫・拝み太郎・鎌ぎっちょ」などの異称もある。古く和名抄に「いぼむしり」、新撰字鏡にはその前身「いひぼむしり」がある。《角川》に俳人好みの昆虫とあるゆえんである。

《小学館》に、俳句では「蟷螂」をトウロウと音読みにすることもあるとする。この記述は、訓読みが普通だという意味だろう。しかし、ともに四拍の語なので、その判別に迷わされ、いかにも紛らわしい。しかも、四歳時記の例句で重複も含む七割が「蟷螂」なのである。

蟷と螂の字は、今、この虫の名以外に使われないと言えるが、なぜかくも好まれるのか、わたしには分からない。《方言辞典》によると、「トーロームシ」の名で関東地方・長野県に用いられている。漢籍に由来して、平家物語・太平記などによって滲透したのだろうか。

高校の教室で、「かりかりと蟷螂蜂の皃を食む　誓子」の「蟷螂」は、硬質感を求めて音読みが求められた。

首塚に鎌をかざしていぼむしり　小田実希次

たでの花

十日

甲斐がねや穂蓼の上を塩車　与謝蕪村

蓼は多種であり、春夏秋の各季に花が咲くうえに、俳句では種類を細かく言わないので、「蓼の花」だけでは判断しがたい。現代の歳時記で「蓼」とだけ言うのは夏の「柳蓼」で、「蓼の花・穂蓼」は秋の季語だという。

歳時記は、「蓼の花」を見出しに立て、傍題の末尾に「ままこのしりぬぐい」を置くので、わたしは迂闊にも引っかかってしまった。何と、こちらが正式和名なのだった。柳田國男も錯覚したらしく、『野草雑記』に、「とげそば」をママコノシリヌグヒと呼ぶ人がある、と書いている。鶴田知也も『画文草木帖』に、ある俳人が「とげそば」と称していることを称え、ある地方の方言だと書いている。《方言辞典》によると、それは和歌山県西牟婁郡に見える。タデ属には、ウナギツカミもあるという。これはいい。

非情な名称を流通させた旧時代は勿論、近代の植物学界がこれを引き継いだことも情けない。ネット百科によると、韓国では「嫁の尻拭き草」と呼ばれるという。

蓼咲いて余呉の舟津は杭一つ　三村純也

屁ひり虫　十一日

御仏の鼻の先にて屁ひり虫　小林一茶

諸歳時記とも、放屁習性をもつ昆虫を、この名のもとにまとめている。細分するといろいろあるが、自分には青臭亀虫と呼ばれるのが一番身近である。ここでは、主に動詞の意味と形について考える。

「へっぴり腰」が全国に通用するので、屁は「ひる」のが一般だろうが、郷里のことばでは、屁は「ふる」ものである。これは東北日本から九州まで点々と行われているので、一考に値すると思う。

「ひる」は、不要物を外へ出すことが基本義らしい。子を産むことを卑しめて「ひる」と言うのもそれだろう。辞書には記載がないが、福岡県で育った家人は、食後に食器を台所に下げることを「ひりやる」という。農具の箕《み》で穀物の殻や屑を除き去る作業も「ひる」である。

「屁ひり虫」は「屁放虫」と書くべきなのに、例句は全部「放屁虫」である。ホウヒ虫と読む人もいるだろうに、新撰字鏡・和名抄以来の漢語表記である。

閑かさや嫩葉《わかば》の彩の屁ひり虫　平沢美佐子

屁こき虫　十二日

諸歳時記は「屁ひり虫」の傍題としているが、これの作例は挙げない。《日国大》の用例は、日葡辞書と江戸時代の雑俳であり、使用地域を絞ることは難しい。

わたしの関心は命名における着眼点にある。「屁ひり」は、不要物などを外へ出す動作の表現である。節用集における「へひる」は「屁・放屁」に「ヘヒル」と附訓するだけ、要するに体外への放出以外に関心がないようだ。

《日国大》の動詞「こく」には見出しが二つあって、一つには慣用的な漢字表記【扱】があるが、他にはそれがない。代わりに「こく（扱う）と同語源」と括弧書きしている。そして、「体内にあるものを尻や口から勢いよく外に出す。等々」と記述している。だが、これは「ひる」の方にこそ適する語義だとわたしは考える。古来、漢字「放」で書いて来たことがそれを語っている。

「こく」は「挿」に通ずる「扱」で書かれてきた。「稲扱《いねこ》き」でわかるように、対象物を道具の狭い所を通すことに主眼がある。人体の狭い部位を通るときも同じである。

亀虫のはりついてゐる山水図　蘭草慶子

をがら焚く　十三日

苧殻火に屈まり並び妻にほふ　仲村青彦

苧殻焚くやまとをみなのぼんの窪　八木柊一郎

日が暮れた通りの家々の前に焚かれた魂迎えの火には、無信心のわたしでも粛然となる、独特の光景である。

「をがら」は、「を」を取った殻である。しからば「を」とは何か。漢字「苧」か「麻」で書かれる、要するにアサである。その繊維を取って残った殻を燃やすのである。ヲはまたソとも言われた。新撰字鏡では「績」にヲウムの訓がある。万葉集の歌で「うちそを・うちそやし」が人名「麻績《をみ》」の冠辞（枕詞）になっている。植物名「麻」の群生地を「麻生《あさふ》」というのは後世のことらしく、奈良時代には確かな例が見えず、代わりに「ヲフ」が見える。

右に出現した「麻」の訓、アサ・ソ・ヲの三語は研究者泣かせである。平安時代にはすでに区別が明瞭でなかったようで、和名抄も麻には「ヲ　一云アサ」の注を施すだけである。

掲句はいずれも日本の麗しい光景を詠んだ佳吟である。

父の箸母の箸よと苧殻折る　大森扶起子

盆路　十四日

姥ひとり盆路を刈る怒濤かな　鍵和田秞子

誰も来ずなりてひろびろ盆の路　阿部子峡

《角川》は傍題に、精霊路《しょうりょうみち》・朔日路《ついたちみち》・路刈り・路薙《みちな》ぎを挙げるが、考証はない。その必要もないほどありふれたこと、というのだろうか。

《日国大》の初出例は、水原秋櫻子「旅愁」（昭和廿六年）の「盆路のそれぞと見ゆる岨の雲」である。『日本を知る事典』には、村の近くの秀でた峯の頂または墓地から里まで道草を刈り払うのだ、とある。

この季語をわたしは知らなかった。盂蘭盆に関わる諸行事の一つなので、他の事項にまとめて記述する歳時記があることも、知る機会のなかった一因であろう。歳時記における位置づけもさまざまなのである。

人口減と農山漁村の過疎に伴って伝統社会が消えてゆく時なので、むしろ重視したい季語である。作例は多くはないが佳吟ぞろいである。

路薙ぎの火に投げ入れる古塔婆　浅川　正

けもの径盆路刈のゆきしのみ　伊藤晴子

韮の花

十五日

足許にゆふぐれながき韮の花　大野林火

野菜としては春の季語で、俳句には晩夏の花が多く詠まれる。《小学館》は、春の部で「韮」について「においをきらう」の略という説があるほど匂いが強い、という語源説を引いている。これは、《日国大》の五つの語源説の最初に挙がっているものだろう。ナンセンスと言うほかない説である。

語の由来をどこまで上って考えるかは難しい問題である。だから、日本語の語源は論ずべきではない、語構成でとどめるべきだというのがわたしの持論である。そのばあいでも最も古い文証によるべきは当然である。本項のばあい、ニラよりミラが古いのである。

記紀の歌謡の「粟生《あはふ》にはカミラ一本」とあるカミラは「香韮」と考えて矛盾しない。和名抄にはオホミラ・コミラ・ミラノセグサも見える。「ニラ」の確かな形が文献に見えるのは平安時代後期で、名義抄には「韮」など三種類の漢字がニラの訓を負っている。

盛りともなれば艶めき韮の花　倉田紘文

ばつた

十六日

はたはたはわぎもが肩を越えゆけり　山口誓子

見出しを、四歳時記中の二書が「螇蚸」、一書が「蟿螽」、一書が「ばつた」としている。例句は少し重複するが、全部で六十二、漢字表記は六句にすぎない。江戸時代の句は「肩先に泊つてきつちきつちかな　一茶」だけである。漢字表記の六句では、すべて三拍語としての使用なので、傍題から見て、バッタと読むことを求めているようだ。

この虫の名が、漢語も和語も、その飛翔するときの音に由来することは定説である。ならば、よほどの漢字の素養がないかぎり読めも書けもしない文字で書く意味はない。

初めの掲句は、高校時代に国語の教科書で読んだ。野道を並んで歩く作者夫婦、その妻の耳のあたりを掠めて、羽音激しく飛んで行った。それに驚く妻の表情が鮮やかに浮かんだ。

仮名文献では一般に濁音を表記しなかったのだから、「はたはた」はバタバタもハタハタも表記しえたことを考えなくてはなるまい。

馬場長しきちきち一気には飛べず　中瀬喜陽

十七日

冬瓜

冬瓜のわた抜くけむり摑むごと　中尾杏子

古代に渡来し、種子が漢方の生薬として用いられたという。秋に収穫されるが、保存が効くので「冬瓜」と書かれる。古代にはカモウリと呼ばれ、鴨瓜・白冬瓜などとも書かれた。中世までトウグヮと呼ばれたが、江戸時代、語末にンが加わってトウグヮンとなったのはなぜだろう。

現代の辞書は、「とうが」の音変化とする（大辞泉）だけである。大言海には「とうぐわノ訛。（関東）」とある。『物類称呼』の「冬瓜」の項には「かもうりとうぐハ」として、「東国にてとうぐはといふ」と書きながら、東国では「とうがん」と撥ねて呼び、「大こん」を「だいこ」と「いふこそをかしけれ」としている。さらに各地の例として、だいこ（大根）・こうしう（古酒）・だんなん（旦那）・にじ（人参）・ごんぼん（牛蒡）などを挙げており、東国語の特徴という把握ではなく、東国の語形が広がったらしい、としか分からない。

本項の二つの掲句は、「冬瓜」の読みが異なるのだろう。

大冬瓜ほめて貰ひ手なかりけり　徳井綾子

十八日

法師蟬

鳴き移り次第に遠し法師蟬　寒川鼠骨

父母なくて何ぞ故郷やつくつくし　池田弥寿

「つくつく法師」を見出しにする歳時記もある。《山本》に、「法師蟬」の五音で作りよくなったのは虚子あたりからだろうと言う。《日国大》には明治卅三年の徳冨蘆花『自然と人生』が初出で、次に七年後の虚子の作がある。

和名抄にはクツクツホウシとあって、ツとクの順序が逆である。これは名義抄・字類抄にも継承された。この虫は和歌にはほとんど詠まれなかった。《山本》には、わずかに源俊頼『散木奇《さんぼくき》歌集《かしゅう》』の「女郎花なまめきたてる姿をやうつくしよしと蟬のなくらむ」、「やのつまに、つくつくほうしのなくを聞きて」の詞書がある大弐高遠の歌を載せている。この歌集は特異語の歌を収めるのが特徴である。

北恭昭『倭玉篇五本和訓集成』では、クツクツが二つの本に、ツクツクが一つの本に見える。節用集はこの語を登載しなかったようである。江戸時代の俳書では、かなり後までクツクツが優勢であった。

母遠しとほしとほしと法師蟬　寺島美園

苦瓜　十九日

苦瓜を刻みて家風にもなじみ　中間恵子

「苦瓜《にがうり》」と「茘枝《れいし》」のいずれを見出しにするかで割れる。わたしは苦瓜を初めて口にして廿年に満たないので、四十余年前に刊行された《合本》に「茘枝」で立項し、四つの掲句もそれで詠まれていることに驚いた。

卅年前の北京で、楊貴妃が好んだ甘い「茘枝」を初めて食した。「茘枝」は鎌倉時代から日本の文献に見える。それがなぜ苦瓜と紛れたのか。田中章夫『日本語雑記帳』（岩波新書）に、中国語学者伊地知善継の直話として、現物を見ずに推測した誤解だ、とある。誤解の原因は果皮のイボイボかという推測には同感できる。

蔓性の茘枝は苦瓜ともゴーヤとも呼ばれる。このゴーヤの由来が知りたい。田中章夫は、『地方別方言語源辞典』から、九州方言で苦瓜を表わすゴリに由来するかという説を紹介している。そのゴリがまた分からないが、《方言辞典》の「ごーり」の項に、九州各地の瓜類がたくさん並んでいる。ゴーリはニガウリの縮約形ではなかろうか。

苦瓜のやみつきになる苦さかな　森　保子

相撲　廿日

やはらかに人分け行くや勝角力　高井几董

きょうは旧暦七月七日、七夕である。日本書紀の天平六年七月に、聖武天皇が「相撲の戯」を見たとある。万葉集巻五には、肥後国から相撲使の従者として上京する途上で没した青年を悼む、肥前守山上憶良の長歌がある。

今の大相撲は、季節感も民族性も薄れた名ばかりの国技である。ここでは「相撲」の旧仮名表記について考える。《角川》は「すまひ」、《講談社》は「すまう」、《小学館》《合本》は「すまふ」で、三様の表記が見られる。仮名遣以前に、語の成り立ちにも解釈の違いがあるのだと思う。

事は、三月十一日条の「かげろう」で言及したことに繋がる。争う意の文語動詞が「すまふ」、その連用形「すまひ」が名詞に転じ、さらにハ行音の転呼によってヒ→ヰ→イ、イが転じてウになったと考えるのが筋である。〔つがふ→つがひ→ツガウ→ツゴウ〕の例に学んで、「すまひ」とするのが順当だということになる。

神の戸に貼る取組や草相撲　山口節子

稲妻　　廿一日

いなづまやきのふは東けふは西　　榎本其角

稲妻のかきまぜて行く闇夜かな　　向井去来

正直に告白すると、はしがきに書いた、本書執筆の契機になった講座の準備を始めたとき、わたしは、歳時記で稲妻と雷が季節を異にすることを知らなかった。雷の近くに稲妻が見つからず、大いに慌てたのであった。

和名抄の「電」に、「イナビカリ、一云イナツルビ、又云イナヅマ、雷之光也」とある記述が有益である。岩波国語辞典に、光で「害虫が死に、稲が豊作になるというので、稲の夫に見立てたものか。」とあることには賛成しがたい。同じ社の岩波古語辞典は「いなつるび」の項に、「稲妻と同じく、雷電と稲がつるんで（交接して）、稲が穂をはらむという古代の考えによる名であろう」とする。これこそ民族の心だったと思う。なお、古代日本語のツマは、男女双方について配偶者の意味であったと考えられている。

現代仮名遣では「いなずま」が標準とされ、見出し「稲《いな》妻《ずま》」の傍題に「稲《いね》の妻《つま》」とあるのは滑稽である。

稲妻や巫女《イタコ》のお告げ聞きし夜に　　寺島初巳

りんだう　　廿二日

教卓に竜胆けふは無欠席　　島津教恵

古今集の物名歌《もののなうた》、「我が宿の花ふみしだく鳥うたむ野はなければやここにしも来る」に「りうたむ」が詠みこまれた。平安時代、本草和名・和名抄に「エヤミクサ、ニガナ」とあって、その薬効に着眼した名称でも呼ばれた。新撰字鏡のタツノイグサは、竜胆の訓読み「竜《たつ》の胆《い》ぐさ」である。《小学館》に、古くはリウタム・リウタン・リウダウなどと呼ばれていたものが、リンドウに転訛した、とある。確かにそうなのだが、これは日本語の音韻史に沿う自然な変化であった。

その経過を素描すると、「竜」の末音ngを、日本語ではウで入れるのが一般だったので、リウで入った。「胆」の末音nは日本語になかったので、近似音のムで入れた。それが物名歌の題のリウタムである。後に「ン」の音も発生し、リウはリンになり、タムはタンに、さらにタウに転じ、連濁によってダウになった。ダウの長音形がドウである。

「りんどう」はこうして生まれたのであろう。

竜胆や火の山示す道しるべ　　監物幸女

秋のけはひ

廿三日

しろぎすをひらいて処暑の厨かな　染谷秀雄

廿四節気の処暑なので、紫式部日記の冒頭を考える。それを古典大系本で見ると、「秋のけはひの立つままに、土御門殿の有様、いはむかたなくをかし」とある。今の高校生は古典の時間に、ここをどう音読するだろうか。

適切な指導がなかったら、高校生は「けはひ」を「ケハイ」と読むだろう。例のハ行音の変化と漢字表記のズレのせいである。古語辞典の「けはひ」の項に、発音はケワイだと注意し、現代語辞典にも「気配」は当て字だとある。だが、この言葉を辞書で確認する人は滅多にあるまい。

類義語「けしき」があって、こっちは漢語「気色」なので、合わせて学ぶことは大いに意義があると思う。ついでに、「気はひ」が「賑はひ・災はひ・幸はひ」と同じ構造の語であることを学ぶ好機でもある。

この六月五日の朝、ラジオの「古典講読」の時間、宇治拾遺物語上巻「明衡欲逢殃事」条の「忍びやかにいふけはひ」の箇所を、講師も朗読者もケハイと読んだ。

目薬の処暑の一滴頬伝ふ　長村雄作

桔梗

廿四日

手触れなば裂けむ桔梗の蕾かな　阿波野青畝

万葉集に詠まれた秋の七種の「あさがほ」がこれだという話に始まり、話題が尽きない花である。飯泉優によると、英語名は baloon flower（風船花）、Japanese bellflower（日本風鈴草）、なるほどと肯かせられる。

平安時代の事典・本草書に見える和名、アサガホ・アリノヒフキ・カラクハ・ヲカトトキとの関係は未詳。枕冊子の「草の花は」の段には「ききやう」とあるが、古今集の物名歌《もののなうた》には「秋ちかう野はなりにけり白露のおける草葉も色変はりゆく　紀友則」、拾遺集のそれには「あだ人のまがきちかうな花うゑそにほひもあへず折りつくしけり」とある。「きちかう」である。「きちかう」と「ききやう」は、歌語と日常語の関係なのだろう。歌に「ききやう」が登場するのは、平安朝末期、奇語・俗語を多用した源俊頼の家集『散木奇歌集』の雑の歌である。

現代の俳人は、四拍の「きちこう」、三拍の「ききょう」を都合よく使い分けている。

ふつくりと桔梗のつぼみ角五つ　川崎展宏

廿五日

榎の実

木にも似ずさてもちひさき榎の実かな　上島鬼貫

堂守や榎の実踏み行く草ざうり　松瀬青々

見出しは同じ「榎の実」であるが、《角川》の振り仮名は「えのきのみ」、《合本》のそれは「えのみ」である。掲句の「榎の実」はともに「えのみ」であろう。

江戸時代の一里塚で有名な木だが、現存する一里塚は少なく、たまに古い街道に残っていると、文化財扱いされることがある。幹にこぶができやすく、ヤドリギが寄生するので霊の宿る木と感じられた、と飯泉優は言う。

柳田國男は『信州随筆』で、エノキまたはヨノキと言うのは、本来、吉木という意味で卜占に供したのだろうとした。が、上代語では、榎ノ木のエ《え》はア行のエ（e）、吉シのエ《え》は、交替形のヨシからも分かるように、ヤ行のエ（ye）であったので、このままでは通らない。

日本の主要な樹木名は、松・杉・柿・栗・楠など圧倒的に二拍語が多く、三拍語もサクラ・カツラ・ツバキなど少しある。それに対して一拍語は檜《ひ》と榎、そして漢語由来らしい柚《ゆ》だけである。

廿六日

あけび

一つ採りあとみな高き通草かな　嶋津香雪

右の掲句は、わたしが二人の幼い息子を連れて行った郊外で、しばしば経験した思いでもある。

漢字表記には「木通・通草」などがあるが、日本では一般に「通草」が行われる。木部に空洞が通っているので「木通」と書かれるが、草と見なして「通草」と書くのが日本の通用表記なのだという。

和名の由来を「開け実」とする人がいる。これでは、アケが他動詞であることがうまく説明できない。反対に「あけつび」だ、と大まじめに解説する本がある。早く新撰字鏡に「蔨　阿介比」とあるのを見ると、ツの脱落がうまく説明できないが、無視もできない。「蔨」は国字ということになるだろう。

アケツビ説を支える根拠に、ツビの対語マラがある。これは、早く日本霊異記の訓釈「閇　万良」があり、字類抄にもマラの訓を負う「閇」などがあるからである。

学名はAkebia　quinata。牧野富太郎によるのだろう。

むらさきは霜がながれし通草かな　渡辺水巴

思ひ草

廿七日

思草思ひの丈をつくすらし　堀口星眠

研究者を長く悩ませて来た草の名である。万葉集では、巻十の「道の辺の尾花が末の思ひ草今さらさらに何をか思はむ」にだけ残る「思ひ草」は、平安時代にも詠まれたが、長らく未詳の語であった。順徳天皇は八雲抄に、「露草なり。通具卿の説なり」と書いた。

本居宣長は『玉勝間』に、門人から現物を贈られて実際に植えたというが、若干の不安を残して文章を結んでいる。明治期に前田曙山がナンバンギセルだろうとしたことが、足田輝一の遺著『雑木林の光、風、夢』に見える。

先年、関西線の柘植《つげ》駅で、乗り換え時間に近くをぶらつき、路傍の薄の根方に無数の南蛮煙管を見たときは驚いた。

わたしの関心は、これに「思ひ草」の名を与えた古代日本人の心性にあるのだが、進展がないまま今に至り、古代人の心のやさしさをそのまま受け止めている。

《片桐》がナンバンギセル説を「未詳」としているのは頑なではないか、とわたしは思う。

煙草屋の咲かせしなんばんぎせるかな　小石珠子

紫苑

廿八日

栖より四五寸高きしをにかな　小林一茶

三歳時記とも見出しは「紫苑《しおん》」、傍題も「しおに・鬼《おに》の醜草《しこぐさ》」で変わらない。「鬼の醜草」について、《角川》《小学館》に、古くから知られているが由来は定かならぬ旨の記述がある。同一筆者によるものである。

万葉集に、恋の辛さを忘れるために忘れ草を身に着けたが一向に忘れられない、馬鹿な草だ、という歌が二首ある。一首は巻四の「忘れ草我が下紐に付けたれど鬼乃志許草言《こと》にしありけり」で、第四句の平安時代の訓はオニノシコクサであった。「鬼」を文字どおりオニと読んだのである。

鎌倉時代、「鬼」は「醜」の鬼偏を省いた文字と見て、この句を「しこのしこくさ」と読む説が出て、正解に到達した。この類は、號→号、處→処、條→条などと多い。

今一つの傍題「しおに」は、「苑」の漢字音の末尾のnに母音iを付け、日本語に受け入れた結果である。古今集の物名歌《もののなうた》に、「しをに」の詞書で「ふりはへていざ故里の花見むと来しをにほひぞうつろひにける」がある。

寝冷えせし宿や紫苑の片なびき　岩間乙二

とんぶり

廿九日

とんぶりを噛んで遠くへ来しおもひ　仁尾正文

多くの読者にはわかりにくいと思うが、アカザ科のホウキグサの実である。主産地は秋田・山形の両県で、少し名が知られたのも、せいぜい卅年来かと思う。宮坂静雄の二書にも載せてないのは、採録に及ばぬというのか、地貌季語の域を脱したというのか、わたしは判断できない。

「畑のキャビア」などと宣伝して売られるが、自分の幼少年期に食した記憶はない。自然食志向が強まって、主に都会生活者に珍しがられた結果だと思う。

トンブリという名の由来も不明である。ハタハタの卵である「ブリコ」に似ているから「唐ぶりこ」だとの説明も見るが、「唐」の位置づけができない。秋田県教育委員会の『秋田のことば』も、噛み音と触感で解釈している。

秋田県鹿角市では「ギンブシ／ジンブシ」というよし。これは漢語「地膚子《じふし》」によるという。膚は⿱艹膚の通用字、ホウキグサの意である。実の形が似ているので「地麦」とも呼ばれたらしい。こんな難しい漢語が、なぜみちのくの果てに残ったのだろう。

かぼちゃ

卅日

あぐらゐのかぼちやと我も一箇かな　三橋敏雄

三歳時記とも、傍題はトウナス・ナンキン・ボウブラ。この多彩さが季語としての歴史を語る。ほかに栗南瓜を立てる歳時記もある。カボチャという名は、カンボジャから来たのだ、と聞かされて育った人は多いだろう。ポルトガル語由来のボウブラを、東国育ちのわたしは知らない。

佐川広治『季語の食秋』（平成十四年）には、太平洋戦争時代、甘藷とともに代用食の代表であったとある。さらに、品種改良で味が良くなったのは、昭和卅年代ころからで、六十歳以上の人の南瓜の句は、そのまずさを詠じたものが多い、とある。実感のこもった、納得できる記述である。

「ほろほろの南瓜昭和の遠ざかる　清岡香代」もその世代の作であろうか。「包丁の身動きとれぬ南瓜かな　菅野潤子」は、まさに当世の南瓜の句である。

江戸時代の作には、「南瓜」の表記でも読みの確定できないことがある。近代の作とても、詠み手の成育歴が隠れていることがあるかも知れない。漢字表記のこわさである。

南瓜より始めし記憶離乳食　吉田文代

しらぬひ

卅一日

不知火を見てよりどつと船の酔ひ　檜　紀代

歳時記の見出しは「不知火」で、左右に新旧の仮名遣で「しらぬい・しらぬひ」の振り仮名がある。

事は、肥前国風土記の説話と万葉集の表記との混同に始まるのだろう。風土記には、景行天皇が夜の海上を行くとき、遠くに見えた火を目標に進ませて岸に着いた。土地の人はそこを「火の邑」と言ったという。

万葉集の「シラヌヒ」三例の内の二例は、斯良農比・之良奴日と書かれ、残りは「白縫」である。比・日ともにヒ甲類に相当し、動詞「縫ふ」の連用形「ヌヒ」のヒも甲類である。それに対して、火はヒ乙類相当の語であり、上代日本語の通説では、日と火は別の音を有する別語である。この区別の消失後に「シラヌ火」が生まれたのであろう。

「白縫」はシラヌイと読めても、「斯良農比・之良奴日」をそうは読めない。それが日本人の自然な言語感覚である。「不知火」をシラヌイと読むときの違和感は、佐保《さほ》姫をサオ姫と読む（三月廿日）時の感じと同じである。

不知火や山人に海恐ろしく　岩田美蜻

語彙語法 5

【主格の「が」】

文語の単文「花咲く」は、口語では「花が咲く」となる。文語では原則として単文の主格に立たなかった「が」が、口語ではむしろ必須となったからである。文語で主格に立っている「が」は、条件句「日が隠らば」、従属句「我が住む宿」、余情表現「雀の子をいぬきが逃がしつる」などのように用いるのが原則であった。

現代俳句には、右の原則にはずれる用例が極めて多い。

返り咲くつゝじ白きがあはれなり　高浜年尾
藻が咲けりわかれし水のまた会ひて　宮津昭彦
新蕎麦の軒行燈に灯が入りぬ　大橋越央子

右は、文語表現の単文を終止形で結んだものである。これを連体形で結ぶ正統派の表現は、ごくまれである。

初蛙ひるよりは夜があたゝかき　及川　貞
春菊の大きな花は黄が褪めし　高野素十
髪洗ひ生き得たる身がしづくする　橋本多佳女

終止・連体形が同一の語では区別しえないが、自然な言語変化の結果として終止形と認めるべきであろう。

馬の仔に母馬が目で力貸す　文挾夫佐恵

〔が…終止形〕が全用例になるのは時間の問題だろう。

【主格の「の」】

端居してただ居る父の恐ろしき　高野素十
家小さく木犀の香の大いなる　〃
翅割つててんたう虫の飛びいづる　〃

「の」は連体助詞である。途中に用言を挟むときも、さらに下の体言を目ざすものであった。用言の連体形で終止するのは連体形どめとなって、表現しきらなかった分が余情になる。あえてそれを意図してその形を採ることがなされる。右の掲句、左の掲句は意識的な表現であろう。

走馬燈おろかなる絵のうつくしき　大野林火
薪能万の木の芽の焦さるる　藤田湘子
下萌えて土中に楽のおこりたる　星野立子

しからば連体形ならぬ終止形のばあいはどうなのだろうか。

水ぬるむ南に鯉のつどひけり　正岡子規
鉄線花うしろを雨のはしりけり　大嶽青児
舟渡御の波に団扇の流れけり　大橋宵火

これらの詠者には、連体形どめと終止形どめの差異が自覚されていないようだ。俳句創作の初級者と熟練者とを問わず、単文の主格表示に、濁音を含む「が」の使用を避ける傾向がある。しかし、文語から進んだ表現なのだから、「が」によるべきである。

【切れ字もどき】

冬蜂の死にどころなく歩きけり　村上鬼城

鬼城の名とともに記憶されている句であるが、前項で見たように、助詞「の」の用法の原則を逸脱している。だが、作者も多くの読者も、この「の」は切れ字として機能している、と主張するかもしれない。

連歌時代の切れ字は、終助詞と間投助詞、助動詞の終止形などと単純明快であった。俳諧の時代になって、用言の言いきりの形を含むなどの変化があった。さらに近代俳句では、上五末に置いた体言に切れ字の機能をもたせることが流行し、さらに助詞「の」を切れ字として認める風潮が進んでいる。鬼城詠がまさにそれである。「冬蜂」の「死にどころ」であることが明白で、その蜂が「歩」くことも疑いがない。ゆえに「冬蜂は」とすべきであった。

帰省子の栖のごとくに先歩む　寺井谷子

「今、ここ、我」という俳句の原則によって、「帰省子の」は「栖」に係ると解釈すべきである。当然「先歩む」のは作者だということになる。実際の詠者は女性であるが、作者名が伏せられたら、詠者は男性、帰省子は女子、そう解釈するのが自然である。

切れ字もどきの「の」の氾濫はまことに嘆かわしい。

九月

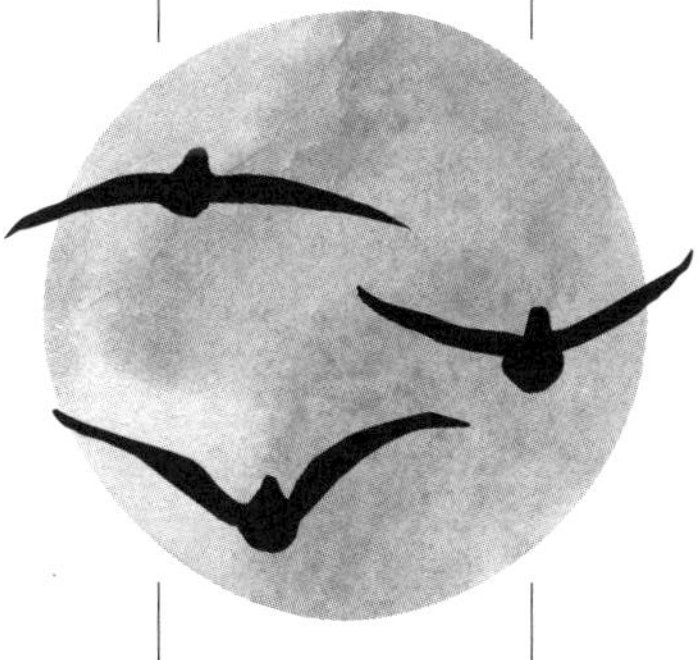

ながつき　一日

九月について長月以外の異名は余り行われない。その「長月」は、奥義抄の記述をみると、「ながつき　夜やう〳〵ながきゆゑによなが月といふをあやまれり」とある。わずか五拍の月名を誤ると考える著者の思考にはついていけない。

奈良時代にも「九月」と書かれたので、「長月」の確かな例は平安時代以後のものになる。拾遺集の雑の歌の問答に「夜昼の数はみそぢに余らぬをなど長月と言ひはじめけん　伊衡」「秋深み恋する人の明かしかね夜を長月といふにやあるらん　躬恒」がある。

万葉集には、長月の雨に木の葉が色づくと詠まれたりしたが、平安時代には、木の葉を色づかせるのは「時雨」として固定し、「長月」は秋の夜長というイメージが固定するようになった、と《片桐》にある。

暦制が変わったので、現代俳句で「長月」が詠まれることはほとんどない。

野分　二日

鳥羽殿へ五六騎いそぐ野分かな　与謝蕪村

三歳時記ともに見出しが「野分《のわき》」、筆頭傍題が「野わけ」である。この二つの関係を考える。

和名抄は「暴風」に、佚書《いっしょ》『漢語抄』から「ハヤチ又ノワキノカゼ」を引いている。源氏物語の五例など、平安時代はノワキであったらしい。徒然草第十九段の「野分」に、永享三年の写本は「のわき」と仮名を振っている。

奈良時代、動詞「分く」には、四段と下二段の両活用があり、四段は精神的な働きを、下二段は物理的な働きを言ったらしい。すると、野分はノワケとなりそうなものだが、実際はそうなっていない。のちに四段活用が廃れるところに、「野分け」の生ずる契機があったのだろう。

渡辺淳一の小説に『野わけ』がある。あえてそう題した意図は突き止め得なかった。鳥取県日南郡日南町に、井上靖の詩「野分」に因む、井上靖記念の「野分の館」がある。町のホームページには「のわきのやかた」と括弧書きしているが、ネットでのタイトルは断然「野分け」が多い。

大いなるものが過ぎ行く野分かな　高浜虚子

野分たつ

三日

野分いま渡りつつあり胸の上　石塚友二

摩耶山を雲かけのぼる野分かな　大野雑草子

三歳時記とも、傍題を「野分だつ」としている。本項の見出しは悩みぬいた末の表記である。もとより、「野分立つ」なら二語として把握したことを、「野分だつ」なら一語として把握したことを意味する。

源氏物語を初めて学んだ高校時代、桐壺の巻の「野分たちてにわかに膚寒き夕暮の程」の読み方を教わった記憶がない。古典大系本の本文は「野分たちて」とあり、接尾辞「だつ」で読むのは『花鳥余情』（文明四年）の説だとし、数行あとに「野分にいとゞ荒れたるここちして」とあることを指摘している。これなら野分のあとの叙述ということとになる。「御法」の巻に「風、野分たちて吹くに」とあるのは「だつ」がふさわしい。難しい語である。

《山本》に、「野分」は平安時代の貴族の雅語であったが、それ以前は常民の生活語であっただろう、としている。真偽のほどは、わたしには分からない。

海彦の荒ぶるこえか野分浪　杉本京子

芭蕉

四日

蟇《ひき》の背にばせをの雨の雫かな　黒柳召波

大きく広げた青い葉が特徴の植物なのに、やぶれの目立つ秋の季語であるところが、俳諧たるゆえんなのだろう。《講談社》の解説に、古文の仮名遣では「ばせう」とも「ばせを」とも書かれる、とある。後者が右の掲句に相当するのだが、この記述は正確とは言えない。いま日本語で、オの音を仮名で、助詞は「を」、その他は「お」で書き分けることが仮名遣なのである。

歌における「芭蕉」の初出は、古今集の物名歌《もののなうた》、「笹・松・枇杷・芭蕉葉」の題による「いさゝめに時待つ間にぞ日はへぬるこころばせをば人にみえつゝ　紀乳母《きのめのと》」である。第四五句にかけて「ばせをば（芭蕉葉）」が隠れている。

漢語「バセウ」のセウにはeuという母音連続がある。古代日本語にはこれがなかったので、できたら避けたかった。そこで、末音のuをwoに換えることでそれが実現した、これが、日本語史学の伝統的な解釈だと思う。本草和名にも和名抄にも「ハセヲハ」とある。

芭蕉林ゆき太陽を忘れけり　野見山朱鳥

破芭蕉

五日

破芭蕉鬼子のごとき実を曝し　尾池葉子

二歳時記の「芭蕉」の傍題に「破れ芭蕉」がある。見出しの振り仮名は「やれ」、傍題のそれは「やぶれ」である。《講談社》の四つの例句の筆頭は、「芭蕉破れて雨風多き世となりぬ　内藤鳴雪」である。これだけでは「破」の訓が確定できないが、振り仮名「や」によって「やれ」と分かる。《角川》の例句は十五、「芭蕉破れすすみ家訓は掲げられ　波多野爽波」がある。「すすみ」で句割れを厭わない詠みぶりなので、「やれ」なのだろうか。大胆である。

現代の作者にとって、「やる」はなじみのない動詞であろう。せいぜい土佐日記の末尾を読んだことのある人が、「とまれかうまれ、とくやりてん」によって記憶しているに過ぎまい。布や紙や垣などについて用いる動詞である。

ほかには、記紀歌謡・万葉歌、平安朝仮名文学に少し見えるが、中世以降は偶然目にする程度に過ぎない。節用集類には登載されず、日葡辞書は「やぶる」「やる」を同義語扱いしている。

太陽を煽りて芭蕉破れけり　殿村菟絲子

名月

六日

望の月雨を尽くして雲去りし　渡辺水巴

《暉峻》によると、北村季吟が『増山の井』で季語にした「名月」は、「名高き月」を約して室町時代に作られた和製漢語で、漢詩には「明月」が用いられたという。

「名月」の傍題の一つ「望月」から日本語を見ると、和名抄は『釈名』を引いて「和名モチヅキ」とし、「日、東に在れば月は西に在り、遥かに相望む也」とある。なるほど、十五夜の月は日没直前に上り、月は東に日は西にある。

次に、「望」がなぜ「モチ」なのか。『改正月令博物筌』には「望月《もちづき》は満月《みちづき》なり」とある。〔モチ＝ミチ〕という考え方である。これは奇矯の説ではない。餅はモチで形状は丸が基本である。弓を射る目標の「的《まと》」は「円《まと》」でもあり、ものの満ちた状態は「全《また》し」である。これらの語は二拍、子音の排列は〔m - t〕である。そこに共通の意味が込められていると推測できる。

別の子音で類例を探すと、「騒ぐ」の語基「サワ・サヰ・サヱ」、動詞「刈る・切る・刳《く》る・樵《こ》る」などがある。

望の夜の海は真珠を醸すらむ　東條素香

いざよひの月　七日

いざよひや闇より出づる木々の影　三浦樗良

一般の歳時記には、月の出が満月の夜より卅分ほど遅れるという説明と、古くはイサヨヒであったと書いてある。そのイサヨヒを考える。

万葉集巻三の人麻呂の歌に、宇治川の「網代木《あじろき》にいさよふ波」、吉野の「山の間にいさよふ雲」がある。イサは、拒否や抑制や逡巡の気持ちを表わす語であったようだ。

第二拍が濁音のイザは、人を誘うときや、自分から積極的に行動するときなどに発する言葉であった。万葉集巻十七の「馬並めていざ打ち行かな」、「諸人をいざなひ給ひ」などのイザは、その意味をよく表わしており、現在も通用する表現である。

対義語とも言えそうな、そのイサとイザが混同したのである。原因は何だろうか。わたしの推測では、イザが日常語であったのに対して、イサヨフは歌語であったと思う。イサヨフは万葉集に十例あるが、すべて仮名表記されている。意字表記のしがたい語であったからである。

十六夜や水よりくらき嵐山　横山蜃楼

花野　八日

山臥の火を切りこぼす花野かな　志太野坡

から駕籠の近道戻る花野かな　正岡子規

いわゆる俳人好みの季語ではないが、不思議に心ひかれるのはなぜだろう。高校の教室で学んだ与謝野晶子の歌「なにとなく君に待たるるここちして出でし花野の夕月夜かな」の世界に憧れたのかも知れない。

この語は平安時代には用いられなかった。その間の消息と、秋の季語として定着する過程は《山本》に詳しく、歌言葉として登場するのは鎌倉時代だという。玉葉集に「村雨のはるゝ日影に秋草の花野の露や染めて干すらむ　大江貞重」があり、夫木集では、「花野」を詠んだ歌は「野」の題に収められている。『連歌初心抄』(正保二年)に初めて秋の季語として掲げられたという。

《山本》は、ことに今日の俳人に愛好されているようだと書き、例句は四十二に及ぶ。現在の俳人もそうらしく、例句は、《角川》が五十三、《講談社》が四十六である。

塩の道末は花野にまぎれけり　野崎ゆり香

昼は日を夜は月をあげ大花野　鷹羽狩行

はぎ　九日

白露もこぼさぬ萩のうねりかな　松尾芭蕉

山上憶良が秋野の「七種《ななくさ》」の花を詠んだ旋頭歌《せどうか》が万葉集の巻八にある。「萩の花尾花葛《くづ》花撫子《なでしこ》が花　女郎花《をみなへし》また藤《ふぢ》袴《ばかま》朝顔が花」で、古代人にも好まれた花だと分かる。作者不明の短歌も巻十にある、「人皆は萩を秋と言ふよし我は尾花が末《うれ》を秋とは言はむ」。

万葉集の「ハギ」百四十例ほどの表記は大半が「芽・芽子」で、残る十例ほどが万葉仮名表記である。平安時代中期以降の書写とされる播磨国風土記の揖保郡萩原里条にハギが四回出現し、すべて「荻」の字で書かれている。これは、「萩」に固定する前の段階を示すのかも知れない。

字書によると、中国では、「萩」はキク科のカワラヨモギ、あるいはキササゲを指すという。草冠に秋の「萩」をハギに当てるのは日本製の漢字と見ることもできる。

ハギは、古株から新芽が出るので、「生え芽《はえき》」と呼ばれたことによる、とする説明を見かけるが、根拠はない。

亡き人の声に振り向く萩の寺　松本綾子

爽やか　十日

爽やかや漕ぐにおくれて櫓の軋み　片山由美子

某銀行が発行する預金者向け広報誌に俳句の欄がある。平成廿四年冬号の兼題は「爽やか（さやけし）」であった。某俳誌の主宰である選者には、「さわやか」と「さやか」は同義語らしい。四歳時記の扱いもこれと大差がない。

「爽やか」は、平安時代中期以降の用例しか見えず、仮名遣に疑義の呈せられることがあったが、擬態語の「さっぱり」から推してサハヤカと見ていい。《角川》はサッパリに言及して鋭いが、「秋の大気の特色を表す季語」「大気が澄み切ると、遠くの山々などがくっきり見える」とあって、サヤカとの混同が露わである。

一方、「さやか」は、「冴ゆ」の同根語で語性が明快である。肥前国風土記の養父《やぶ》郡狭山郷に、景行天皇の巡幸による地名起源伝説があり、四方が分明なのでサヤケの村というとし、「分明」に「佐夜気志」の訓注がついている。この語は万葉集に用例が多く、漢字「清・清潔・亮・明」が当てられている。視覚・聴覚が捉えた表現である。

爽やかや風のことばを波が継ぎ　鷹羽狩行

吾木香　十一日

吾木香さし出て花のつもりかな　小林一茶

三年前の秋、わたしは名古屋市の東山植物園で初めて実見して、掲句の詠者の意図が納得できた。

見出しには最も一般的な漢字表記を用いた。これで確定とは言いきれないが、語の構造も不明なので、誤っていても許されるだろう。仮名遣も二様に伝えられてきた。古くは「われもかう」。例えば、狭衣物語巻三の狭衣大将の歌「武蔵野の霜枯れに見しわれもかう秋しも劣る匂ひなりけり」のように、「吾も斯《か》う」の掛詞で用いられた。室町時代の漢字表記「吾亦《われも》香《かう》」はそれを反映している。

カウとコウが同音に帰してからは、コウに漢字「紅」が当てられ、俳句もその含意で詠まれることが多くなる。虚子の「吾も亦《また》紅《くれなゐ》なりとひそやかに」は、その表記を詠みこんだ作である。

派手さのない花の風情は、まさに「はじめから乾燥花なり吾亦紅　金箱戈止夫」である。弟の野辺送りの際の心境を読んだ次の句は也有らしい作だと思う。

送る野やいつ老いの身のわれもかう　横井也有

けみ　十二日

力なく毛見のすみたる田を眺め　高浜虚子

高校時代、子規の「三千の俳句を閲《けみ》し柿二つ」で出会った「けみ」が分からない。言海は「稲ノ毛ヲ見ル義」とする。「毛見」はそれをじかに表わしているが、稲の芒《のぎ》で実り具合がほんとうに分かるのか、農事に疎い自分には判断できない。

《日国大》によると、「けみ」の語はかげろう日記にも見え、作物のできの検査の意は鎌倉時代からで、「検」の漢字音から「けみす」の語が生まれたか、とする。漢字「検」の末尾音はnなので、順当に和化したら「ケミ」ならぬ「ケニ」となるはずで、そこに配慮しない点が不満である。

古語大辞典には、「けんみ」の撥音「ん」の無表記として、かげろう日記の例を挙げている。平安時代半ばに、「検見」をそのように重箱読みすることがあっただろうか。だが、字類抄は「閲」に「ケミス　勘見也」としているので、なお考えなくてはならない。

現代の俳人もこの語で詠むことがあるが、江戸時代を思っての作か、現代の作況検分か判然としない作がある。

かり　十三日

病雁の夜寒に落ちて旅寝かな　松尾芭蕉
ただ一羽来る夜ありけり月の雁　夏目漱石

万葉集ではホトトギスに次いで多く詠まれた鳥が雁である。それほど日本人に親しまれた鳥だと言える。ところが、「雁」の漢字音 gan は鳴き声を写したもので、日本に伝わると日本風に訛って kari になった、と週刊歳時記26には書いてある。それが真実なら、漢語が入ってくるまで、この国に雁はいなかったことになる。

「かり」が鳴き声による名であることは、後撰集・秋下の雁を詠んだ歌の並びに「来る秋ごとにかり〳〵と鳴く」、「声に立てつゝかりとのみ鳴く」などで明らかである。その声を「雁が音《ね》」とも言い、それが雁の異称にもなった。

「雁」の読みが、カリかガンかで揺れることがある。掲句の芭蕉の「病雁」について、《暉峻》は其角の『枯尾花』に「病ム雁」とあることを尊重してヤムカリ説に立つが、《山本》・長谷川櫂は「びょうがん」を採る。わたしは訓読みの「病むかり」をよしとする。

小波の如くに雁の遠くなる　阿部みどり女

燕帰る　十四日

燕去んで部屋〳〵ともす夜となり　河東碧梧桐

四歳時記とも、「燕帰る」の見出しのもとに数個の傍題を掲げている。「帰燕・秋燕」は、なじみのない古典漢語である。傍題には「去ぬ燕」もあり、右の掲句に用いられた「去んで」とともに、わたしには耳慣れない表現である。

青壮年期に広島市と大阪府で暮らして、いろいろ興味ぶかい言葉に出会った。その一つが「去ぬ」である。古典文法で教わったナ行変格活用動詞が、連体形「去ぬる」、連用形の音便形「去んで」、命令形「去ね」などに生きていたのである。傍題の「去ぬ燕」は、「去ぬ燕ならん幾度も水に触る　細見綾子」に見えるが、嘉永二年の俳書『ぬくめ種』には「去ぬる燕」で載っている。ナ行変格活用の「去ぬ」は江戸時代半ばまでは生きていたようである。

明治卅九年、文部省は国語調査委員会の決定による「文法上許容スベキ事項」十六項を発表した。その一に、「居リ・恨ム・死ヌ」を四段活用として用いるも妨げなしとある。当然「去ぬ」も含まれると考えていいのだろう。

秋燕やつひに一人となる戸籍　野見山ひふみ

をみなへし　十五日

雨風の中に立ちけり女郎花　小西来山

ヲトコヘシもあるので、「ヲミナ」は女の意だと思われるが、「ヘシ」が分からない。

万葉集の歌には十四例見え、佳人部師・娘子部四・女郎花などと書かれている。「ヘシ」を考える手がかりは「姫押」である。今、「押し合いへし合い・へしゃげる」などに残る動詞「へす」は、古代には「押・挫・圧」などで書かれた。《日国大》は語源説の最初に、古今要覧と大言海の名を挙げて「花の色は美女をも圧すという意か」とするが、大言海は古今要覧の説を「イカガ」としただけである。否定したと解すべきであろう。

鎌倉時代には、ヲミナヘシが分からなくなって語形が動いた。古今集の読み方を記した本などに「ヲミナベシ」が見られるようになり、室町時代には、そのべの子音bがmに交替して、節用集類にはほとんどヲミナメシで見える。

次の掲句は、古今集の「名にめでて折れるばかりぞ女郎花われ落ちにきと人に語るな　遍照」によるのだろう。

見るに我《が》も折れるばかりぞ女郎花　松尾芭蕉

さんま　十六日

秋刀魚焼く匂ひの底へ日は落ちぬ　加藤楸邨

《角川》によると、『季寄新題集』（嘉永元年）に十月とあるのが初出で、例句はもっぱら現代のものである。

落語・滑稽本に登場するのに、俳諧の素材には不向きだったようである。本朝食鑑に「三摩」とあるのは硬すぎる。その点、『浮世床』初篇上の「鰺」は気が利いているが、大漢和辞典によると、鰺は鱢の誤字。三才図会によるとアジの漢字である。言海には「三馬・秋光魚」などがある。《山本》によると、関西でサイラというよし。東国育ちのわたしには初耳の語である。これについて《日国大》は三才図会の「佐伊羅《さいら》魚」を挙げ、伊勢から徳島あたりに行われる語だとする。学名はCololabis Saira。

古代語で刀剣を「サヒ」と言った。日本書紀の推古天皇廿年正月、宴会で蘇我馬子が奉った歌に天皇の和した歌、「蘇我の子らは　馬ならば日向《ひむか》の駒　太刀ならば呉《くれ》の真差《まさ》比《ひ》」がある。サイはサヒがハ行音の転呼で転じたもの、ラは接尾辞であろう。道理で「秋刀魚」と書くわけだ。

下町の四角な空に秋刀魚焼く　原田左斗志

十七日

葛

脛のみか腿をはばみて葛の花　中村草田男

葛は、葉・花・根で季を異にする。詩歌における扱いの転変は《山本》に詳しい。ここでは食品の葛粉を論ずる。

多くの本に、大和国吉野郡の特産だとか、吉野の地名「国栖《くず》」によるとか書いてある。国栖《くず》の人が根から葛粉を作って売り歩いた、と断定する本もある。だが、根拠はない。《小林》は、葛が吉野の名産になったのは近世になってからだという。小賢しい知恵者の創作であろう。

みなもとは、古代文献の誤読だろう。万葉集巻十に「国《くに》栖《す》ら」とあるのは、先住民と考えるのが定説である。古事記・日本書紀の神武天皇東征条では、吉野川で会った尾の生えた人に「国栖の祖」と注し、常陸国風土記の茨城郡条に、穴居する「国巣《くにす》」を土地の言葉でツチクモとか八握脛《やつかはぎ》とか呼んだ、などの記事がある。

右の「国栖／国巣」は、奈良時代語としてはクニスと読むのが自然である。それが後に「クズ」に転じただけの話であって、葛とはなんの関係もない。

葛の葉へ海照り返す親不知　横島李邨

十八日

鳥威し

母恋し赤き小切の鳥威　秋元不死男

鳥威きらきらと家古りてゆく　波多野爽波

以下三項、ほぼ同じ機能の物体について述べる。右の掲句は、鳥威しの素材の変化を語って貴重である。

《角川》は傍題に「おどろかし」を置き、他書は「案山子」の傍題にそれを置くなど、扱いが分かれる。「おどろかし」は「威し」と置き換えられる語であろうか。

その《角川》は「鳴子や威銃のように音を出すもの、案山子やピカピカ光る紐など云々」と解説している。私見では、それは「鳥威し」ならぬ「驚かし」である。ここに二つの動詞の交錯していることが分かる。

「おどす」は平安時代からの語で、漢字「威」などで書かれ、現代も同様である。相手に対して心理的な圧迫を与えて恐怖心を抱かせることであり、野良での典型は案山子である。一方、「驚かす」は、突然の物音や光などで気づかせることで、古典的な鳴子・引板が代表である。

「威す」と「驚かす」は別語であるが、江戸時代後期には混同して、「おどかす」という動詞も生まれた。

ソーズ

十九日

二つ目を聞けばたしかにばつたんこ　茨木和生

「ばったんこ」は傍題の末席に置かれ、上座は「僧都・添水」が占めるが、それが紛い物であることを述べる。

発端は、古今集の俳諧歌「あしひきの山田のそほづ己れさへ我を欲してふ憂はしきこと」、続古今集の「山田もるそほづの身こそ哀れなれ秋果てぬれば訪ふ人もなし　僧都玄賓」にある。「そほづ」と「僧都」が音変化の結果で混同したのだが、ともに「とり／しし威し」とは無関係である。

古事記の大国主神《おおくにぬしのかみ》の国造りの条。海を渡って来る神があるが、その神の名を知る者がなかった。タニグクの示唆を受けてクエビコに尋ねると、少名《すくな》毘《び》古《こ》那神《なのかみ》だと教えてくれた。クエビコは今の山田のソホドで、歩行はできないが、天下のことはなんでも知っている、と。

クエビコは「崩《く》え彦《ひこ》」。風雨にさらされて傷んだ姿に基づく。ソホドは「濡れた人」の意。ソホは、ソホツ・ソホフルのソホで、濡れた様を意味する語。ドはヅの母音交替形。この交替は、古代中世の日本語に、カドノコ（数の子）・マドシ（貧）、アヅマヅ（東人）など多くの例がある。

かゞし

廿日

棒の手のおなじさまなるかがしかな　内藤丈草

文部省唱歌によって、東日本の「カカシ」が広まるまでは、禅僧の著書に由来する「案山子」と「カガシ」が多く行われた。

カガシの由来を、獣肉や人毛などを焦がして立て、その悪臭で鳥獣を追うのだという説が行われているが、全く信じがたい。仮にそうして作ったとして、悪臭はどれだけの広さの田畑を覆い、何日間持続するというのだろう。この言説は無責任この上ない。右のように成立した語なら、むしろ「カガセ」が望ましいし、「カカシ」に変わることもなかったろう。ここに注目した鈴木博[9]の精細な研究がある。

それと限定せず、対象を広く指す（不定詞＋（も）＋指示代名詞）の形式がある。例えば、「何でも彼《かん》でも」「どうでも斯《こう》でも」「何処《どこ》も彼処《かしこ》も」「何此《なにくれ》と」「誰でも彼《かれ》でも」、そして「某《なにがし》かがし」である。鈴木の挙げた例を『大鏡』伊尹伝から引くと、「一番にはなにがし、二番にはかがしなどいひしかど、その名こそおぼえね」。

水落ちて細脛高きかがしかな　与謝蕪村

鰯 廿一日

鰯焼く苦節十年けぶらせて　高橋悦男

海水を離れると足が速いのでヨワシと言い、ヨワシが転じてイワシなのだという説の読み替えを試みる。

平城宮跡から出た、若狭国の貢進物木簡に「伊和志」と見える。近年、長屋王邸跡から出た木簡には「鰯」の記載があり、奈良時代の和製漢字であることを語る。和名抄もイワシを「鰯」と書いたうえで、「今案本文未詳」とする。「鰯」と書いた中国の用例が得られなかったのだ。

安康天皇を討った「目弱王《まよわおう》」（古事記）が、日本書紀には「眉輪王《まゆわおう》」と書かれている。ヨがユと交替しても同一人物だったのである。古代語でオ列音とウ列音が交替した現象は、栂（トガ／ツガ）・軽（カロ／カル）などにも見える。ヨワシとユワシの関係はそれで解釈できる。そしてユワシとイワシの関係は、鱗（ウロコ／イロコ）・魚（ウヲ／イヲ）など、古代語に多いウとイの交替で説明できる。

以上、従来の解の方向を、イワシ→ユワシ→ヨワシと反転させて読んだ。イワシはロシア語に入っているという。

海鳥を率ゐて街に鰯売り　平林幸枝

おはぎ 廿二日

秋分の日、秋彼岸の中日である。この時期に「おはぎ・牡丹餅」を作る家、買い求める人はなお多いだろう。これは季語ではないが、女房詞に始まる「おはぎ」は季語の資格十分なりと考えるので、敢えて立項する。

過ぎし大戦で、飢えに苦しむ兵士が渇望した物の中に、たいてい「おはぎ・牡丹餅」があった。カッパブックス『きけ わだつみの声』の表紙裏の絵、戦没画学生慰霊美術館「無言館」の展示品・小柏太郎の手帳、黒木和雄の映画『紙屋悦子の青春』の送別の席にもそれは見られる。シベリア抑留中の高杉一郎が仲間と議論し続けたテーマが「おはぎと牡丹餅の違い」であったという話もそこに繋がる。

春のは牡丹餅、秋のはおはぎと頑固に信じている人もある。愛すべき稚気であるが、日本人の季節観では、牡丹は初夏の花である。いずれにせよ季節を問わぬ食物であるが、女房がこう名づけた時、もしかしたら眼前に萩の花が盛りだったのかも知れない。

日本人にとって、おはぎ・牡丹餅は母性の象徴だったのではないか。これを口にすると、わたしは母を思い出す。

廿三日

とき

鴇啼て雲に露ある山地哉　木下長嘯子

絶滅した日本のトキを詠んだ句は極端に少ない。季を秋とする根拠も不明だが、それに言及した歳時記も知らない。

古代、トキはよく見られる鳥であった。綏靖《すいぜい》天皇陵のある岡は、「衝田《つきた》」（記）、「桃花鳥田《つきた》」（紀）と書かれている。日本霊異記は、吉野郡の里の名「桃花」に「都支《つき》」の訓注をもつ。翼の色の印象によるのだろう。新撰字鏡では「鴾鷞」に「二字ツキ　一云タウ」の訓がある。タウは鳴き声による呼び名であろう。和名抄は鳭に訓「ツキ」とある。刀偏は意符ならぬタウの音符であるに違いない。

各地の方言にトキを鳴き声によって名づけたことが知られている。北条忠雄は『解説 秋田の方言』で、ドウ・ダオ・ダオサギ・ダオシギ・ダオッコなどを報告した。語頭濁音、語末の「ッコ」、ともに秋田県方言の特色である。

京都市の地名「塔ノ森」は「鴇森」とも書かれた。長野県上田市辺りの地名や姓に「常」をトキと読ませるものが多い。「常盤」を〔トキ - ワ〕と分けたのであろう。一般的な鴇・鴾も国字であろうが、由来は突き止め得ない。

廿四日

衣かづき

芋顔のはづかしさにや衣かづき　志水延清

名月に供える里芋の姿による名づけである。

動詞「かづく」の基本義は頭部を上から被うこと。潜水することも意味して、古代文献では海人についてよく用いられ、その意味は西日本で長く維持された。

中世、「肩」からの派生動詞「かたぐ」が行われ、肩か背かを問わない「になう」と意味を分担するに至った。カタグは近畿以西に用いられ、次第にカタグルなどに変形した。東日本では肩に載せることをカツグで表現し、東西にズレが生じた。西日本では頭にかぶる意の動詞が、カヅクからカツグに変わった。

西日本では動詞「かるふ」も行われていた。物類称呼は十八世紀後半の状況を捉えて、「負ふ」を東国では「せう」（背負うの縮約形ショウ）、長崎では「かるふ」と言う、と書いている。これは「かろふ」の形でも用いられた。

かくて、江戸時代以後、「被」の意の「かづく」の座は「かつぐ」に奪われた。それが名月の供え物に及んだことを悲しむわたしは、「衣かづき」の例句探索に執心している。

なもみ　廿五日

をなもみをくつつけ合うておくれゆく　近藤　忠

歳時記によって扱いぶりの差が大きい。四歳時記のうち、オナモミ・メナモミの双方を掲げるのは《講談社》だけ、《角川》はメナモミだけ、《小学館》《合本》はいずれも掲げない。例句も少なく、全部で四句に過ぎない。

わたしはナモミに雌雄の別があることなど思いもしなかった。この植物以外に見ることのない難しい漢字で書かれていることにも当惑させられる。俳句の世界にその区別を持ち込む必要はないと考えるが、目にした雌雄のナモミ九句のうち、漢字表記は二句、作者はいずれも男性である。

徒然草の第九十六段にメナモミについての記述がある。マムシに噛まれたとき、その草をもんで付けるとすぐに治るので、見知っておくべきである、と。

植物学者は、実をもんで傷につけるから、ナマモミなのだといい、実が衣服や動物の毛につくので、ナモミは「なずむ」とも解釈できるともいう。ともに怪しい。

おなもみをふりむく夫の胸に投ぐ　池松幾生

きのこ　廿六日

食へぬ茸光り獣の道狭し　西東三鬼

わたしは単独形「キノコ」と複合形「〜タケ」しか知らずに育ち、今は異称の多さに驚いている。それで、「タケ」や「タケ刈り」に接すると、落ち着かない気分になる。

キノコは、東日本に広く分布して全国共通語の位置を占めたが、古い総称はタケであったようだ。日本書紀皇極天皇三年三月条に、菟田山の雪上に紫の「菌」が生えていたとあり、平安時代中期の岩崎本ではタケと附訓している。和名抄でも「菌茸」の訓はタケである。

鎌倉時代の文献にはキノコが見られ、クサビラも行われた。室町時代には、大型のものを「菌」と書いてキノコと称したことが、節用集などから知られる。

《方言辞典》によると、右のほかに、ウワ・カッコ・コケ・ザザンボー・ザッタケ・ドボー・ナバ・マンジ・ミミ・モタセなどがあり、目が回りそうな多彩ぶりである。

四年前の十月卅日の「ラジオ文芸選評」で、兼題「きのこ」への投句「くさびらと書けば何やらすだまめき」が入選した。選者は西村和子。深く共感した作である。

松茸

廿七日

籠のうち見せずに別れ茸山　　藤井圀彦

「きのこ」とだけ詠まれたものは、それとは特定できないので、内容から推測するほかない。右の掲句も的はずれかもしれない。学名はTricholoma matsutake。

万葉集にはキノコが直接詠まれた形跡はないが、それらしい歌はある。巻十の秋雑歌、さまざまの題で詠まれた歌のうちに「詠芳」一首、「高松のこの峰も狭《せ》に笠立てて満ち盛りたる秋の香《か》の良さ」がある。訓について見解の分かれる箇所はなく、松と香と笠、三条件がそろっている。

平安和歌にかかる素材は選ばれにくく、よほどの条件がそろわないと、直接詠まれることはなかった。拾遺集の物名歌《もののなうた》には二首ある。「まつたけ　あしひきの山下水に濡れにけりその火まづたけ衣あぶらん　藤原輔相」。

榎本好宏『季語の来歴』は、『江戸自慢』から「青頭菌《はつたけ》至って多く、松茸は至極少く、価は珠玉を買ふに均《ひと》し」を引いている。昔から高価だったようだ。

わたしの好みの佳吟は多くない。

ぢきぢきに主持ち来る土瓶蒸し　　伊藤宇太子

いすか

廿八日

わたしは、慣用句「いすかのはしのくいちがい」しか知らない鳥であるし、実見した人も多くはあるまい。四歳時記中、掲出するのは《角川》《講談社》で、例句も二つずつ。それを敢えて立項するわけは《講談社》の記述にある。

その「交喙鳥《いすか》」の解説の要点は、交喙鳥の名は「くひすがひ（食い違い）」を略したもの、である。その説明、「くひすがひ」の略であるとは、語頭の「く」と語末の「ひ」を略したという意味であろう。それなら、ヒスガとなるはずなのに、イスカとなっているのはなぜだろう。そもそも語の省略に際して、語頭と語末を同時に行うことがあるだろうか。しかも略語の三拍のうち、二拍が原形と違うのである。これでは原形が推測できない。

イスカの漢字表記について留意すべきことがある。多くの節用集には「鶍」で、「嘴不合鳥也」の注がある。この字はモズの表記にも用いられ、こちらには注がないのである。その漢字、《書言》には「鶍」が用いられ、以後受け継がれた。鶍は、いれちがう、くいちがう意の「易」と「鳥」による国字と解釈されている。

あぶれ蚊　廿九日

溢れ蚊に厠いぶせきとまり哉　寺田寅彦

使用例のごく少ない動詞「溢る」について考える。「溢」は、古典の注釈者を悩ませた語であり文字である。万葉集巻十一の「葦鴨のすだく池水溢とも」の「溢」の訓には、ハフルとアブルの説がある。同集には大伴家持の二首の歌に「雪消溢而」「雪消益而」があり、益と溢は通用するので、ユキゲハフリテの訓が行われている。

現代口語「溢《あふ》れる」に対する文語動詞は、意外なことに「溢《あふ》る」ではなく「あぶる」である。図書寮本名義抄の「溢」は、アクセント付きの訓「アブル」をもつ。一方、対応する他動詞の例に、大伴家持が天皇の徳を「四方《よも》の人をも安夫左波受」と詠んでいる。「夫」は濁音の仮名なので、五字は「あぶさはず」で、他動詞「あぶす」が認められる。

古代はアブルであった「溢れる」意の動詞は、中世以後「あふる」に、さらに「あふれる」に変化したのである。枠を超えたものは「溢れる」であり、それを好ましくないと感ずる心理がアブレルと表現したようである。

あぶれ蚊や韋編綻ぶ唐詩選　對馬春流

どぶろく　卅日

蘽の栓してみちのくの濁酒　山口青邨

どぶろくや奥の座敷におしらさま　高橋清子

新米で作るとうまいので秋の季語なのだという。家父もよく作り、「税務署が来る」の情報を得ると、大甕を隠すことに苦労していた。杉の若葉などを陰干しにしたものに着くカビを種にして麹を作った、と《合本》にある。「山里や杉の葉釣りてにごり酒　一茶」はそれだろうか。

ドブロクは「濁り酒」の傍題に置かれる。「濁り酒」には青春の煩悶の香りがし、「どぶろく」には汗の匂いや生活の疲れがつきまとう。和名抄は「濁醪」にモロミの訓を付けている。

ドブロクの語の由来が知りたいのだが、諸説が紛糾している。重ねて醸した酒を漢語で「酴《と》醿《び》」と言う。ビがブに変わり、それに美酒の意の「醁《ろく》」が付いたと解釈するのが自然だと思う。語頭のトをドによる濁音語に変えたところに、この酒の位置づけがうかがわれる。

濁り酒飲んで写楽の貌になる　吉田一陽

どぶろくがあると耳打ち杣の宿　伊藤伊那男

十月

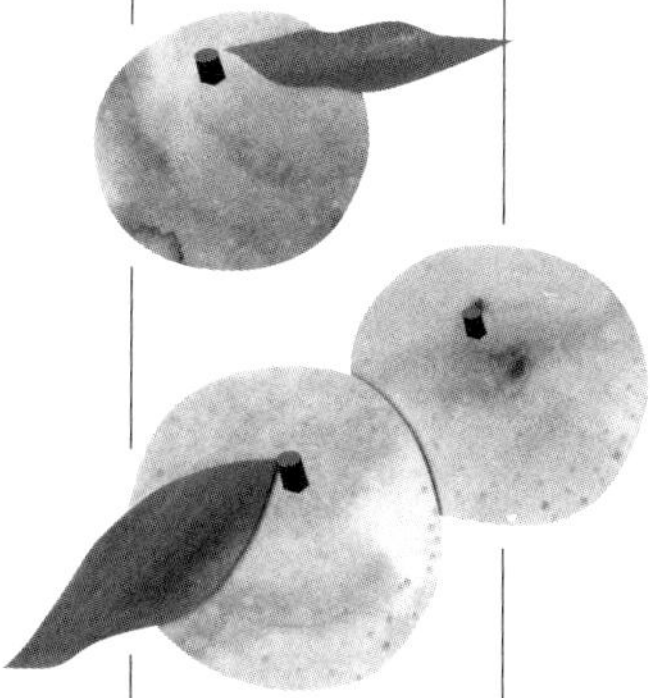

かんなづき　一日

かみなづき月は軒端にありながら　原　石鼎

旧暦では冬の季語であるが、十月なのでここに置く。

奥義抄には、「神無月　天の下のもろ〳〵の神出雲国にゆきてこの国に神なきゆゑにかみなし月といふをあやまれり」とある。「この国」は山城国を指すのだろうか。

徒然草第二百二段に「神無月と云て神事に憚るべきよしは、記したる物もなし。本文《もとふみ》も見えず。此月、よろづの神たち、大神宮へ集まり給ふなど云説あれど、其本説《そのほんぜつ》なし」とある。

神なし月ではなく、むしろ反対に、「な」は連体助詞であって、「神の月」すなわち「神祭り月」の意味だろうとは古くから言われてきた。《講談社》にもそう書いておりながら、「俗説にしても、神の無い月という発想がおもしろく云々」というのは、はた迷惑である。

ナを無の字で表記することが、六月一日条の「みなづき」と同じく混乱の根本である。ここにも漢字依存の弊害が露わである。四歳時記の例句卅六のうち、仮名書きは、松永貞徳と右掲の二句だけである。

芋水車　二日

わたしが所属する零細な連句会の座が、次のくだりで停滞することがあった。「笑ひ弾けるお手玉遊び　くたびれて家路寂しき夕月夜　芋洗ひ器のかろき水音」。

田園の路傍は言うまでもない、町はずれの住民であるわたしの散歩道の傍らでもよく見かける光景で、里芋の皮を剝くために、羽根の付いた筒や箱に芋を入れて、道端の流れにしかける水車である。だが、これをなんと言うか、連衆の誰も知らなかった。辞書・歳時記を手当たり次第に見たし、連歌に造詣の深い人にも尋ねたが埒が明かない。やむなく「芋洗ひ器」で間に合わせたのである。

週刊歳時記22、山田弘子「俳句を楽しむ」の「実践・応用編7」に俳画が掲載されている。句は「芋水車回し門川活気づく」。

昨年七月十六日の《里山》、鳥取県日南町の放送でこれが映り、語りは「水グルマ」であった。この呼び名では芋の皮剝きが分からない。最近、岐阜県郡上八幡では「芋車」と言うことを知った。これには「水」が含まれない。

かくて、芋水車が注目されるのである。

霧　三日

有明や浅間の霧が膳をはふ　小林一茶

中天に並ぶ巌あり霧の奥　正岡子規

日本詩歌史で霧が秋の風物とされるようになったのは平安時代後期らしい。気象学では視程によって「霧」と「もや」を分けるというのだから、ややこしい。

気象関係者は、その「もや」を動詞化して「もやる」と言う。それはまだ市民社会に滲透していないが、時間の問題だろう。動詞「かすむ」の連用形が名詞「かすみ」に転じたようには、「きり」が動詞「きる」の連用形名詞であることは余り知られていないと思う。

万葉集巻十の「天の川八十瀬《やそせ》霧らへり」は未然形、巻九の「小埼の沼の鴨そ羽霧る」は連体形、巻一の「霞たち春日の霧れる」は已然形。そして、源氏物語夕霧の巻の「空のけしきもあはれに霧りわたりて」が連用形ということになる。かくてラ行四段動詞「霧る」が帰納される。

『万葉ことば事典』（大和書房　平成十三年）は、「きりごもる」「きらふ」を「霧」の動詞化として、通説と対立する。

人ごゑのいきなり近し霧ぶすま　稲垣きくの

よばひ星　四日

喪の旅の火酒に喉焼く夜這星　高井北杜

「流れ星」の傍題「よばひ星」の、俳諧世界における位置を考えたい。現代の歳時記での用例は、「流れ星」の一割強で、特別な思い入れがなくては用いられないようだ。

和名抄は「流星」に「和名ヨバヒボシ」とし、枕冊子は、「星は」の段で、四つの星の最後に「よばひ星、少しをかし。尾なからましかば、まいて。」とあるだけで、よく分からない。

「呼ぶ」の派生動詞「呼ばふ」の連用形名詞が「よばひ」である。それが、求婚・妻問いを意味したことは、古事記の歌謡、万葉集の歌、逸文備後国風土記の記事などに見える。竹取物語のかぐや姫求婚譚の条に、「さる時よりなむ、よばひとは言ひける」とあるのは附会に過ぎない。

右のような事情で、漢字表記「夜這」の成立は早い。字類抄は「夜這」に「ヨハヒ」の訓と「ヤカウ」の音を記して、「夫婦部」に収めている。

弥彦より尾を引きて飛ぶ夜這星　森　澄雄

どんぐり　五日

団栗や熊野の民の朝餉　野澤凡兆
団栗を掃きこぼし行く帚かな　高浜虚子

凡兆の句の下五はアサガレヒであろう。虚子の句は、誰もが体験したことのある状態を捉えた作だと思う。

どんぐりが何の木の実なのか、江戸時代の俳書には、イチイ・クヌギ・カシなど各種の説があった。『滑稽雑談《こっけいぞうだん》』（正徳三年）には、丁寧にも「漢名未詳」としている。それは、「団栗」と漢字表記されたからだと思う。

早く鎌倉時代の『康頼本草《やすよりほんぞう》』は、「橡実」に注して、和名を「止ン久利」としている。万葉仮名表記なので「止」の清濁は定かではないが、のちの経過から推して濁音のドであろう。何事にも漢字表記せねば気が済まない日本人は、ドングリの形状に着目して、唐音「トン」の「団」を当てた、と推測する。その実が食用には不向きなので、初めから語頭は濁音だったのではあるまいか。

主要な節用集のうち、「団栗」を載せるのは易林本《えきりんぼん》だけであるのはなぜか、未詳である。

亡き吾子の墓のどんぐり拾ひけり　遠藤千賀子

秋雨　六日

鼬《いたち》啼いて離宮に暮るる秋の雨　与謝蕪村
秋雨や夕餉の箸の手くらがり　永井荷風

金田一書の九月十四日条にも「秋雨」がある。元来なかった語が江戸時代中ごろ「春雨」への対照で「秋サメ」の形で生まれたこと、それは「東ゴク」に対して「西コク」が「西ゴク」になったのと同じことだとして、（対照）の視点で論じたものである。

その説明は少し不正確だと思う。「秋雨」を拒否したのは八雲抄である。「（中院）光忠があきさめなどいへるたぐひはをかしき事なり」とあって、鎌倉時代に始まったようである。連歌時代には使用が認められている。

むしろ、古代和歌に「秋の雨」はあるのに、なぜ「秋雨」がないのか、春サメがあるのに、なぜ秋サメがなかったのか、である。奈良時代、ハルサメ・ムラサメ・コサメがあり、平安時代は和名抄が「大雨」と「雨氷」にヒサメの訓を附しているなど、不明なことが多い。

秋霖や半ばを閉めて店点ず　吉原有司
秋雨の瓦斯が飛びつく燐寸かな　中村汀女

檸檬　七日

檸檬切るトパーズ色のしぶきの香　松本由美子

高校時代に読んだ、梶井基次郎の小説『檸檬』の題名が六十年近く気がかりなままである。

服装は漢語なのに漢語としては読めない語がある。例えば、煙草・麦酒・朱欒。音訳語の倶楽部・珈琲・襦袢などは今も生きて使われている。仮名書きすると日本語の顔になるが、西方生まれで中国育ちという語もある。ペルシア語に発した日果《イエンジェイクォ》は、日本でイチジクになったのだという。

さて檸檬である。成城大学法学部の陳力衛教授の教示によると、宋代に始まった中国のレモンについて、例えば海南島に流された蘇軾は「黎木子」と書いている。宋代・清代の人の著述にも「黎檬・黎朦」が見える。インド経由で伝来したら、l音よりn音の方が近いので檸檬の当て字も可能である。広東語内部ではn音とl音の区別ができないので、檸檬には問題がない。また、檸・檬の語末音は、それぞれing・engなので、末音をそろえたのだという。

おかげで半世紀余の謎が解けた。

あるじなき家に実れる檸檬かな　市橋千翔

鶴来たる　八日

鶴渡る日本武尊《やまとたける》の御陵かな　浅井節子

万葉歌には「鶴《つる》」が詠まれていないことを、万葉集学習の早い段階で学ぶ。鳥の名としては「たづ」が用いられ、「つる」は、漢文の題詞や左注、歌詞「嘆鶴鴨《なげきつるかも》」のように訓仮名表記に用いられた。そこで、歌語が「たづ」、日常語が「つる」であったと推定されている。

平安和歌でもその傾向は続くが、《片桐》によると、拾遺集になると、「つる」を「松」と組み合わせ、あるいは「千歳」「千代のためし」などと、慶賀の色彩が濃い歌に限られるという。《暉峻》によると、「鶴来たる・鶴渡る」が晩秋十月の季語になったのは昭和初年だという。

それでも、鶴すなわち「たづ」の記憶は長く受け継がれて、主に女性の名づけに用いられた。「鶴」を「ず」または「づ」と読む根拠はないのに、田鶴子・多鶴子と用いられ、まれに賜鶴子などに出会うこともある。この人たちは、振仮名するとき、ズかヅか悩むことはないだろうか。

鶴の来るために大空あけて待つ　後藤比奈夫

鶴渡るしんがりおつうかも知れぬ　前田沢子

重陽　九日

重陽のやさしくなりぬ日のひかり　沖山智恵子

きょうは、たまたま旧暦九月九日、重陽《ちょうよう》の節供である。天武天皇の時代に初めて菊花の宴が催されたとする人がいるが、その記録は実在しない。日本書紀の天武天皇十四年九月九日の「天皇、旧宮の安殿の庭に宴きこしめす」を指すようだ。《片桐》は、菊花の宴とは断定できないという。懐風藻《かいふうそう》には菊の詩が六首ある。《暉峻》は、それは観賞用の菊ではなく、薬用の乾燥菊だろうという。その推測どおりだとすると、懐風藻の詩は観念の菊によるということになる。延喜式典薬寮の「諸国進年料雑薬」条の近江国七十三種の中に「黄菊花一斤二両」がある。

《五十嵐》によると、菊の実在を示すのは、平安遷都から三年後の延暦十六年十月十一日、宮中の曲水の宴における桓武天皇の歌、「このころの時雨の雨に菊の花しりぞしぬべきあたらその香を」（類聚国史）だという。

嵯峨天皇の弘仁五年に重陽の宴が復活してから、詩にも菊が多く詠まれるようになる。

重陽や蝶ひらきなる椀の貝　平野吉美

いちひの実　十日

あららぎのつぶら実よ潮さびた町　佐藤鬼房

岐阜県の「県の木」はイチイである。律令時代、官服・礼服に着用した笏の材がイチイだから一位なのだと理由づけして、県庁にも解説つきで展示してある。ほんとうだろうか。続日本紀の養老三年二月には、「五位以上は牙笏」「六位以下は木笏」とある。これによるかぎりでは、「一位」の名で呼ぶ根拠はない。

飛騨の位山が櫟の産地だったので、そこの櫟を笏の用材として朝廷に献上し、位山の名を賜わったという説がある。それは「位山」の起源であって、「一位」の起源ではない。

そもそも律令時代に定まった制なのだから、古代語で説明すべきであろう。日本書紀用明天皇二年、「赤檮」にイチヒの訓注があり、「櫟」には、新撰字鏡・和名抄に「イチヒ」の訓が与えられ、名義抄も同じである。「一位」の読みはイチヰであって、イチヒではない。

あまたの俳人たちが俗説に疑念を抱くことがないのは全く嘆かわしい。手元の歳時記の例句はほとんどが「一位」なので、やむなく傍題「あららぎ」の句を掲げた。

キンカン　十一日

一本の塀のきんかん数知らず　阿波野青畝

一般に「金柑」と書かれるこの植物は、室町時代に中国から渡来したとされて異論がない。

本国での表記を李時珍『本草綱目』に見ると、「金橘」とあり、黄熟すると金のようなので名があるという。それゆえか、節用集類は「金柑」に「橘柑」を併記するものが大半である。それでは室町時代、日本では「キンカン」「キッカン」のいずれで呼ばれていたのだろうか。

[10]濱田敦は、日本語に存しなかったゆえに相通しやすい促音と撥音を、多くの例で実証した。その筆頭に、キンカン（橘柑）・キントン（橘飩）を挙げている。わたしも驥尾に附して、拙著Ⅱの「八ツ場ダム」の章で論じた。高島俊男は『漢字雑談』の「甲板と納戸」でそれを論じている。

先年、成田山新勝寺への途中で一つの発見があった。成田線の電車が安食《あじき》駅に着いたとき、次の駅名の表示「しもうさまんざき」を目にした。「まんざき」は「万崎かな、満崎かな」と思っていうちに「松崎」に着いたのである。

金柑や星より落ちて来し色に　松村多美

新松子　十二日

松笠の青さよ蝶の光り去る　北原白秋

「松子」はチヂリと読むということを、わたしは知らなかった。それも道理、物類称呼によると、畿内の言葉らしい。しかも第二拍は清音のチチリが本来の形である。「ちぢり」に対して、東日本ではマツカサが一般的だろう。

そのマツカサは王朝和歌にも詠まれた形跡があって新しい語とも言えない。漢字表記は、松笠・松毬・松球が見えるが、「松笠」の根拠は分からない。新チヂリは、固く締まった包鱗を縮れと見ることも可能だろうが、それ以上は不明である。わたしの関心は郷里の言葉にある。

我が郷里では「マツパグリ」と呼ばれた。それをわたしは「松葉栗」と解し、「葉」の加わることには疑念をいだかなかった。家庭の燃料として掻き集めたのは、松の落葉と、熟して茶褐色に開いた松笠なので、秋の季語「新松子」でさえない。これは、松フグリ・松ボックリの転じた形なのであった。

原形が松のフグリであったとは、愉快な話である。

はららご

全未来いつきに裂かれ鮞よ　倉橋羊村

十三日

四歳時記は鮞の見出しのもとに多くの傍題を並べる。《角川》には「はらら」から「いくら」までの八語がある。秋田市育ちのわたしになじみがあったのは、「筋子」だけ。

諸書の解説を突き合わせると、整合しないことがある。《角川》には、「はららごとは胎の子、ばらばらにした子という意味」とある。《講談社》には「一腹そのまま塩漬けしたものを筋子、袋から取り出して、ばらばらにほぐしたものをすずこ（イクラ）という」とある。

「はららご」は、めすから得た卵巣膜を割いて、バラバラになった卵の状態を言う擬態語による呼称であろう。一方、卵巣膜のままのものがスズコなのだと思う。もっとも、わたしの母語ではスジコであって、「筋子」と書くものだと思っていた。辞書に、スズコを「筋子に同じ」とするのでいいと思う。スズコとスジコは、特にズとジの紛れやすい東北方言が関わった揺れであろう。

イクラは、日露戦争後に行われるようになったロシア語だという。歳時記にはもっと丁寧な記述が必要だと思う。

ししがき

鹿垣を二重に堰きて峡に老ゆ　渡邉日亜木

猪垣の守る畑のせまきこと　澁谷　道

十四日

歳時記によって立項のしかたが異なる。《小学館》は「猪垣」で立項し、「鹿垣」以下を傍題にして、ともに「ししがき」と読むこと、「しし」は肉のことで、食肉にする猪や鹿を「しし」と呼んだことを記す。他の三歳時記は、「鹿垣」で立項して「猪垣」を傍題に回す。

俳句の音数律に助けられて読み誤ることはあるまいが、初学者は面食らうことがあるだろう。ここには、右の説明にあるように、日本人の重要な食料源であった鹿と猪の絡むささやかな歴史が潜んでいる。

万葉集巻三の歌に「朝狩に鹿猪《しし》踏み起こし」、巻十二に「小山田の鹿猪田《ししだ》守《も》るごと」がある。そのほかは猪と鹿を区別せずに「鹿」で書かれることが多かった。後世、皮肉なことに、「猪」はヰノシシ、「鹿」はシカと呼ばれるようになって、古代に存した対照関係は消滅した。

今のシシガキの多くは猪の食害対策なのに、「猪垣《いがき》」は全く劣勢で、歳時記には載るが、辞書には載らない。

りんご

十五日

刃を入るる隙なく林檎紅潮す　野澤節子

ザ・ピーナツという双子の女性歌手コンビの全盛期、子供らの間ではやった言葉遊びがある。「メロンは?」「英語」「オレンジは?」「英語」「ピーナツは?」「英語」「ブー、双子でした」といった謎々である。彼らのひそみに習うと、「レモンは?」「英語」「グレープは?」「英語」「アップルは?」「英語」「ブー、りんごでした」とでもなろうか。

今、動植物名は片仮名表記するので、その由来を考える機会がないのは損失だという意見を、西瓜の項（七月六日）に紹介した。リンゴを子供らはどう感じているだろうか。「林檎」は和名抄に「利宇古宇」とある。リウゴウでは間遠な印象が強い。狩谷棭斎《かりやえきさい》が『箋注倭名類聚抄』で、これは和名ではなく、漢語「林檎《りんご》」の音転だと説明したとおりである。

日本人が実際に林檎を目にしたのは、近代のことだという。植物名は片仮名で書く、それが牧野富太郎の持論であったが、科学の世界と文藝の世界とは異なっていい。

林檎落つアダムの空の深さより　加藤耕子

ゆず

十六日

柚子すべてとりたるあとの月夜かな　大井雅人

卅年ほど前、岐阜駅近くの大通りに面して、「ゆづ」という看板の喫茶店を見つけて気がかりであった。

諸歳時記は「柚子」の見出しにユズと振り仮名しているが、漱石は「いたつきも久しくなりぬ柚は黄に」と書いた。柚はユズだろう。柚子の「子」について、《小学館》は実のこととする。梨子・栗子・松子など実例は山とある。それならユシとなるはずではないか。

和名抄によると、「柚」は音が「ユまたはイウ、一名榛」で「和名はユ」とある。呉音「ユ」のまま和語「ゆ」になったのである。平安アクセントは上昇調、ユーと伸ばしていた。枕冊子に一例、かげろう日記に二例の「ゆ」を見る。ユズのズは何か。果実から酢がとれるからという柳田國男の解釈で十分である。近畿以西ではユウ・ユース・ユーズ・ユーノスなどと呼ばれている。近代の俳句は、音数律の助けで、柚をユ・ユズと読ませ、柚子もユズと書く不思議な光景を実現させたのである。

もらひたる柚にも峡の日の温み　木下友爾

いかぶすま　十七日

烏賊干すやすみれ色なる伊豆の海　佐野鬼人

日本近海に棲息する烏賊は種類が多いので、その種類・地域によって漁期が違うという。この季語は、スルメイカを代表として秋に置くのが一般らしい。

《角川》は、「烏賊干す」の傍題に「烏賊裂・烏賊洗・烏賊襖」を挙げる。「塩烏賊」を載せる書もあるが、製品は季節を問わず出回るのだから、季語には不適であろう。

ここには「いかぶすま」の語に魅了されて立項した。無論、槍襖などに学んだ造語であろう。三歳時記とも傍題としながら例句を掲げず、広く捜したが遂に得られなかった。季語としての普及は未だしなのだろうか。

幸田文の昭和五十九年の随筆「みちの折々」に「稲ぶすま」が見える。最も普遍的な日本の風景なのに、辞書は登載していない。その代わり、「稲架襖」は見えて、《角川》の「稲架《はさ》」の例句「稲架襖恋の襖となることも　齋田鳳子」は秀逸である。

次の掲句は、三歳時記に採られている。

烏賊哀れ干されて海の方を向く　保坂リエ

あしかり　十八日

あめつちに姿は見えず芦を刈る　鍵和田秞子

右の掲句の着眼は「天地をひらくが如く葭刈れり　野澤節子」に似ている。年代からいうと野澤詠が早いかと思うが、「葭」の使用が気になる。

アシとヨシの関係は五月九日条の「よしきり」で少し言及した。漢字の国では、成長過程によって、葭→蘆→葦と書き分けるというが、日本ではそこに関心を寄せず、「はす」（七月十一日）とは反対の景観を見せてややこしい。

平成廿九年三月廿六日の《里山》は、渡良瀬川の遊水地に広がる湿原を放送した。そこの風物詩、秋の「ヨシガリ」、春先の「ヨシハラ焼き」が紹介された。日本語史におけるアシとヨシのもつれを語るような話だが、大和物語に始まり、伝世阿弥作の謡曲を経て、谷崎潤一郎の小説に至る「蘆刈」説話を知る者にとって、ヨシガリは違和感が大きい。放送原稿に「芦刈り」と書いてあったのを、語り手がヨシガリと読んだのではあるまいか。《日国大》はもちろん、「ヨシガリ」を立項した辞書は見たことがない。

蘆刈の蘆の重さに舟帰る　佐土井智津子

十九日

むかご

指をみな使ひてつまむ零余子かな　後藤夜半

現在の歳時記は一様にムカゴを見出しにして、ヌカゴを傍題にする。それほどにムカゴが優勢なのだろう。江戸時代の俳書は反対に、ほとんどがヌカゴである。ムとヌ、例のm音とn音の交替である。

二月廿九日条の「蜷」の項に書いたように、何かを機縁にしてまた転ずることもありうるので、その先後関係を論ずるのは、さほど有意義だとは言えないが、まず事実を押さえておこう。

文献への初出は和名抄で、「零余子」について、和名を「ヌカゴ」としている。以後、鎌倉時代もヌカゴであったようだが、室町時代にはムカゴに転じており、黒本本節用集に「零余子　ムカゴ　山芋」とある。ヌの形が先だとすると、二つの実が向き合って着く「向か子」に由来するという、一部に行われる説は成り立ちにくい。

漢字の側から見ると、「零余」は、少しの残りもの、はしたもの、「子」は種の意である。

二つづつふぐりさがりのむかごかな　宮部寸七翁

廿日

蛇穴に入る

今日も見る昨日の道の穴惑　富安風生

《角川》の記述と、卅五の例句によって、季語の形ということを考える。

見出しの「蛇穴に入る」をAとし、傍題「秋の蛇」「穴惑ひ」をBとする。Aをまともに用いた句は二つだけ、Bは「穴惑ひ」が十七、「蛇の穴」が十三である。AとBの違いは、七音句と五音句である。七音句は中七に丸ごと用いるか、上五あるいは下五にまたがって用いざるをえない。これは、短詩形文藝の俳句には案外大きな制約になる。

いわゆる七十二候を俳句に詠む試みがある。それが実際に成功したといえるのは寥々たる数に過ぎない。そもそも、日本と地理・風土・文化の異なる中国の季節観を日本に移植させること自体が無理なのである。その表現も文の形なので、俳句には詠みにくかった。「蛇穴に入る」に相当する七十二候は「蟄虫《ちっちゅう》　咸《ことごとく》　俯《ふす》」であろうか。

大きな歳時記は七十二候も丹念に掲げているが、それを詠んで鑑賞に値する句はごくまれである。

うろたへてあとはすらりと秋の蛇　廣瀬直人

温め酒

廿一日

いつの世も流離は暗し温め酒　福田甲子雄

事の発端は、週刊歳時記25の読み誤りにある。大きな見出し【温め酒】をちらりと見ただけで例句に目を移すと、三句の一番目に右の掲句があり、迷うことなく「ぬく め酒」と読んだのである。あとで読み直すと、見出しには「あたためざけ」の振り仮名があった。

《講談社》はこの句を例句のうちに挙げて、「温《ぬく》め酒」と仮名を振り、傍題にもしている。週刊の版をもとに編まれた《小学館》も《角川》も傍題は「ぬくめ酒」である。

四歳時記の例句は合わせて廿一、そのうちの十五の五音句に「温め酒・ぬくめ酒」がある。「あたため酒」と読むべきは一つもない。五音句は字余りに読むべきではあるまい。

《角川》に、最近は「ぬくめ酒」と読ませるものも見られるが、正確には「あたため酒」だとあるが、はたしてそうか。「あたたむ」は平安時代から、「ぬくむ」は室町時代からの語。俳言で詠むから俳句なので、「ぬくめ酒」こそ正統だ、とわたしは言いたい。

方言に耳慣れて来しぬくめ酒　井上芙美子

ひつぢ

廿二日

ひつぢ田の案山子もあちらこちらむき　与謝蕪村

わたしは、都市でも農村でもない町で育ったせいか、恥ずかしながら、本項の「ひつぢ」を知らなかった。その漢字表記「穭」も初めて見た。

古今集にあると知って驚き、和名抄にも見えると知ってまた驚いた。和名抄には「自生稲也」とし、和訓はオロカオヒ、「俗云」としてヒツチがある。名義抄はそれを承けるほか、イタツラともある。なるほど、無駄な芽生えである。日葡辞書のローマ字表記では、第三拍は清音のchiであるが、節用集の一本である伊京集は「秋再来」に「ヒツヂ」と振り仮名している。そのころ語末が濁音化したのだろう。

語の由来は不明である。晩秋の乾いた土の意味で「干土」と解する説が多いが、それは土の説明であって、そこに生える稲の説明にはならない。未詳とすべきである。

その光景を美しいと見る人もあり、わびしいと感ずる人もある。

穭穂の出揃ふ安房の日和かな　猪股洋子

透きとほる穂の青かりし穭かな　信谷冬木

かや　廿三日

阿蘇を去る旅人小さき萱野かな　野見山朱鳥

萱原のしら〴〵明けて馬の市　長谷川素逝

結論から言うと、カヤは屋根を葺くのに用いる、薄・菅・荻・茅などの総称とされて異論がない。しかし、個々の用例となると議論の分かれることがある。

万葉集巻一の「わが背子は仮廬作らす草無くは小松が下の草を刈らさね」の二つの「草」をいかに読むかはかなり難しい。「秋の野の美草刈り葺き宿れりし宇治の都の仮廬し思ほゆ」の「美草」についても、植物としてのクサなのか、建築素材としてのカヤなのか、悩ましい。

歳時記には、さらに踏み込んで記述するものがある。《講談社》の「萱」の項には、「萱の名は刈り屋根の言葉がつまったものともいわれ、云々」とある。いかなる論理でそれが成り立つというのか、無責任な記述である。これは大言海の説を借りたものらしいが、それを知って何の役に立つというのだろう。わたしは、世上に行われる言海賛美に同調できない人間である。

萱負うて束ね髪濃き山処女　星野麦丘人

はつしも　廿四日

初しもや麦まく土のうら表　立花北枝

廿四節気の霜降の日である。「霜」は冬の季語だが、北海道は既に霜の季節になっている。

見出しの「はつしも」に、多くの人は古今集歌「心あてに折らばや折らむはつしもの置き惑はせる白菊の花　躬恒」を思いだすに違いない。そして、王朝びとの美意識に思いを馳せはするが、生活者の苦労を思うことはあるまい。国語辞書の表記は「初霜」で、歳時記も同じである。

主に岐阜県で栽培されている、粒の大きな稲がある。銘柄は「はつしも」、収穫期が遅いのでこの名がつけられた。和名抄は「⿱雨執」を「早霜也」と説明し、和訓を「ハツシモ」としている。現代人なら「早霜」はハヤシモと読むだろう。美意識ではない、生活者の実感である。

倉本聰脚本のテレビドラマ「北の国から」の「'87初恋」の一場面、夜、富良野市麓郷の地に霜注意報のサイレンが鳴り響くと、北村草太が「ハヤシモだ」と叫んで飛び出す。そして霜よけに古タイヤなどを燃やすのだった。

初霜や墨美しき古今集　大嶽清児

廿五日

山粧ふ

水晶をもはや産まざる山粧ふ　藤田湘子
狩くらと聞えし山も粧へり　武藤和子

「山笑ふ」（三月十七日）でも触れた『郭煕画譜』に発する季語である。「粧」の読み方は、「よそふ／よそほふ」の二つがあり、多くの歳時記は見出しと傍題でそれを示す。が、実態は単純ではない。

右の掲句は、その二様の読みが見えるように挙げたのだが、わたしの判断とは異なるかもしれない。判断規準は字余りか否かである。字余りを厭わない作者もあるだろうから、いずれの読み方を求めるか明示すべきである。

《暉峻》の見出しは「山粧う　やまよそう」だけで、「よそおう」はない。例句は「谷底の朴《ほお》より山の粧ふらし　爽雨」「搾乳の朝な夕なを山粧う　爽波」である。「よそおう」は眼中になかったようだ。その項末にある著者自身の「君ゆえに山粧うて迎えけり」は字足らずの句ということになるが、作者の意図は「山よそおうて」なのだろう。

門弟たちが遺稿を整理して刊行した美談の本である。故人の名誉のために一言した。

廿六日

桑括る

桑括り家の裏側よく見ゆる　滝沢伊予次

晩秋や冬の桑畑の光景は独特な感慨をいだかせる。括られた桑は、傍題「括り桑」の形で載っている。ここで「摘み草」（三月廿五日）が思い出される。摘まれた草は、籠などに入っていると、それは春の野草でしかなく、自ら摘んだものか、購入したものか、貰ったものかは分からない。それをあえて「摘み草」と称したのは、「摘む」ことの明示に意図があったのだろうか。

「桑括る」作業によって括られた結果は眼前に存在する。それは「摘み草」と大いに異なる。「桑・括る」の名詞形「桑括り」は行為を表わす名詞であるが、括られた桑が目の前にあるのだから、その名詞は「括り桑」でなくてはならない。その振り仮名を、《小学館》だけ「―ぐわ」と連濁形で示し、他の二書は不連濁形「―くわ」としている。地域差があるのだろうか。

《合本》には、春の季語「桑ほどく・桑解く」はあるが、なぜか秋冬の「桑括る」はない。

括られてがらんどうなり桑の村　山口　速

露霜　廿七日

露霜や蓬生の宿に人病めり　尾崎紅葉

難しい季語である。《片桐》は「万葉歌語の一」とするだけである。万葉集には「都由之毛」のような仮名書き三例のほか、「露霜」十五例、冠辞（枕詞）「露霜の」八例がある。奈良時代にはツユシモであっただろう。

万葉歌で「置く」「消《け》」にかかる冠辞のばあいは、「露・霜」の並列とする解釈がふさわしく、だからこそツユシモなのである。一方、巻十五の「秋されば置く露霜に敢へずして都の山は色づきぬらむ」では露と見なし、「露霜」は露の歌語と解釈されている。

古今集でも「萩が花散るらむ小野の露霜に濡れてを行かむ小夜は更くとも」が秋上の部にあることから、撰者がこれを露と解釈していたことが知られる。それも次第にあいまいになった。六百番歌合の秋下廿二番の右方の「露に霜置く庭の蓬生」に対する藤原俊成の判詞には、その混乱したさまがうかがえる。

現行の歳時記は、《角川》《小学館》がツユシモ、他はツユジモである。わけの分からぬ季語は用いるべきではない。

もみぢ　廿八日

山くれて紅葉の朱をうばひけり　与謝蕪村

著名な歳時記にも、通俗的な解説書にも、困惑させられる記述がある。その代表例二点を挙げる。

「楓の紅葉の色が赤く染めた絹（＝紅絹《もみ》）に一番よく似ていたことから起こった名らしい」（《角川》）。「寒暖差が激しい時期、露や時雨の冷たさにもみ出されるように色付くことからもみづになったとも言われています」（金子兜太監修『365日で味わう美しい日本の季語』誠文堂新光社）。

万葉集には、名詞・動詞合わせて百余の用例があり、特に、巻八と十の雑歌の「詠黄葉」に集中して見られる。その意字表記は、「赤葉・紅葉」合計三例のほかは、黄葉・黄変・黄である。仮名書きの語尾は「知・都」などで、名詞はモミチ、動詞はモミツであったと分かる。

小島憲之[11]によると、これは中国文学を学んだ結果で、六朝・初唐詩では「黄葉」表記が盛行していた。盛唐以後は「紅葉」などの表記が好まれて、平安時代に取り入れられたのだという。

黄葉・紅葉の音読みがともにコウヨウなのは不運である。

廿九日

銀杏

銀杏散るまつたゞなかに法科あり　山口青邨

右の落葉の句を、《小学館》は晩秋の句としている。

見出しの二字をギンナンと読むことは多くの日本人にはさほど難しくはないが、なぜ「～ナン」なのかと問われたら、まごつくだろう。「イチョウ」と読んだ人に、それを旧仮名遣で書くことを求めたら、なお当惑するだろう。

学生時代、「いてふ本刊行会」による古典の複製本があったように思う。そうか、イチョウは旧仮名遣では「いてふ」と書くのか、と思ったものである。そのイテフを、言海などは、「一葉（イチエフ）」の約音と説明していた。だが、その根拠は曖昧であった。

近年は、「銀杏」の唐音の訛りイチャウ説が支持される。日葡辞書にIchôとあるのがその解釈に有効である。節用集類には、葉の形に着目した「異名鴨脚」の注がある。今、多くの辞書は、旧仮名遣を「いちやう」としている。

「とある日の銀杏紅葉の遠眺め　久保田万太郎」は、前項に書いた、実物の色と漢字表記のズレの例である。

終章をかくも明るく散るいてふ　渡部志津子

卅日

山茶花

山茶花のこぼれつぐなり夜も見ゆ　加藤楸邨

漢字列と発音が対応しないことを気にしながら、腹を据えて考えも調べもせず今日に至った語である。

「山茶花」の表記は室町時代から見え、「さんざか」と読まれたことも確かである。《日国大》によると、サンサカの疑いもあり、サンチャカの可能性も否定できないという。《暉峻》によると、サザンカと称するようになったのは、元禄期ころからだとし、《書言》が「山茶花」の右にサンザクハ、左にサザンクハとしていることを言う。その交替期の姿を示すのだろう。

これは、学界では〔音位顚倒〕と言われた現象であるが、報告されている事例、マナイタ→ナマイタ、チャガマ→チャマガなど、ほとんどが一時的な言い誤りに過ぎない。言語史に確かに刻まれた例は、アラタシ（新）→アタラシくらいのものである。これとても意味が深く関与しており、単純に顚倒したわけではない。

山茶花については、なお考えなければならない。

山茶花や板木鳴らして寺苑閉づ　慶伊邦子

霜

置く霜やけふ立つ尼の古葛籠　斯波園女

平安時代の歌学書、藤原仲実『綺《き》語抄《ごしょう》』の「霜」の項に、「しもをばおくとぞよむ。霜ふるともよめり。」として、万葉集から大津皇子の短歌「経《たて》もなく緯《ぬき》も定めぬをとめごが織れるもみぢに霜な降らしそ」を挙げている。正保五年の俳諧書『山之井』の「霜」の項は、朝霜に始まって、「置く・降る・結ぶ」などを収めている。

万葉歌の霜は「降る」とも「置く」とも詠まれ、ともに十例ほどある。《角川》に、昨今は「降りる」が一般化した、とあるように、自然現象である霜降の表現にも歴史があったのである。

古代、自然現象の表現に、いわゆる他動詞の用いられることが多かった。「波寄す・返す」「霧結ぶ」があり、「風吹く」「夜明く」もその視点で解釈ができる。雨や雪が「降る」のは「振る」につながるとの説も一考に値するのである。自然現象を非人称主語 It で表現する英語に通ずる思考が考えられる。

霜いたく降ればや狐いたく啼く　田中田士英

語彙語法 8

【-あり】

存続の助動詞「り」は、四段型活用語の已然形に接続するとされ、他の助動詞に比べて異質に見える。これは、「あり」が四段系活用語の連用形に接続したとき、例えば「咲き・あり」では、ki-a に生じた母音連続を解消するために ke に転じた形だと説明されている。ゆえに、次の二句の用例は文語表現にはなかった形だと思う。

沈丁の香を吐きつくしありしかな　松本たかし

沓ぬぎの石に置きあるかりんの実　山田　碧

「り」は古くから用いられたが、接続が四段活用型に限られるので、活用型を選ばぬ「たり」が優勢になる。

次の二句の「あり」は「たり」とすべきものであった。

残る虫しづかに竈を休めあり　水原秋櫻子

供へある柿の大きな子規忌かな　深見けん二

かかる補助動詞的な「-あり」は《日国大》によると、明治初期から見える。

大砲千挺余も据つけあり（西洋道中膝栗毛）

射撃しあるとき（歩兵操典　昭和三年）

わたしの拾い得た例を若干挙げる。

人ノ目ニ立タヌ様注意シアリシモ（明治十二年）

戸前に掲げある秘密会議の札（明治卅四年）

【-ゐる】

現代仮名遣には「ゐ」を用いないので、文語表現を現代仮名遣で表記すると違和感の伴うことがある。

アカハタ売るわれを夏蝶越えゆけり母は故郷の田を打ちていむ　寺山修司

右の短歌には、推量の助動詞の単純化も加わって特に違和感が大きい。結句は「田を打てるらむ」とでもすべきではなかっただろうか。

動詞「ゐる」の原義は、慣用句「いても立ってもいられない」で分かるように、「坐る・坐っている」である。補助動詞としては、「そのままの状態でいる。ずっと……している」の意で用いられる。鎌倉室町時代の変化を経て現代語の用法が大いに進んだが、発音の変化しかないので、それを自覚せずに用いることが多いように思う。

水打つて暮れゐる街に帰省かな　高野素十

とつぷりとうしろ暮れいし焚火かな　松本たかし

右の二例は、旧仮名・新仮名の違いはあるが、助詞「て」を介していないので、文語の複合動詞としての使用だと分かる。だが、日没は自然現象であり、その状態は翌日の夜明けまで続くので、それを継続する事態として表現するには及ばないところに違和感の原因がある。

【し好き・き嫌い】

現代の俳人は、助動詞「き」の終止形を嫌う。その一方で連体形の「し」がことのほか好きである。これには、文語表現衰退の長い歴史があった。

文部省が国語調査委員会に諮問した結果が、明治卅九年、「文法上許容スベキ事項」十六項に発表された。

三、過去ノ助動詞ノ「キ」ノ連体言ノ「シ」ヲ終止言ニ用ヰルモ妨ナシ

許容事項を楯にするなら、それまでだが、連体形終止による余情表現を捨てたことになる。

雪女見しといふ人泊りけり　石川寿美

かまくらを覗きゆきしと雪女　後藤比奈夫

「し止め」が氾濫する中で見る「き止め」は潔い。

寒卵割る一瞬の音なりき　山口波津女

かくて「し止め」の句は無数にあるが、前項にも書いた「ゐし」終止は特に不快に感じられる。

一つづつ落葉に裏のついてゐし　後藤比奈夫

竜の髯ふかきに珠を育てゐし　岸　風三楼

〔カ変「来」＋助動詞「き」〕には覚悟が必要だが、次の句の「来し」の読みは、キシ・コシいずれだろうか。

寒造はじまる水の生きて来し　後藤比奈夫

十一月

しもつき　一日

霜月や日ごとにうとき菊畑　高浜虚子

旧暦十一月の代表的な異称「しもつき」について、《榎本》は「霜降月が訛って霜月になった」としたうえで、誰も異論をはさまないとあるが、わたしは異論を挟む。シモフリヅキがシモツキになることを、日本語では訛りとは言わない。意図的な省略と解すべきだと思う。

清輔『奥義抄』の説明を見ると、「霜しきりにふるゆゑにしもふり月といふをあやまれり」とある。「誤り」は「訛り」よりはいいと言えよう。

「霜月」の初出は竹取物語らしい。その読みは、字類抄に「十一月　俗霜月　シモツキ」とあるのが古いが、その由来は未詳である。「かんなづき」が「上な月」で、それに対して下月という解釈は穏当だが、「下な月」でないことの理由が説明できない。

ことしは新暦との差がほぼ卅日なので換算しやすい。

霜月の祭りの人出すぐに絶ゆ　福田甲子雄

榠樝の実　二日

猫の手に弄ばれる榠樝の実　三橋早苗

本書に着手した当初、わたしは見出しの二字が読めず、読みの見当もつかなかった。カリンと知ったところで、三日もたてば忘れてしまう。多くの日本人には難しいと思う。榠樝のほか、歳時記の本項の近くに並ぶ秋の果実にはこの手の物が多い――榲桲・朱欒・檸檬（十月七日）。

果実名に限ったことではなく、植物名・動物名その他にも言えることである。日本列島の位置、漢字文化圏に呑みこまれた日本語の宿命みたいなものである。だが、今これらの果実名を漢字表記する意味はない。西瓜とは違って、マルメロ・ザボン・レモンでいいと思う。片仮名表記することで、これらが江戸時代以後に入った語であることの証しにもなって好都合である。

榠樝《べいさ》（カリン）は、榲桲《おんぼつ》（マルメロ）の近縁属でもあるので名称が錯綜し、山形・新潟・長野・山梨の各県には、榠樝が榲桲を指す地域があるという。そのカリンの由来は結局まだ分からないようだ。

くわりん二個思ひ思ひのいびつかな　野村日出子

菊　三日

黄菊白菊其の外の名はなくもがな　服部嵐雪

「菊」は漢語からの借用語である。それが証拠に、今この字には訓がない。中国の中古音 kiuk が日本語の語音構造に近かったので、語末に母音 u を添えた kiku として日本語に取り入れられたのだろう。

平安和歌では原則として漢語が詠まれないが、古今集の秋上には、「菊」を読みこんだ十首がある。複合語「白菊」も二首に見える。和語同然の扱いということになる。これは言葉としての「菊」についての話で、物としての「菊」については十月九日条の「重陽」で触れた。

和名抄には「菊」の和名が「カハラヨモギ、一云カハラオハギ」とある。これらは日本固有種の名を当てはめたに過ぎず、観賞に足る華やかなものではないと言われる。

菊をめぐる文化史的事象は、《五十嵐》に詳しい。膨大な数の品種は、右の嵐雪の発句を生んだ。上字が訓、下字が音の二字熟語を「湯桶《ゆとう》読み」という伝統があるが、[12]高島俊男は新たに「白菊夕刊語《しらぎくゆうかんご》」と名づけた。妙案である。

村百戸菊なき門も見えぬかな　与謝蕪村

菊なます　四日

東京をふるさととして菊膾　鈴木眞砂女

右の掲句は、東北地方の食習慣を意識した作であろう。我が郷里の家の菜園でも食用菊を作っていた。山と積まれた黄菊の花弁をむしって包まれた香りが懐かしい。

ことし十月廿日の《里山》は、青森県南部町《なんぶちょう》であった。この町では菊の開花を「菊が成る」と言う。食用なのだから、さしづめ「菊の実」の感覚なのだろう。それなら「成る」がふさわしい。まことに理にかなった表現である。

ゆでた菊を半紙大に仕切った簀に干したのが「菊のり」である。それで巻いた海苔巻きずしは、華やかで温かい。

歳時記によると、食用菊の代表的な銘柄は「安房宮《あぼうきゅう》」らしい。先年帰郷したとき、薄紫色で細い花弁のものが「もって菊」の名で売られていた。これは、山形県の「もってのほか」が正式名称だと聞いた。天皇家の紋章を食うとは「恐れおおい、もってのほか」なのだという。東北人らしい人を食った命名である。新潟県の「おもいのほか」もある。文字どおり、意外に美味らしい。

唇のつめたさうれし菊膾　松根東洋城

馬下げる　五日

《角川》に「放牧していた馬や牛を」「山からおろすこと」、《小学館》に「馬小屋に下ろすこと」とある。それなら「馬下ろす」ではないだろうか。

高家などに奉公する女性が休みをもらって実家に帰ることを「里おり・里下がり・里くだり」と言った。ここから「おり・下がり・くだり」の類義性が分かる。「のぼり」の第一の対義語「くだり」を除くと、「下がり・おり」が残る。

方向性の対義語が、「出し入れ・貸し借り・行き帰り」のようには常に一対一であるとは限らない。「上げる」に対しては、「下げる」と「下ろす」が可能である。地球の引力の関係で、下方への動きは、上方へのそれに比べて容易だからであろう。ここに対義語の非対称性が生ずる。

「上げる」の対義語が一つだけなら、「馬下げる」が生まれるが、荷物の「上げ下げ」は、「上げおろし」とも言える。馬の移動には馬を歩かせるだろうから、「馬おろす」の方が適当だ、というのがわたしの考えである。

《小学館》に「馬下げる馬柵《ませ》の錆色《さびいろ》八ヶ岳　廣瀬町子」がある。クレーンで吊るすわけでもあるまいに。

こたつ　六日

袈裟取つて凡夫にかへる炬燵かな　岡本松浜

三歳時記の表記は標題も傍題も、すべて「炬燵」である。この表記をかつてわたしは疑うことはなかった。が、項末に掲げた芭蕉の句にあるように、江戸時代は圧倒的に「火燵」が優勢であった。《角川》は卅九の例句を掲げるが、明治期以降の廿三句のうち、正岡子規の「火燵」以外は「炬燵」である。この変遷を覗いてみよう。

「炬」は、日本語のタイマツに当たる漢語である。これを日本で「炬火」とも書くのは、いわば「炬」を「火」で補強したのではないか。中世は「続松」が優勢で、次いで「松明」、そして「炬」という状況であったようだ。

江戸時代の辞書類に「炬燵」の表記はないが、中期以後のさまざまな書に「巨燵」が見える。「巨」の慣用音「コ」による表記らしい。それについては、宋音「火榻子《クワタフシ》」からとする大言海の解釈が、「火燵」以来の表記全体を説明しうる。《榎本》も同じている。

コタツ一つにもいろいろな歴史があったのだ。

住みつかぬ旅の心や置火燵　松尾芭蕉

風除　七日

風除に憑きて哭く風夜もすがら　河野石嶺

きょうは立冬。三歳時記とも、傍題に「風囲・風垣」を置き、「雪囲」（雪除・雪垣）を別項とする。我が郷里の言葉では、「風除《かざよけ》」は「雪囲《ゆきがこい》」に含まれていた。雪国の海岸沿いだからだろう。宮坂Ⅰには九十九里浜地域の「風除《ふけ》」を立項し、能登の「間《ま》垣《がき》」も別に立てている。日本列島各地の気候風土をさながら語る季語群である。

昨年五月四日の《里山》は、防風のための木を植えた山形県飯豊《いいで》町の「屋敷林《ばやし》」と「かざらい」を紹介した。カザライは「風遣《かぜや》らい」の縮約形であろう。季語ではないが、山陰地方の「築地松」も見事である。名は同じ「風よけ」だが、家の軒端に風切り鎌を結ぶ民俗が栃木県安蘇郡にあることが知られている。

三歳時記とも、これを初冬の季語としている。この時期に取り付けるから当然であるが、それは冬の間じゅう人々を風雪から守るのだから、三冬としてもいいと思う。

風垣のいづこか暗き女の瞳　沢木欣一

風除の羽翼つらねし湖の村　木村蕪城

こがらし　八日

凩や海に夕日を吹き落す　夏目漱石

海に出て木枯帰るところなし　山口誓子

倉嶋厚『日和見の事典』によると、東京の木枯し一号の平均日は十一月八日である。コガラシの表記は、《角川》では九十三例句中「凩」が四割、意外に高率である。無論、常用漢字ではない。

万葉集・古今集に用例はない。後撰集に初めて見え、後拾遺集・詞花集には秋の部に収められている。平安時代には秋か冬かと論争もなされ、連歌時代には冬の季語にする方向に進んで季が定着した。

国字「凩」は、「凪・凧」と同じく几（かぜがまえ）によるが、「木」に意味と発音も負わせた巧みな構成である。《日国大》による「凩」の辞書への登載は、《書言》である。

今、プロ野球に「梵」と書いてソヨギと読む選手がいる。巧みな造字だと思っていたが、字書によると、漢音がフウの、由緒ある漢字だという。木立を風が通れば木々がそよぐ。用例は江戸時代までしかさかのぼれないらしい。

こがらしの樫をとらへしひびきかな　大野林火

大根

九日

死の使ひ大根畑抜けゆけり　加倉井秋を

古事記の伝える歌謡に、仁徳天皇が磐姫《いわのひめ》皇后の腕の白さを称えた譬喩「おおね」が、今はダイコンと音読して若い女性の脚の揶揄に用いられる。皮肉な有為転変である。

そのダイコンはいつ始まるのだろうか。《日国大》の初出は、東寺百合文書《とうじひゃくごうもんじょ》応永十六年の「大こん」である。《小林》によると、日蓮の書簡に「だいこん」とあるよし。それだと百年以上さかのぼることになる。

和語の漢字表記が音読されて漢語の顔で通用する語を〔疑似漢語〕と呼ぶことにしよう。この類には何があるだろうか。すぐに思い浮かぶのは、「をこ」に発する「尾籠《びろう》」である。「腹を立つ」から出た「立腹」、「出張る」による「出張」もある。一部に省略も加わったのが、「日の手当て」による「日当」である。

大根の句は読むのに苦労する。ダイコンかダイコか不明なものが多いからである。拍数が超えるからダイコで済ますというのは、文の藝に携わる者としては怠慢である。

大根のすぱつと切れて良き日かな　武藤たみ

蒲団

十日

脚のみが見えて畦ゆく蒲団売　工藤義夫

掲句の情景をわたしは知らない。いつごろの話だろうか。「蒲団」という表記は、田山花袋で記憶したように思う。現行の歳時記には、「蒲団」を見出しに、「布団」を傍題にするものが多い。蒲団は、蒲の葉を編んで作った敷物に始まるという。それを袋状にして蒲や葦の穂わたを包んで弾力を高めたのが、木綿の綿に変わり、高級品は絹綿であったり羽毛であったりする。だが、概念としては蒲と布の差異は無視すべきものだと思う。

「蒲団」の項に、傍題「蒲団干す」「干蒲団」を挙げる《角川》は、例句五十中の八つが「干しぶとん」である。いずれも干してある蒲団を詠んだものである。雨期の気象情報に「蒲団干し」の語は頻出するが、「干しぶとん」は出ない。

鮭を干すのは「鮭干し」、干した鮭は「干し鮭」である。蒲団は干すものだが、干し終えた蒲団を「干しぶとん」とは言わないのはなぜだろう。わたしがこの語に少し違和感を覚えるのはそれゆえだが、次の掲句だけは別である。

膨らむで花びらひらく干布団　浦田一代

木守　十一日

鳥影や手をさし伸ぶる木守柿　角川源義

柿の木に残された実である。三歳時記とも、見出しには「きまもり」と仮名を振り、キモリ・コモリは傍題にしている。コモリ→キモリ→キマモリと変化したらしい。

庭の樹木の守り役を指す語は、今昔物語集などに「木守」と書かれ、室町時代の節用集にはコモリの訓がある。江戸時代の辞書などにはキマモリが見えるようになるが、まだ季語とはされなかった。

木の実を枝に残すのは、翌年の豊作を祈る呪術的な意味があるとも言われる。それが結果として、野鳥などの餌食になることは、日本人の心根が知られて好ましい。この風習はユズにも及び、「木守柚」の傍題もある。韓国でも同様の習俗があり、「カササギのご飯」と呼ぶという。

芭蕉の「里古りて柿の木持たぬ家もなし」は、日本の秋の景を詠んで寸分の隙もない。京都生まれの料理人・辻嘉一は、柿を「国果」と言ったという。むべなるかな。

木守や空耳に聞く父のこゑ　西嶋あさ子
朱鷺守るごとくに島の木守柿　赤塚五行

くだら野　十二日

誤解に誤解を重ねてここに至った語である。まして漢字「朽野」を当てるなどとんでもない。誤解の源が「卯の花くたし」にあることは、その五月廿日条に書いた。

《講談社》に、「冬になって一面に草も枯れ、虫の音も絶えた蕭条とした野原をいう」とあるのは、「朽野」とも書かれることからの想像であろう。《角川》に、もとは「百済野」と書いたとあるが、これも疑問である。百済野と解されるのははるかに時代が下ってからである。したがって、「枯野とどう使い分けるか、力量が問われる季語である」というのもナンセンスである。

平安時代の歌に詠まれた珍しい例として《片桐》に挙げるのは、永久百首の「百済野のちがやの下の姫百合のねどころ人に知られぬぞよき　源顕仲」、夏の歌である。

大辞泉は「朽だら野」の漢字表記を添えて掲げるが、掲載しない広辞苑・岩波古語辞典・古語大辞典などの態度がよい。幻想の季語として、現代人の作句のための季寄せからは削除すべきである。

炉開き　　　十三日

僧死してのこりたるもの一炉かな　　高野素十

茶家では、旧暦の十月一日または十月の中の亥の日に炉開きする習わしがあった。きょうは中の亥の日である。わたしの関心は、「炉」とそれをめぐる語にある。

日本語の歴史は、元来、和語の自立語にラ行音で始まる語がなかったと教える。平安時代後期にはその原則も弛んで珍しくなくなった。「炉」は鎌倉時代の文献に見え、火鉢や手あぶりを指すと言われる。では、床や土間に作った炉すなわちイロリはどうだろうか。

柳田國男『木綿以前の事』に「ゐる居」説がある。「ゐる」はすわる意、リはもと「ゐ（居）」で、座席の意かというのである。金田一書の二月一日条にもこれを紹介している。日葡辞書にはイロリ・イルリの両形があり、中世の辞書にはユルリを載せるものもある。こう見ると、「囲炉裏」の表記は必然性が大きいと言うべきであろう。末尾の「裏」は接尾辞のようなもので、全体が当て字であっても、日本人には捨てがたい表記である。

かなしみの故の饒舌炉辺の主　　田邊夕陽斜

たまご酒　　　十四日

玉子酒雲踏むごとく起きて来て　　茨木和生

三歳時記ともに、見出しが「玉子酒」、傍題が「卵酒」、つまり、漢字表記の違いで分けている。本項のように仮名と漢字を交えた語、全て仮名で書いた語はどうなのか。要は、言葉の命は文字と音声のいずれかである。

タマゴという語は中世の成立らしい。平安時代、新撰字鏡・和名抄は、蚕も卵も訓をカヒコとしている。名義抄には卵の訓「カヒゴ」（殻子《かひご》であろう）があって、アクセントも異なっていた。とにかく、蚕と卵は近い語形ながら区別されていたが、室町時代には音の近さを避けるためか、新語「タマゴ」が発生したらしい。

《日国大》によると、池辺本御成敗式目注に「卵子」「鶏の卵」が見える。日葡辞書は Tamago に訳語「鶏卵」があり、カミすなわち上方ではカイゴというとある。シモすなわち九州で早くタマゴが使われたのだろう。

明治期には鶏卵もタマゴと読まれたが、次第に玉子が広がった。《角川》は近代の例句八つすべて玉子酒である。

雄ごころのなかなか起きず玉子酒　　伊藤白潮

もがり笛　十五日

死者を診し吾に蹤きくる虎落笛　山口超心鬼

鉄橋を一塊として虎落笛　鷹羽狩行

「もがり笛」は、立ち木・竹林・電線、特に竹垣などに吹く風が立てる音であるが、「もがり」は未解決である。

奈良時代、没した貴人の仮葬を「もがり」と言い、そのための施設を「殯宮《もがりのみや》」と言ったことが、日本書紀の古い訓から知られる。この語は万葉集には現われない。これと「もがり笛」との関連は未詳である。

由来について、中国で戦の際に割り竹を組んで作った竹垣、すなわち「虎落」に求める人が多い。今「もがり」の語は、垣根や牛よけの竹組み、獣よけの弾《はじ》き竹などをさして、いくつかの地域で用いられている。

新潟県から高知県までの広い地域で、逆らう・すねる・我意を張るなどの意で「もがる」が用いられるという報告がある。通う点は感じられるが、決め手にはならない。

もがり笛部屋数多き家古りぬ　福田葉子

白鳥の湖に魔笛のもがり笛　橋本美代子

行火　十六日

ありがたや行火の寝床賜ひしは　石塚友二

四歳時記とも、アンカの読みについての説明がない。「電気あんか」は今なお健在な暖房具なのだから、その説明が必要ではなかろうか。

在職中、国文学科の教室で、漢字音については、少なくとも三種の音を知っているように指導した。呉音・漢音・唐音である。ほかに「慣用音」と呼ばれる変な漢字音、推古遺文などに残る古い漢字音のあることも付け加えた。これらのことは、少し詳しい漢和辞典にも大抵載っているのだが、俳句をたしなむ人が等しく学んでいるとは思えないので、一言する。

右の三種の漢字音の説明によく使った字が「行」である。現代仮名遣の表記では、呉音がギョウ、漢音がコウ、唐音がアンである。実例は「修行・旅行・行脚《あんぎゃ》」を挙げることが多かった。「行《あん》」には「行燈《あんどん》・行宮《あんぐう》」を加えることもできる。「行火」は中に炭火を入れて持って移動できる暖房具なので、文字どおりの語だと言える。

番台の行火引き継ぎ下りにけり　小島定子

はたく

十七日

鰰を男鹿《をが》に食らへば午後荒るる　松崎鉄之介

秋田で生まれ育ったわたしには、タラ・ニシンとともに懐かしい魚がハタハタである。

各歳時記にもあるように、冬、海が荒れると漁が始まるので、カミナリウオの名もあり、富山地方でブリ漁のころの雷を「鰤起こし」と呼ぶことにたぐえられる。それでハタハタは二つの国字「鰰・鱩」をもっている。

歳時記の筆者は、その国字には意を注ぐが、語形には無関心である。ハタハタと呼ばれるものには、もう一つ虫の名「ばつた」（八月十六日）がある。現代人の感覚からは少し遠いが、この魚名は擬声語に発すると断じていい。雷鳴「バタバタ」である。ドキドキが動詞「ときめく」を生み、グルグルが動詞「くるめく」に、ピカリが「光り」になった。バタバタはまた、動詞「はためく」も生んでいる。

鰰の句は、それの飯鮨《いいずし》を詠んだものが多い。秋田で「すしはたはた」は正月料理の定番である。

鰰のすしの麹の白さかな　佐川広治
淡淡《あはあは》とはたはたずしは雪の味　大野林火

竹瓮

十八日

泥はかせ手応へのなき竹瓮かな　小野寺洋子

わたしの知らない季語であり、読み方の見当もつかなかった。読者はどうだろうか。謎かけのつもりで、あえて漢字表記のまま提示した。

「瓮」は、音が「オウ」、訓が「うへ」である。ウへなら万葉集で知っている。巻十一に「山川《やまがは》に筌《うへ》を伏せて守《も》りも敢へず年の八歳を我が盗まひし」がある。「筌」は原文の文字であり、古事記・播磨国風土記・和名抄にも同じ文字で見える。

歳時記では、「竹瓮」に「たっぺ」または「たつべ」の仮名を振っている。原形は「タカウヘ」と考えられるので、いずれにせよ、大きく変化した結果の語形だということになる。タツベは特に予想できなかった。

漢字表記されたものは、タッペ・タツベのいずれで詠んだものか判断できない。歳時記の編者も難しいと判断したらしく、《角川》は考証に四十五行を費やしている。

軒先に竹瓮を積みて佃煮屋　中間恵子
沈めたる竹瓮《たつべ》に瀬音昂ぶれり　秋山青潮

ゑびす講　　十九日

何買はむ甲斐の城下のゑびす講　小島千架子

旧暦の十月廿日、えびす講・誓文払いの日である。この日の夜、父はみやげを手にして上機嫌で帰宅するのだった。「えびす」は不思議な語である。平安時代、例えば狭衣物語に「荒きえびすもなびきぬべき」のように、人情を解しない粗野な者と表現され、「あらえびす」の語も行われた。日本書紀の歌謡にエミシが一例見える以外はエビスなので、エミシ→エミス→エビスと変化したかと考えられている。

古代の漢字表記は、蝦夷・蛭子・戎・狄・毛人などで、嘉字は用いられていない。東北地方からエゾ地にかけて棲む野蛮人と見られたに過ぎない。それが中世には変わる。エビス神は七福神の一神になって民衆生活に滲透した。

その原因の究明はわたしの手に余るが、言語の面から考えると、「あはれ」から「あっぱれ」が生まれ、豊かであることを「楽し」と表現する時代の精神と関わるかと思われる。エビスは様々に書かれたが、仮名は「ゑびす」、漢字は「恵美寿」のような嘉字が広く支持された。

客設けしたる炬燵やゑびす講　遠藤正年

千六本　　廿日

「大根」の項に、《角川》は廿の、《講談社》は四十一の傍題のうちにあるのでここに立てた。ともに例句はない。確かに大根は収穫時期が初冬なので、冬の季語とされて当然であるが、「千六本」は大根の刻み方とそれによる食品に過ぎず、季語とするには無理がある。それを承知で挙げたのは、〔語源俗解〕の典型例と思うからである。

語源俗解は、語の成り立ちの解釈を誤ったことによって、語形が変化することである。日本語でよく知られた例に「よもやま話」がある。本来形「四方八方《よもやも》」を「四方山」と解釈してできた語と考えられている。広く認められている例に、「一所懸命」から「一生懸命」への変化もある。近畿地方周辺で近年まで聞かれた、駅の意のステンショもその一つである。

漢語「繊羅蔔」の唐音読み「センロウフ」を俗解してできたのが、「千六本」だという。室町時代の『伊京集』は、センロフの訓と「大根之細搔」の注を挙げる。日葡辞書はXenrofuで掲げて、サラダの料に細く切った物とある。語源俗解例とするゆえんである。

おでん　廿一日

ぐち〳〵と愚痴をこぼしておでん煮え　清崎敏郎

串に刺して煮込まれる食品の形が、田楽法師の踊りの姿に似ることからの名「煮込み田楽」の女房詞に発したとするのは定説である。ここでは別のことを考える。

若いころ京阪で五年間暮らし、東とは異なる言語習慣をいろいろ体験した。ゆで卵を「煮抜き」と言い、「かぼちゃをたく」などである。わたしの母語では、釜で米を飯にすることだけが「たく」であった。

《角川》の「おでん」の傍題に「関東炊《かんとうだき》・関東煮《かんとうだき》」が並んでいるが、昭和五十四年刊行の牧村史陽『大阪ことば事典』によると、カントダキ【関東煮】はオデンだが、大阪でオデンというのは豆腐田楽のことで、別なのだという。

日本語史学では、ニルが一般的だった加熱動作にタクが進出するのは中世後期だという。タクの意味領域が広がった経過は、例えば《日国大》の「たく」の項に掲げられた代表的な漢字「焚・炊・焼・炷・薫」を見ると分かる。

おでんやに借を残して世を去りし　中谷楓子

眼鏡玉くもるとおでん旨くなる　竹村悦子

雪迎へ　廿二日

雪虫の飛ぶ廟前の木立かな　河東碧梧桐

綿虫に人さらひ来る村の辻　西嶋あさ子

錦三郎は、山形県南陽市を中心とする長期間の研究成果を『飛行蜘蛛』にまとめた。隣県の秋田市で育ったわたしはその虫を知らなかった。古典大系『かげろふ日記』の川口久雄の「かげろふ」の説明に出る、ノートルダムの糸・ゴッサマー・糸遊も理解できなかった。のちに井上靖の「しろばんば」でそれを知ったが、未経験であることは痛い。

四歳時記は、「綿虫」のもとに、傍題「雪蛍・雪婆・白粉婆・雪虫」などを挙げており、その理解は大きくずれないようである。近代以前は季語として注目されなかったらしく、諸書は、碧梧桐の右の掲句を初出としているが、そこに挙げる例句は至って多く、四歳時記と《山本》のものを合わせると百七十に近い。

先年の初冬、伊豆湯ヶ島に旅した。さびれた村の辻に立つと、「しろばんば！」と叫ぶ子らの声が聞こえそうだった。

しろばんば声にこたふる声きこゆ　綾部仁喜

大綿やだんだんこはい子守唄　飯島晴子

しぐれ　廿三日

初しぐれ猿も小蓑をほしげ也　松尾芭蕉

きょうは廿四節気の小雪である。シグレは、最多級の議論と作句がなされた季語と言っていいだろう。

万葉集にはシグレを詠んだ四十首ほどがあるが、すべて仮名表記されている。和名抄では「霡雨」にシグレの訓があり、字類抄では「霡」に「シクレ・シクル・小雨反」、「時雨」も同じとあり、「時雨」の表記とシグレの動詞化の時期がおおよそ分かる。

万葉集では木の葉を色づかせるものとして、大半が秋に分類されている。平安時代には冬のもの、木の葉を散らすものと把握されるようになる。

漢字表記「時雨」の成立事情は不明である。漢語の「時雨」は、時に応じて降る雨、程よい時に降る雨であって、経書《けいしょ》に多く見える。

凡兆と『猿蓑』を編んだ去来は、「猿蓑は新風の始め、時雨はこの集の眉目」（去来抄）と書いている。元禄七年十月十二日に大坂で没した芭蕉の忌日は「時雨忌」と言われる。

しぐるるやだらだら坂の黒光り　丸谷才一

落葉　廿四日

寒山と拾得とよるおちば掻　森川許六

吹きたまる落葉や町の行き止り　正岡子規

足田輝一は『雑木林通信』に、万葉や古今の歌人たちが「落葉」を詠まなかったこと、落葉の美学が文藝に定着するのは俳諧の境においてだろうと書き、《山本》はその詳細を論じている。和漢朗詠集に「落葉」の文字はあるが、詩題や漢語としてであって、歌語ではないのである。

源氏物語では、若菜下に柏木の歌「もろかづら落葉を何に拾ひけむ名はむつましきかざしなれども」に見えるに過ぎない。夫木集の冬の部に、「木の葉散る・冬の葉・朽葉」などと並んで「落葉」が立項されているが、それを詠んだ歌は一首だけである。なお考えなくてはならない。

連歌俳諧時代に「落葉」が詠まれるようになるのは、短句・長句のそれぞれの内で詠むために簡潔な熟語・体言が要求されたのだ、と《山本》に言うとおりだろう。しかも、散るさまにも、散りおえたさまにも用いられる利点がある。

昼間から錠さす門の落葉かな　永井荷風

わが歩む落葉の音のあるばかり　杉田久女

雪もよひ

廿五日

京まではまだ半空や雪の雲　松尾芭蕉

あり余る雪ありてなほ雪催　木附沢麦青

詠み手の置かれている状況が色濃く反映する季語である。掲句の芭蕉詠には、京まではまだ道半ばなのにという思いが、麦青詠からはまだ降るのかという溜息が聞こえる。

「雪催い」の見出しのもとに、雪気《ゆきげ》・雪暗《ゆきぐれ》・雪模様《ゆきもよう》など七つの傍題を挙げる《講談社》は、「雪模様」ともいう、と書き添えている。親切な文言だとも思うが、紛らわしいとも思う。「雪催い」との関係が不明瞭なのである。

これは、「かげろう」（三月十一日）、「相撲」（八月廿日）の項に書いた、動詞の連用形名詞である。すなわち、「催ふ」の連用形「もよひ」が名詞化し、発音がモヨウに変わって、「模様」の漢字が当てられたに過ぎないからである。岩波古語辞典は「催ひ」に「用意・準備」の語義と、徒然草の用例、「とかくのもよひなく足を踏みとどむまじきなり」を挙げる。これは、我が郷里などの東北地方、三宅島に今も生きている。失うには惜しい言葉である。

雪もよひ障子の青さ増さりゆく　室生犀星

かいつぶり

廿六日

湖や渺々として鳰一つ　正岡子規

《講談社》は「鸊鷉」を見出しにする。これを誰に読めと言うのだろうか。自分だけは読めるというなら、鼻もちならぬ衒学気取りである。

多くの歳時記が見出しにするのは「鳰」。傍題は「にお・むぐり」、まれに「いよめ」である。「鳰」の字は、二拍相当なら「にほ」、五拍なら「かいつぶり」と読むことになる。

「にほ」は、万葉集にニホドリの形で八例がある。連歌書『僻連抄』（康永四年）に見える鳰は、鳥と「入」の音「ニフ」による国字であろう。節用集と『毛吹草』以下の俳諧書に見える「鵂」、一部の連歌辞書に見える「鴭」の造字原理は未詳である。

そもそも現在の呼称カイツブリの意味は何なのだろう。大言海の「搔《カキ》ツ潜《クグリ》ノ略転カ」の説明は危うい。角川新字源は中世の訓を「カヒツブリ」としている。カヒは何だろう。だが、歳時記の旧仮名表記はそれに言及しない。

鳰浮くを見届けざれば夜も思ふ　岡本　眸

大利根の動くと見ればかいつぶり　瀧　春一

紙漉き　廿七日

残雪の暗より楮蒸す匂ひ　田中幹青

廃屋と思ひしが紙漉く音す　今瀬剛一

平成廿六年十一月廿七日、日本の手漉和紙技術がユネスコの世界無形文化遺産に登録された。「本美濃がみ」もその一つなので、岐阜県はこの日を「美濃和紙の日」と定めた。その作業をつぶさに見た自分も感慨ぶかい。

和紙の主原料は、コウゾ・ガンピ・ミツマタと言われる。そのうち、標準和名のコウゾは、カミソの自然な音変化の末にできた語である。この説明は少しややこしい。カミのない時代に、なぜこれがカミソと呼ばれていたのか。

今コウゾに当てられる漢字は「楮」が普通である。これはカヂの木の一名で、新撰字鏡・和名抄では、「穀・楮」ともにカヂと読まれている。つまり、カヂの木の繊維で作った紙から、「紙ソ（繊維）」の呼称が生まれ、カミソ→カウゾ→コウゾという変化が進んだのであろう。

なお、コウゾの学名は、Broussonetia kazinokiだという。

紙漉きて干して山の日使ひ切る　田山康子

ひび　廿八日

競べあふ胝の手先や寮の尼　黒柳召波

谷に夜が来て胼薬厚く塗る　村越化石

召波の掲句は《角川》の「胼《ひび》」の項から得た。この項の十三の例句のうちに、「胝」で書いた句はほかにない。担当者はヒビと読んだに違いない。中近世、ヒビには胼・皸・皴・胝などが、アカギレには皸・胝・胼などが用いられて、交錯することもあった。

そのヒビは、古くはヒミと言ったらしい。例えば新撰字鏡は「皸」にヒミの訓をもつなど、いくつかの文証が得られる。b音とm音の交替ないし変化は古くて新しい問題だが、文献によるかぎりでは、ヒミ→ヒビということになる。名義抄はヒビと濁点を附している。岩波古語辞典は、ヒビのヒは、隙のヒと同根で、割れ目の意と推定し、そのヒを重ねた語と解している。

江戸時代初めまでアカガリであったアカギレについては、一月廿八日条に書いた。ヒビ・アカギレは栄養不良による病気なのだという。

な泣きそと拭へば胼や吾子の頬　杉田久女

熊　廿九日

　　懇ろにまたぎが熊の胆を干す　　神場さとる

ことしの夏、秋田県北部では、山へ筍採りに入った人がクマに襲われる被害が多かった。

　熊が冬の季語とされているのは腑に落ちない。冬ごもり中の熊は人目に着きにくいからである。《角川》の熊の句十六のうち、冬季の句と言えるのは、冬ごもり中の熊を想像して詠んだ一句だけである。

　歌文にはほとんど見えない語で、考察の資料に乏しい。新撰字鏡・和名抄が「熊」にクマ、「羆」にシグマの訓を附しており、日本書紀の古訓にもシグマが見えて貴重である。《日国大》の挙例では、ヒグマの初出は十八世紀末。その由来への言及では、シグマの誤りとする『言海』の説が早い。『ことばの泉』はシグマの転訛としている。

　全国各地の方言で、特に語頭で「シ」と「ヒ」の発音の紛れることが指摘されている。東京方言でも、火鉢がシバチになり、「しつこい」がヒツコイと発音されるという。北海道に棲むという熊の呼称に、シとヒの交替が起こっても不思議ではない。『ことばの泉』の転訛説に賛成する。

枯野　卅日

　　遠山に日の当りたる枯野かな　　高浜虚子

「冬野」が万葉集に一例だけ見えるが、「枯野」は万葉集にも古今集にも登場しない。これが和歌に詠まれるのは平安時代後期以降、千載集の藤原基俊、新古今集の西行の歌に見える程度である。王朝歌人には好まれなかったらしい。

　中世以降の連歌俳諧世界の動向は《暉峻》に詳しく、近代の歳時記でも、「冬野・枯野」の扱いは微妙に異なる。「枯野」一語にも、日本人の感性の歴史が知られるようである。

　日本人の多くが松尾芭蕉の辞世として学び、芥川龍之介「枯野抄」の素材にもなった句は、いくつかの形が伝えられている。①「旅に病て夢は枯野をかけ廻る」、②「旅にやんで夢は枯野をかけまはる」、③「旅にやみて夢は枯野をかけめぐる」。病床の芭蕉が門弟に書き取らせたのを、各務支考が『笈日記』に記したのが①である。それを、「やんで」「めぐる」と読む形が最も広く行われている。

　　枯野行く人や小さう見ゆるまで　　加賀ノ千代女
　　枯野ゆく最も遠き灯に魅かれ　　鷹羽狩行

十二月

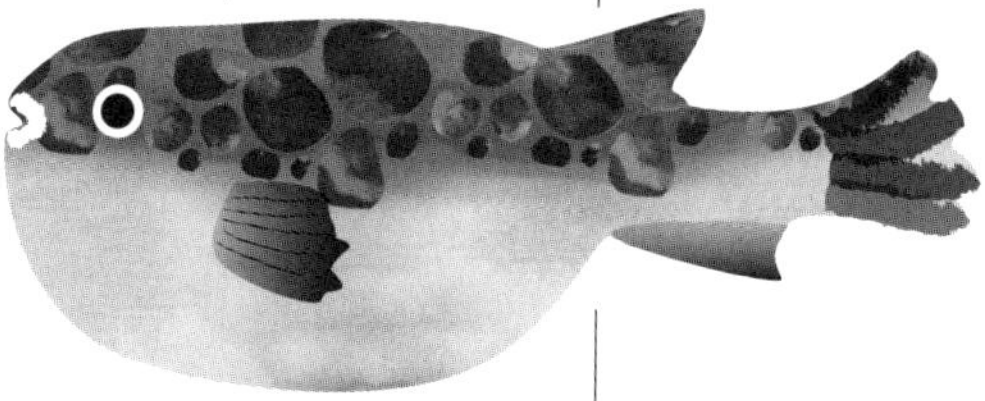

しはす　一日

波白き海の極月来りけり　久保田万太郎

「僧をむかへて仏名をおこなひ、あるひは経よませ東西にはせはしるゆゑに師はせ月といふをあやまれり」、奥義抄の十二月の説明である。これについて《暉峻》は「いささか落語的な説」と評している。

《角川》が掲げる八つの傍題のうち、和語が五つ、漢語が「極月《ごくげつ》・臘月《ろうげつ》」である。六十八の例句のうち、「極月」が十四、「臘月」が三、残る五十九は「師走」である。師走以外は余り使われなかったようだ。

「極月」は現代人にも理解できるが、「臘月」は中国の古い慣習による呼称なので、日本人には使いにくい。極月は四拍なので、三拍の「しはす」では字の足りないところが救えて便利である。なお使い続けられるだろう。

各月の異名を多く集めている《榎本》は十四の異名を挙げ、師走については、「法師がいとまなく馳せありく」の語源説に説得力があると書いている。だが、この説には根拠がない。

死にたしと師走の嘘や望月夜　八十村路通

シクラメン　二日

玻璃ごしの湖荒れてゐるシクラメン　江中真弓

歳時記では三春あるいは晩春の季語としているが、促成栽培が普及して、今はむしろ冬の花の趣がある。

放し飼いの豚がその球根を食うので、イタリアでは「豚の饅頭」というよし。日本では、牧野富太郎が「篝火花」と名づけたという。明治廿年ころ輸入されたときは赤い花だけだったのだろう。篝火の燃える細い薪が籠からはみだした様は、なるほどシクラメンに似ている。俳句では「篝火草」の名が多く用いられる。

⑬春山行夫は、寺田寅彦の大正五年の随筆「病室の花」から「サイクラメン」とある記述を引いて、その頃、シクラメン（cyclamen）は「死」を連想させるとしてサイクラメンと呼んだのだという。茎が回転して花弁が上向きに咲くゆえの名なのだが、日本人はそこに縁起をかついだのだ。

シネラリアを、花屋がサイネリアと読み替えたのは八十年ほど昔らしいが、こちらは「シネ」というのだから、シクラメンの比ではない。

かがり火草船窓飾り出港す　松裏薙世

みかん

三日

蜜柑摘むみるみる籠を満たしては　清崎敏郎

果物の名前の仮名書きに親しんだ世代には、西瓜ほどではなくても、「蜜柑」の表記は難しいだろう。

固有種の「橘」、一般称の「柑子」は別にして、ミカンが文献に登場するのは室町時代初めだという。その表記は長く「蜜柑」が一般的であった。当初、それがミツカンと読まれたか、促音のミッカンで読まれたかは定かでない。

辞書的な説明の、ミツカン→ミッカン→ミカンという変遷過程は、なるほどなだらかである。節用集には「ミツカン」とあるが、中世、促音を小字「ッ」で書くことは一般的でないので、これは積極的な証拠にならない。むしろ、日葡辞書のMiccanによって促音表記と判定すべきである。結局、ミッカン化の時期は相当早まるだろうと思う。

「温州《うんしゅう》」ミカンという表記にも異論があるようだ。「温」の呉音ウンによって、中国浙江省の温州由来と説くのだが、文献では「温州」よりも「雲州」が先んずるという。実作の句の「蜜柑」はいずれも三拍語である。

妹山も脊山も蜜柑山なりし　田畑美穂女

ざふすい

四日

雑炊をよろこぶ我は戦中派　森田　峠

雑炊やかくて戦後を生き延びて　本木稚圭

右の掲句に見るように、先の戦争世代には痛切な体験を思い出させる季語らしい。

諸歳時記の見出しは「雑炊」であるが、文明本以来、ほとんどの節用集の表記は「増水」である。書き得て妙なりと思うが、「雑炊」こそ江戸時代以後の当て字なのであって、中国では「雑水」と書いた。

文明本の「増水《ゾウスイ》」には、「糝《コナカケ》」という説明と、異名「楊《ヤウ》花《クワ》」がある。楊花は、日葡辞書がYǒquaに「米と野菜をまぜあわせて作った食物。女性語」とする、いわゆる女房詞であるが、この「楊花」の実際の用例にはまだ遇っていない。糝は、雑穀の粉を湯で溶いた代用食である。

諸書が傍題の筆頭にあげる「おじや」も、鍋の物が煮える擬音に発する女房詞で、『守貞謾稿』には、江戸で男女ともに用いる言葉だという。

雑炊や世をうとめども子を愛す　小林康治

酉の市　五日

灯るまで耐へて降りいづ酉の市　水原秋櫻子

台東区千東の鷲《おおとり》神社の祭礼。十一月の酉の日に開かれる市で、ことしは三回あり、きょうはその一の酉である。「おおとり」は「大鳥」で、それが「鷲」を指すのは、特に大型の鳥を、鳥の中の鳥としてそう呼んだからである。ほかにタカ・コウノトリ・オオハクチョウなどがある。大鳥は真鳥とも呼ばれた。万葉集巻十二「真鳥《まとり》棲む宇名手《うなて》の杜《もり》」の真鳥も鷲《わし》を指すと解釈されている。「真《ま》」は「大《おお》」に通うことのある接頭辞であることについて、六月廿九日条の「まむし」で言及した。

近年、報道の日本語のうち、数の呼び方が大いに気になる。「四万六千日」（七月九日）の項に少し書いたが、和数詞と漢数詞で表現機能の異なることを理解せねばならない。漢数詞は、「一の御子」「二の足」「三の膳」のように、順序を表わすのが一般だからである。鷲神社の酉の市がまさにそれで、ことしは三の酉まである。

一と二はしぐれて風の三の酉　百合山羽公
たけくらべありしくらがり三の酉　吉田渭城

千鳥　六日

汐汲や千鳥残して帰る海人　上島鬼貫
碁は妾に崩されて聞くちどりかな　池西言水

酔漢の歩き方、相撲の決まり手、織物の柄など、日本人の生活に広く深く溶けこんだ鳥名である。三拍と短いので造語しやすく、傍題も多くて俳人にも好まれた。だが、万葉集の研究者には悩ましい鳥である。

万葉集では、歌と題詞に卅近い用例があり、「千鳥」の表記が過半を占める。万葉仮名表記の「知杼里・智杼利」が一例ずつあり、「杼」は濁音ドの仮名である。一方、巻十七の長歌に用いられた「朝狩に五百《いほ》つ鳥立て　暮狩《ゆふかり》に知《ち》登理《り》踏み立て」などがある。「五百つ鳥」もチトリも多くの鳥の意である。こちらはチドリならぬチトリと清音で読むべきだという主張もある。それをチトリと読むと、巻十六の「百千鳥々は来れど」はモモチトリとなる。

平安時代以降、チドリの漢字表記は「千鳥」のほかに「鵆」も行われた。漢字「鴴」に手を入れたもので、江戸時代の作にはかなり見られたが、近代はまれである。

裏となり表となりて千鳥とぶ　五十嵐播水

短日　七日

短日やたのみもかけずのむくすり　仲村伸郎
短日や二度目のベルは強く押す　山本美紗

諸歳時記は漢語の「短日」を見出しに立て、和語の「日短・日短し」を傍題にしている。例句の一割強の下五を「日短」とするのは、寸詰まりに感じられて好きになれない。

春の「日永」、秋の「夜長」に対して、夏の「短夜」は語構造の上下が逆になっている。冬にはそれさえない。わずかに《日国大》は「みじかび【短日】」を立項して、久保田万太郎の「短日《みじかび》のみしらず柿といへるさへ」を挙げている。《講談社》の岡本眸の解説に、下五にヒミジカを置くときは、「ひ」を少し伸ばすか一拍置くように読んで、五音に納めることが許されている、とある。興味ぶかい記述である。関西では、「日・手・目」などの一拍語は少し長く発音される。その特徴によるのだろうが、他地域で育った人には無理なので、表記をくふうすべきである。江戸時代の人たちが用いた捨て仮名を実作に当てて掲げてみる。

枯れ果てし真菰の水や日ィ短か　高野素十
水源地洗ふ賦役や日ィ短か　藤野弘子

鞴まつり　八日

ふいごうも祭るやかねをふくの神　北村季吟
ほど祭小指なき掌に塩つかみ　菊池龍三

旧暦十一月八日は「ふいごまつり」の日である。「鞴」はフイゴ、季吟の句の「ふいごう」はその前身で、製鉄や精錬の神と福の神を懸けた、いかにも貞門らしい句である。

多くの歳時記は五つほどの傍題を挙げる。《合本》の傍題には、他書にはない「ほど祭」のあることが貴重である。「ほど」は「火処」であろう。それは、日本語に「炉」が定着するまえ、広く用いられていたのではなかろうか。今は方言とされるだけだが、古くは日本人にとってかけがえのない語であったと思う。

江戸時代の俳諧書を見ると、この語の変遷が見られて興味ぶかい。フイゴの前身はフキガワ（吹き革）、そのイ音便形がフイガワである。ワが弱化してウになった形を、『増山の井』などに「吹革祭《ふいがう》」の形で伝えている。ガワ→ガウ→ゴー→ゴと変化してフイゴが成立したのだと思う。

跡継ぎのなきまま鞴祭かな　臼杵游児

みぞれ

九日

野をわれを霙うつなり打たれゆく　藤沢周平

「みぞれ」を漢字で書けと言われて、即座に対応できる現代人は多くないだろう。それを歳時記で考えたい。

万葉集には用例が見えず、日本書紀皇極二年の「雨氷」に、平安時代の訓ミソレが知られる。新撰字鏡は「霂」にシグレとミゾレの訓を与え、和名抄は「霰」にミゾレの訓を附して、二書の対応は分かれている。

平安時代後期、「白氏文集」の「霰」にはミゾレとアラレの二訓がある。その霰は、万葉集巻一に「霰《あられ》打《うつ》あられ松原」とある。霰《あられ》は、地上に落ちて八方に散ると考えた使用であろうか。枕冊子の「降るものは」の段には、「雪。あられ。みぞれはにくけれど、しろき雪のまじりてふる、をかし」とある。酒、かき氷、和菓子、料理などにミゾレを用いる日本人の感性は貴重だと思う。

名詞シグレが動詞「しぐる」を生んだように、名詞ミゾレも動詞「みぞる」を生んだ。平安和歌にはごくまれに見えるが、シグレほどには多用されず、歌語で終わった。

霙る丶や子をかばひゆく軒伝ひ　星野立子

ねぎ

十日

葱白く洗ひたてたるさむさ哉　松尾芭蕉
葱買うて枯木の中を帰りけり　与謝蕪村
島原や根深の香もあり夜の雨　池西言水

「ねぶか」しか知らずに育った自分には厄介な言葉である。歳時記は「葱《き》」の女房詞「ひともじ」も挙げている。生産も好みも地域と時代によって異なるのだという。

掲句について見ると、芭蕉の「葱」は真蹟によって「ねぶか」に収まる。蕪村句集の「葱」に振仮名はないが、諸書が「ねぶか」と読むのはおかしい、葉葱（青ねぎ）だろうからネギが適当だ、と《暉峻》に言う。言水詠は根深の表記なのに振り仮名は「ねぎ」、じつにややこしい。

和名抄では「葱」を「キ」と読んでいるのだから、根を食するキには「根葱」の表記が定着してよさそうなのに、なぜかそうはならず、根は「根深」に取られた。

関東では深く植えて白ネギを好み、関西では浅く植えて青い葉ネギを好む傾向があるのだという。次の掲句の「俎」はマナイタである。

一もじの丈俎にあまりけり　高田蝶衣

冬ざれ

十一日

「見渡すかぎり冬の景の荒れさびた感じをいう」、これは《合本》の解説の全部である。簡略な歳時記にはこの程度の記述が多いと思うので、他書から要点を引いて考える。

誤用からおこった俗用ながら、「冬され」または「冬ざれ」は、この意味で一応の定着を見せている――《山本》はこう記して廿一の例句を挙げている。《角川》にも「誤用が定着して現在の意となったもの」としている。

万葉集に多い「春されば」「秋されば」の表現に類する「冬されば」が、拾遺集の「冬されば嵐の声も高砂の松につけてぞ聞くべかりける」など、まれに見られるようになる。「され」は已然形なので、助詞「ば」は切り離せないはずである。それを、風雨や太陽に曝される意の「される」と解したのが、変化の発端であろう。これなら、連用形の「され」を名詞に転じさせうる。そこから「冬され」が生まれ、濁音ザによって荒寥たる様の表現に用いたのだろう。

それを再び動詞に転じさせた語の連体形が「冬ざるる」である。その終止形「冬ざる」がいかにも滑稽であることからも、不自然な形成過程を経たことが知られる。

炭

十二日

木炭が身辺から遠くなってのち、産地・原木・形状などで様々の名のあることを知り、「備長炭」に出会った。

古代の吉備地方が三分されて、備前・備中・備後の三国になったという。その「備中」はビッチュウと呼ばれる。それゆえに備長炭のビンチョウは異様に聞こえる。

備後・豊後が、ン音を挿入した形で呼ばれる理由の説明は難しい。かつてガ行音の前には、現在の東北方言のような鼻音があって、それをンで捉えたのだと説明される。だが、旧国名の肥後はヒゴ、筑後はチクゴで、ンは前接させず、濁音の前の鼻音が撥音ンになったとする解釈では決着しない。濁音拍の連続を避けたのだ、とわたしは考える。

備中がビッチュウなら、備長はビッチョウになるはずで、ビンチョウは不可解である。その由来はネット百科によると、炭屋、備中屋長左衛門の略称によるのだという。それなら、備長炭、ビッチョウタンとなるはずではないか。

金沢での学生生活の最後の冬、下宿の三畳間で火鉢を抱えながら卒業論文を書いたわたしには次の句が懐かしい。

学問のさびしさに堪へ炭をつぐ　山口誓子

たび　十三日

足恥づる女に足袋を撰らせけり　大島蓼太

足袋つゞる紀の関守や縄簾　五升庵蝶夢

足の袋とは巧みな表記だとは思っていたが、改まって考えも調べもしなかった。今回、辞書と歳時記を繙いてみると、既に解けているものであった。

文献では和名抄に見えるのが最初である。「単皮履」について、今、野人が鹿の皮をもって半靴とす、「単皮」の二字を用いるべきか、とある。漢語の「単皮」が日本語に入ってタビに変化したのだろう。

宇治拾遺物語には「猿の皮のたび」と見える。江戸時代初めに「蹈皮」の表記が現われて以後、「単皮」とともに通用した。「足袋」は少し遅れて、十八世紀からである。

我が母について言うと、冬の日常に、七人の家族の足袋づくりがあった。夜の炉端で、型紙を並べては端切れから生地を取っていた姿が忘れがたい。

足袋つぐやノラともならず教師妻　杉田久女

寝てをらぬ足へ足袋はき喪主の妻　松岡照子

くしやみ　十四日

大くさめガウディの塔ゆらしけり　佐川広治

金田一書の二月十四日条にも掲げている。諸歳時記は古語「くさめ」を見出しに、「くしゃみ」を傍題にしている。

くしゃみは、かつて「鼻干《はなひ》」と言われたように、鼻孔の粘膜の乾燥に過ぎないこともある。勿論それもいまいましいが、風邪の引き始めのこともある。そこで、縁起が悪いとして、西洋でも、それをした人にGod Bless you（神のご祝福を）と声をかける習慣があるという。

日本での縁起直しの呪文は、平安時代以来「くさめくさめ」が知られ、「休息万命」の崩れた形という解釈が長くなされてきた。近年は、くしゃみに対する罵りの言葉、「糞食《くそは》め」（糞くらえ、ちくしょう）の意だろうという解釈が支持されている。わたしもこの解釈に従っている。

例句は、深刻な内容ではなく、ほほえましいものが多い。冒頭の佐川詠は、《講談社》から字足らずのまま引いた。

くしやみの子答へ忘れてしまひけり　山根繁義

奈落より団十郎のくさめかな　野崎声山

河豚

十五日

ふぐ食うてわかる、人の孤影かな　飯田蛇笏

厄介な魚名である。標準的な和名の「ふぐ」は東の言葉であり、関西では「ふく」だという。

古代の文献では、出雲国風土記の島根郡に「鮐」が見え、本草和名の「鯸」に和名「布久」とあり、和名抄は「鯸鮔」に「布久一云布久倍」とする。易林本節用集に「鮐フクベ」とあることから推して、和名抄の万葉仮名は、フク・フクベなのだろう。日葡辞書のFuquからも、中世まではフクであったと解したい。

単独ではフクと言う関西で、複合語の後項のときは「〜ブク」と連濁することも、フク説の支えになる。本来形がフグでは、その連濁は起こりにくいからである。中世以降、漢字は「鰒」と「鰏」が行われて来た。「鰒」は、本来アワビの意の漢字、その旁の音「フク」による転用だろうし、「鰏」も旁に「福」の音を負わせたとおぼしい。

作句する人は、フク・フグいずれの語形で詠んだか分かるような表記にすべきである。

一卓がインテリけなす河豚の鍋　秋元不死男

雪げ

十六日

二月十九日条の「雪解」で、ユキゲとユキドケについて考えた。きょうの「雪げ」は、漢字を当てると「雪気」、歳時記では「雪催い」の項の傍題にあるが、掲句は見えない。消え去ろうとする季語と言えるだろう。

『和歌初学抄』が「由緒詞」で「ゆきげの水」に、「雪消水也。又雪気雲ハ別義也。雪フラムトテ黄雲ノタツ也」としている。「又」以下の記述が貴重である。

散文での用例が先行したらしく、歌では、金葉集の「炭窯に立つ煙さへ小野山は雪げの雲に見ゆるなりけり　師時」などが早い例になる。これは冬の部の歌だが、新古今集には「そらはなほ霞みもやらず風さえて雪げに曇る春の夜の月　良経」がある。

これに関して興味ぶかい例に遭遇した。古典大系『近世和歌集』の、田安宗武家集「悠然院様御詠草」である。冬の歌が並ぶ所に「炭竈《すみがま》」と題する二首があり、一首は「炭竈の煙りの末を見渡せば雪消の雲にわかれざりけり」とある。校注者は明白には書いてないが、これは書写者の勘違いで、原作は仮名書き「ゆきけ」だったのだと思う。

かもしか

十七日

諸書は「羚羊《かもしか》」を見出しに、「かもしし・氈鹿《かもしか》・青鹿《あおじし》」を傍題にする。民間では「イワシシ」とも呼ばれる。

日本書紀皇極天皇二年に、政争渦巻く中で歌われた童謡「岩の上《へ》に子猿米焼く米だにも食《た》げて通らせカマシシの小《を》父《ぢ》」がある。蘇我入鹿に討たれた山背王《やましろのおおきみ》の頭髪の状態が「山羊」に似ていたからと解釈された。平安時代、本草和名は「山羊」にカマシシの訓をもつ。室町時代の北野本日本書紀は「山羊」にカモシシと附訓して、現代のカモシカに繋がるように見える。

その毛で毛氈《もうせん》を織るので「氈鹿」とも書かれた。「氈」の訓はカモなので、カモシシと呼ばれたことも納得できる。

その棲息域ゆえに和歌には詠まれにくかったし、個体数が減少して俳句にも多くは詠まれなかった。昭和卅年に特別天然記念物に指定されてから数が殖え、近年は人里にも出てくることがある。

冬季、同じ時刻に同じ場所にじっと立っていることがある習性から「寒立《かんたち》」の季語もある。

寒立や日輪山の端に赤し　三尾知水

柴漬

十八日

柴漬の知恵おもしろくものかなし　大塚太夫

見出しを「しばづけ」と読んだら、京都を代表する漬物と誤解されるだろう。これは「ふしづけ」、柴を水中に沈めて魚類をとる漁法である。

「柴」をフシと読めとは難しい注文である。これは奈良時代の人にも難しかったらしい。古事記上巻に「青柴垣」、日本書紀神代巻に「蒼柴籬」があり、ともに、「柴」にフシと読むべき注を附している。

「ふしづけ」は素朴な漁法だからであろう、漢日ともに古くから行われていたようだ。字類抄を見ると、フシツケに、罒と林から成る「罧」以下四字がある。罧は和名抄にも爾雅《じが》を引いて詳しい。木の枝を並べて網にしたという明快な漢字である。

字類抄の掲げる三つめは「拵」、これは日本では「こしらえる」の意で長く用いられた。

柴漬や古利根今日の日を沈む　水原秋櫻子

柴漬けて四万十川に老いにけり　小島夕哉

アロエの花　十九日

日の温み溜めてアロエの花咲けり　宮川澄子

アロエは、木立アロエを指す。花の色の乏しい冬、日当たりのいい庭に朱の花を見つけると、心が癒される。これを季語に掲げているのは《小学館》だけである。刊行が新しいからであろう。平成廿一年刊の『ザ・俳句　十万人の歳時記』（第三書館）には例句が四つある。

その渡来は意外に早い。ネット百科は鎌倉時代、《小学館》は江戸時代とする。ラテン語経由のオランダ語らしいので、後者が適切かと思うが、詳細は不明である。日本の文献では、『大和本草』（宝永四年）に「蘆薈」とあり、《書言》は「盧會」に「ロクハヰ」と振り仮名する。

歳時記の説明は、Aloëを「ロエ」と読んで「蘆薈」の字を当てたとある。薈は漢音ワイ、呉音ヱである。《書言》の語を引き継ぐ「ロカイ」の語形も行われるが、これは薈を「會」と見て読んだ結果であろう。琉球語「ルフェー」はそれの琉球読みである。

アロエ咲く風の酷しき流人島　鈴木理子

すばる　廿日

遥かなるものの呼びこゑ寒昴　角川春樹

「すばる」を見出しにするのは《角川》で、《講談社》《小学館》は「寒昴」である。実作のほとんどが寒昴で、ほかに「冬昴」もあるが、「六《む》連星《つらぼし》」の用例はない。この懐かしい言葉は方言に残るだけらしい。

「すばる」の登場は、和名抄の「昴星」の項、枕冊子の「星は」の条が早い。これは、神話の文脈で首飾りなどを「ミスマルノタマ」と言った、その「スマル」に繋がると考えられている。日本書紀神代上の「御統」の訓注「ミスマル」が強い支えになる。「統」はスマル、マの子音mがbに交替するとスバルになる。

「すばる」は自動詞であろうから、対応する他動詞は「統べる」、文語の基本形は「統ぶ」である。「昴星」は、「統べられ星」と呼ばれていいはずだか、他動詞による受動態は用いず、自動詞による「すばる」と命名されたのである。ここには、神格を行為者として表面に立てない、古代日本人の思考が反映しているのではないか。

胎の子のために見ておく寒昴　遠山陽子

冬至

廿一日

天文の博士ほのめく冬至かな　黒柳召波

きょうは廿四節気の冬至、一陽来復の起点の日である。《講談社》のコラム「冬至と日本の習俗」の中で、「冬至風呂、柚子風呂などは禊《みそぎ》の名残。冬至を湯治、柚子を融通とかけるのは言葉遊びであろうか。云々」とある。遊びにもならぬ駄洒落である。

中世以前の日本語では、ザ行のジとダ行のヂは、文字が異なるとおり、発音も異なっていた。それが江戸時代に入るころから合一が進み、仮名遣書『蜆縮涼鼓集《けんしゅくりょうこしゅう》』（元禄八年）が刊行されるほどであった。この書名は、シジミ・チヂミ・スズミ・ツヅミを意味する。「至」の漢字音はジ、「治」のそれはヂであった。

「冬」と「湯」の音について言うと、今はともに「トー」であるが、これも室町時代までは異なって、「冬」はトウに由来する合長音で、日葡辞書では tô と綴られ、「湯」はタウに由来する開長音で tô と綴られた。これは原則として混同することがなかった。日葡辞書の Tôji の項には、「冬のさ中で、十一月中にある」と説明している。

柚子湯

廿二日

柚子湯して子を生さぬ身の膝を抱く　穂坂日出子

柚子風呂や柚子の一つが乳房打つ　村瀬さつき女

十月十六日の「ゆず」の項の補足を主目的に書く。

日本人が冬至に「ゆず湯」を使う習慣は、さほど古くはないのかも知れない。《日国大》によると、初出は元禄十六年の狂歌集である。《暉峻》は、季題集に初めて載るのは嘉永年間だと言い、これが銭湯に広がるのは天保期前後かとし、もとは家庭の習慣であったと言う。

柚子の「子」の読みが「シ」でないのは、これが漢文の助辞に発する語であって、「金子・銀子・払子《ほっす》・扇子・様子・面子《めんつ》」などの類例がある。

ちなみに、冬至にユズとカボチャを食するのは、その実の色と形に意味があり、衰えた太陽の力を補うことが目的だったのだ、と秘かに思っている。

佳吟はおおむね女性の作に多かった。

生涯の女書生や柚子湯して　黒田杏子

柚子湯出て夫《つま》の遺影の前通る　岡本　眸

柚子湯して妻とあそべるおもひかな　石川桂郎

雪女

廿三日

七月十四日の「河童まつり」同様に仮想季語を考える。降雪地帯にしかいないはずの「雪女」が季語とされ、地域を問わない「河童」が非季語というのはおかしい。雪女には、《角川》《講談社》合わせて九十近い例句がある。「先づふるは雪女もや北の方　松江重頼」「みちのくの雪深ければ雪女郎　山口青邨」は何かを見ているわけでもなく、観念としての雪女を詠んだに過ぎない。「雪女みな妙齢と思ひこむ　穐山珠子」はその種明かしである。

実体験を詠んだとする句も多い。「雪女見しより瘧《おこり》をさまらず　真鍋呉夫」「雪女来る頃ぎしと鳴る箪笥　有馬朗人」などは、錯覚と解釈すべきなのだろうか。

他の多くは、空想したり、伝承に基づいたり、図像に接したりしての作であろう。「雪女けふもみどりの布団にゐる　飯島晴子」「舌のみは肉の色して雪女郎　松尾隆信」。

河童には多くの方言形があるが、雪女にはそれがない。《講談社》に、雪女体験のない人が季題としてもてあそんでもさしたる作は望めないかもしれない、と言う。当然であるが、雪女を実見した人がほんとうにいるのだろうか。

火事

廿四日

火事明り寡婦ごくごくと水を飲む　寺山修司

冬は火を使うことが多いから、火事が多いのは当然だが、最近の火事には焼死者が多く、その報道には胸が痛む。焼死者はたいてい高齢者、独り暮らしが多いのである。

奈良平安時代には「火事」がなかった――こう書いたら、そんなことあるはずがない、と叱責されるだろう。伴大納言絵詞には有名な火事の場面があり、「うちのかたにひありとてのゝしる」と書かれているではないか、と。

わたしは「火事」がなかった、と鍵括弧つきで書いた。ほかの仮名文献の火事の記述は、かげろう日記に「夜中《よなか》許《ばかり》に火のさはぎするところあり」、紫式部日記に「火かと思へどさにはあらず」、更級日記には「夜中ばかりに火の事ありて」と見える。漢字語の「火事」ではないのである。

右に〈漢字語〉と書いたのは、これは和製漢語だからで、「火の事」が「火事」に転じたのである。「おおね」が「大根」になったように、和語から漢語もどきに転身した語は、返事・後見・見物・物騒などがある。

遠火事に目覚めて一人きりの部屋　佐藤博美

風花

廿五日

いまありし日を風花の中に探す　橋本多佳子

吹越に翔ぶや風の子川烏　堀口星眠

風に舞い散る花のような雪という意味の名称で、俳人好みの季語。連濁しない「かざはな」の形で用いられる。嘉永元年の『季寄新題集』に「青空ながら雪のちらつくことなり」とあるのが初出らしい。

《方言辞典》等によると、「風花」の使用域は、関東平野を囲む山沿いに多く点在することが分かる。京都育ちの飯島晴子は、京都以外の土地で時雨に遭ったことがない、と書いていたという。柴田宵曲『古句を観る』（岩波文庫）にも、関東平野の中にいる者に時雨は縁がない、とある。

逆に言うと、関東地方以外の地では風花に遭わない、となるだろうか。群馬県ではこれを「吹越《ふっこし》」と言う。

《山本》に、万葉集巻十の「巻向の檜原も未だ雲居ねば子松が末《うれ》ゆ沫雪《あわゆき》流る」は、風花を詠んだ歌であろうとする。漢語の「風花」は風に散る花の意である。

秩父より風花つれて箒売　野崎ゆり香

風花やロケの役者に小道具に　木下節子

そり

廿六日

橇去りてより鈴きこゆ木魂とも　石原八束

わたしの幼少年期、冬の生活に欠かせなかった「そり」、その漢字が気になっていた。

歳時記の「そり」の表記には、「橇・雪橇・雪舟・雪車・馬橇・箱橇」などがあり、「橇」が代表的である。字典によると、橇は音がキョウ、意味はかんじき・そり。氷雪に限らず、泥の上、土の斜面などにも利用したという。旁の「毳」は接着面を小さくして摩擦を減らすことができたらしい。それなら理に適っている。

「橇」の古い訓は、字類抄の「カシキ」、濁音表示はないが、じつは「カジキ」で、今のカンジキなのだろう。シキは「敷き」かと思うが、詳細は未詳である。カシキは西行の和歌などにも詠まれた。和語「そり」は、スキー板を見れば分かるように、滑走部の先が反っている、その「反り」に由来するのだろう。

次の句の露月は秋田の人、この光景はまことに懐かしい。

雪舟が来て散らばる町の子供哉　石井露月

道踏を先に立てたる棺橇《ひつぎぞり》　阿部静雄

鮫　　廿七日

かしやくなき市場言葉に鮫長し　　桂　樟蹊子

周辺を海に囲まれているこの国では、魚類の名称が地域で異なって多彩なので、当惑したり、勘違いしたりすることが多い。広島市で生活した時期の歳末、正月料理の材料に関する報道で、山陰地方の「ワニ」が出て来て、いささか驚いたものである。

古事記上巻、大国主が因幡の白兎を救うくだりで、兎の災難の原因は和邇《わに》の乱暴にあった。出雲国風土記の島根郡条には、南の海に棲む和爾《わに》が見える。ここのワニが何を指すかは断定できないが、大方はサメの一種かとされている。

そのサメは、東海・関東・東北の太平洋岸で行われる名称で、今は日本の標準和名とされる。一方、関西ではこれをフカと呼ぶのが普通である。

以上の三つの名称について《角川》は言及しているが、一切触れない書もある。《講談社》は「鮫」の見出しを掲げながら、三つの例句は、「鱶《ふか》」二、「和邇」一であって、「鮫」の句はない。

血まみれに死せりといへど鱶は鱶　　辻田克巳

干支かざる　　廿八日

「干支」は「えと」と読んでいただきたい。そんな季語はないという批判があるに違いない。それは十分に承知したうえでの立項である。「注連飾り」は歳末の季語である。そのころ「えと」も飾るのだから、これを季語に入れてもいい。しかも実際に飾るのは年内なので、一月には回せない。

ある年の暮、岐阜市のデパートで干支の置物を探していると、商品に「千支置物」と書いてあった。他の商品も同筆で「千支○○」とあった。運筆の紛れではなかった。そう覚え込んだのだろう。この売り場の担当者は、「えと」の何たるかを理解していなかったのだと思う。

なるほど、わたしたちは「えと」を、本来の干支《かんし》（十干と十二支）を離れて用いている。例えば生まれ年について、「エトは？」と尋ね、ネとかウシとか答える。エトはすでに十二支の同義語である。「干支」とは書くが、「干」は有名無実なのである。

デパートの店員が、「干」と「千」を区別しないのは、いささかお粗末だが、道理なのかも知れない。

蟬氷

廿九日

昨年六月四日の《里山》は、「里山　季節のことば」として「せみごおり」を取りあげた。わたしの知らない語であった。わたしが知らないばかりではない。大きな国語辞典のいずれにも掲出されていない。

《角川》は、「氷」の十八の傍題の第十七に「蟬氷」を置いている。その解説によると、薄い氷を言うらしい。だが、それは従来「うすらひ・うすごほり」と言ってきたのではなかったか。古今集の「蟬の羽の夜の衣は薄けれど移り香濃くもにほひぬるかも」、後撰集の「一重なる蟬の羽衣夏はなほ薄しといへどあつくぞありける」などに学んだものだろう。

一月十三日条の「ひもかがみ」にも書いたが、古語に対して恣意的な解釈を施すのはまことに困る。飛び切りの風流人を気取るのは、唾棄すべきことである。俳人に求められるのは、俗談平語によって句作しながら、それを洗練させることであって、わけの分からぬ語を使用することではなかったはずである。

例句が一つもない、奇妙というほかない季語である。

勅題菓子

卅日

御題菓子並び老舗の賑はへり　池田栄子

新年、宮中で開かれる歌会始の題に因んで作られる菓子。鎌倉時代に始まるという歌会始は、明治七年に一般国民の詠進が認められるようになって大きく変わった。勅題菓子は、明治廿一年に京都の菓子屋が集まって、お題に因む菓子を展示したことに始まるという。

中山圭子『事典和菓子の世界』によると、明治廿年代のお題は「池水浪静・雪埋松」などであったという。いかにも漢詩が生きていた時代らしい。大正期から昭和期にかけても同様だが、「海辺松・朝晴雪・連峰雲」のように三文字が多く、平成期は「道・青・時・笑み・歩み」など、一字の傾向があるという。時代の変化の反映である。新年の晴れの場所を飾る物ではあるが、作る人・売る人・買う人は、年末こそ忙しいことになる。

「勅題菓子」から「お題菓子」へと呼び方も和らいできたのは時勢であろう。俳句の世界では、五拍の「お題菓子」が断然好まれるが、作例はまだ少ない。

お懐紙に勅題菓子の影淡く　檜　紀代

おほみそか

卅一日

大晦日定なき世の定かな　井原西鶴

晦日はミソカ、「三十日」の和語である。大晦日には、傍題「おおつごもり」「大年」もあり、四・五・六拍の同義語がそろうので、俳句詠みには好都合である。

和数詞の体系は漢語より複雑であるが、十のトヲ・ソは古来変わらない。廿のハタには廿歳のハタチがあり、廿日のハツカは〔ハタ・ウカ〕の約音形で、万葉集に「機物」を「廿物」と書いた例がある。年齢について「みそぢ・よそぢ・むそぢ・ななそぢ・やそぢ・ここのそぢ」も用いられる。

右に除いた五十は、奈良時代はイと言われた。万葉集に筏《いかだ》を「五十日太《いかだ》」と書くなど、「五十《い》」の表記例がいくつかある。平安時代、誕生の五十日目には「いかの祝い」があった。固有名の「五十《い》嵐《がらし》」「五十《い》鈴《すず》」は今に残る。これは和数詞の体系から外れて見えるので、そろえる志向が進み、鎌倉時代の文献にはイソを見ることができる。[14]安田尚道は、その変化の時期を十世紀ころだろうという。

大年の富士見てくらす隠居かな　池西言水

語彙語法11

【接続助詞】

接続助詞の関わる語法を通して俳句の表現を考える。

網走の色薄くとも桜貝　川崎展宏

これでは、桜貝の色が薄いのか否か分からない。現代口語にも、「少なくとも…」を「少なくても…」と言うなど、トモ・テモの混同がまま見られるが、この句でもそれが生じているのだろうか。

鰰の腹裂くるとも卵抱く　殿村菟絲子

これも同じである。「裂くれども」のつもりなのだろう。

数へ日やふりむかば闇誰もゐず　大矢章朗

下五を読むと、事態はすでに実現しているはずなのに、中七の「ふりむかば」は、未実現の事態の表現である。

波あらば波に従ひ浮寝鳥　稲畑汀子

波があったら波に従うという浮寝鳥の意思を詠んだ句だろうか。「あれば」でなくては俳句にならないと思うが。

白藤や揺りやみしかばうすみどり　芝不器男

『鷹羽狩行の名句案内』の中の一句。藤の揺れが止んだから薄緑なのだという、中七と下五との間に極めて強い因果関係が存在することになる。それでは俳句にならない、というのがわたしの考えである。

語彙語法12

【雅語・古語】

俳言を厭わないから俳諧・俳句なのだとわたしは考える。それでは、雅語・古語のばあいはどうだろうか。

　桜桃のこの美しきもの梅雨の夜に　森　澄雄
　紫陽花剪るなほ美しきものあらば剪る　津田清子
　少年美し雪夜の火事に昂りて　中村苑子

右の「美し」は、ウツクシと読まれては困るらしく、振り仮名でハシと読むことを求めている。その先例は北原白秋にもあるが、俳諧での発明が誰によるかは未詳である。「はし」は、奈良時代の歌にわずかな用例を見るだけの語で、愛すべき対象への感情の表現とおぼしく、いとおしい・慕わしいなどの訳が普通である。

　蝌蚪生れて未だ覚めざる彼岸かな　松本たかし
　会席のはじめ葉生姜現るるなり　藤浪康雄
　八つ頭ひよつこりと父現るるかな　古池美子

右の「生・現」には、「あ」の振り仮名がある。動詞「ある」は神話的な文脈にわずかに見える古代語で、神格の出現を意味するかとされる語である。それをオタマジャクシや生姜に用いるとは前代未聞の用法である。

雅語・古語の使用には細心の配慮が必要だと思う。

語彙語法13

【難語・難字】

阿部筲人『俳句　四合目からの出発』（講談社学術文庫）の第三節「凝縮性」の終わりに、太字で立項した「やまと言葉の尊重」がある。なるべく漢語を避け、やまと言葉の純粋性を考えるべしというのである。批判の対象にしたのは初心者の措辞であるが、わたしはその趣旨に賛同する。対象は歳時記の季語に限り、特殊な漢字漢語・難語は避けるべきだし、地域が局限される方言の使用にも十分な注意が必要だと考える。

　蟷螂の今は錆びたる姿かな　山口青邨

標準和名カマキリはトウロウと拍数が同じなのに。

　蝌蚪に打つ小石天変地異となる　野見山朱鳥

「蝌蚪」の氾濫については三月十二日条に書いた。

　料峭の人より長き影の棒　棚山波朗

これは漢語の知識をひけらかす、はた迷惑な使用である。

　真円き夕日霾中に落つ　中村汀女

三歳時記は霾を動詞「つちふる」として掲げている。これが読める人がどれほどいると思っているのだろう。漢字でなくては表現しえないこともあるので一概には言えない。だが、次の句はむしろ逆効果ではなかろうか。

　雲水の衣におんぶ螇蚸かな　磯部恭子

【人名に関する注記】

本文中に人名だけを記した事項について、現在入手しやすい書名を挙げる。初出が単行本のものには刊行年を示す。

（1）新井栄蔵「万葉集季節観攷―漢語〈立春〉と和語〈ハルタツ〉―」（『萬葉集研究』第五集 塙書房 昭和五十一年）
（2）亀井 孝「春鶯囀」（『亀井孝論文集』3 吉川弘文館）
（3）松村 明『江戸ことば・東京ことば辞典』（講談社学術文庫）
（4）亀井 孝「懺悔考・女郎考」ほか（『亀井孝論文集』4 吉川弘文館）
（5）濱田 敦「長音」（『国語史の諸問題』和泉書院）
（6）佐竹昭広「古代日本語における色名の性格」（『佐竹昭広集』第二巻 岩波書店）
（7）柳田征司『日本語の歴史』3（武蔵野書院 平成廿二年）
（8）佐藤喜代治『日本の漢語』（角川小辞典 昭和五十四年）
（9）鈴木 博「語源追求の方法―カガシの場合―」（『國語國文』第五十一巻十号 昭和五十七年）
（10）濱田 敦「促音と撥音」（『国語史の諸問題』和泉書院）
（11）小島憲之『上代日本文学と中国文学』上（塙書房 昭和卅九年）
（12）高島俊男『広辞苑の神話 お言葉ですが…第④巻』（文春文庫）
（13）春山行夫『花の文化史 第三』（中央公論社 昭和卅二年）
（14）安田尚道『日本語数詞の歴史的研究』（武蔵野書院 平成廿七年）

【年紀対照表】 読み方の表記は現代仮名遣による

〈元号〉	〈読み方〉	〈キリスト暦〉	〈時代〉
安永	あんえい	1772年～1781年	江戸
永享	えいきょう	1429年～1441年	室町
永禄	えいろく	1558年～1570年	室町
延喜	えんぎ	901年～923年	平安
延徳	えんとく	1489年～1492年	室町
応永	おうえい	1394年～1428年	室町
嘉永	かえい	1848年～1854年	江戸
嘉祥	かしょう	848年～851年	平安
寛弘	かんこう	1004年～1012年	平安
享保	きょうほう	1716年～1736年	江戸
享和	きょうわ	1801年～1804年	江戸
慶安	けいあん	1648年～1652年	江戸
慶長	けいちょう	1596年～1615年	江戸
元亀	げんき	1570年～1573年	室町
元和	げんな	1615年～1624年	江戸
元禄	げんろく	1688年～1704年	江戸
康永	こうえい	1342年～1345年	室町（北朝）
承応	じょうおう	1652年～1655年	江戸
承久	じょうきゅう	1219年～1222年	鎌倉
貞治	じょうじ	1362年～1368年	室町（北朝）
昌泰	しょうたい	898年～901年	平安
正徳	しょうとく	1711年～1716年	江戸
正保	しょうほう	1644年～1648年	江戸
大宝	たいほう	701年～704年	奈良
天平宝字	てんぴょうほうじ	757年～765年	奈良
天保	てんぽう	1830年～1844年	江戸
天禄	てんろく	970年～973年	平安
仁和	にんな	885年～889年	平安
文安	ぶんあん	1444年～1449年	室町
文化	ぶんか	1804年～1818年	江戸
文政	ぶんせい	1818年～1830年	江戸
文明	ぶんめい	1469年～1487年	室町
文禄	ぶんろく	1592年～1596年	織豊
宝永	ほうえい	1704年～1711年	江戸
宝亀	ほうき	770年～781年	奈良
宝暦	ほうれき	1751年～1764年	江戸
明暦	めいれき	1655年～1658年	江戸
養老	ようろう	717年～724年	奈良
霊亀	れいき	715年～717年	奈良

あとがき

本書執筆の契機は、「はしがき」に書いたように、「成城 学びの森」への出講であった。二期の講義で取り上げた季語は四十ほどに過ぎない。それは、特に興味ぶかく聞いてもらえるだろうと思って選びに選んだ季語であった。そのほかに、候補として拾っていた季語もかなりあった。それらを含めて一書を編もうと思ったとき脳裏に浮かんだのが、金田一春彦氏の『ことばの博物誌』であった。

季語だけで三百六十六日を埋めるためには、少なくともそれだけの数の季語を集めなくてはならない。しかも、日本語学の視点からの考察に値する性質の語でなくてはならず、それを適当な時期に排列する必要がある。数、質、時の三条件が揃わなくてはならないのである。これは難しかった。

百語までは割に順調に集まったが、百五十語を超えるころから苦痛が始まり、二百語のころには絶望しそうであった。質の面で適当な季語に遭遇しなくなったのである。進んでは退き、拾っては棄ての連続で、用意した五百枚のカードはほぼ尽きてしまった。実際に使える語、書く意欲をそそる語が乏しくなったのである。

かろうじて三百六十六日を埋めることはできたが、出来栄えのほどは全くおぼつかない。解けないこと、未詳のことがらが多すぎる。誤読や失考も多いだろう。だが、既に人生のたそがれにある自分に、訂正の機会はないだろう。そのことが残念である。

わたしは、日本語を愛することにおいて人後に落ちないと自負している。日本人なら当然だと言う人もあるかも知れない。だが、近年の日本人の言語生活、特に名づけの実態を見ていると、それは嘘であり幻だと分かる。多くの日本人は日本語を愛してなどいない。無智と軽薄と猿まねが蔓延しているのである。本書は、そのような風潮のはびこる母国への、わたしの遺書である。

本書の刊行を、前著と同じく和泉書院にお願いしたところ、廣橋研三社長は二つ返事で引き受けてくださった。その御厚情に報いる言葉を見いだすことができないほどである。

本書執筆の契機になった、「成城　学びの森」への出講の機会を与えてくださった成城大学、その講義の世話をしてくださった事務局のみなさん、そして、つたない話を聴いてくださった五十名ほどの受講者の方々に対して、紙面を借りて御礼を申し上げる。

外部校正は、成城大学大学院の学生だった西村高子さんにお願いした。家事と育児の合間の貴重な時間を割いてくださった御好意に深く感謝している。

平成廿九年六月一日　著者

【著者略歴】

工藤力男（くどう りきお）

昭和13年、秋田市新屋町《あらやまち》に生まれ育つ。

金沢大学法文学部・京都大学大学院に学ぶ。

愛知県と大阪府の高等学校、広島女子大学・岐阜大学・成城大学の教壇に立ち、平成21年3月、成城大学を退職。成城大学名誉教授。

現在、岐阜市に居住する。

共編著書　『校本萬葉集 新増補版』（岩波書店 昭和53年～57年）
日本歴史地名大系『岐阜県の地名』（平凡社 平成元年）
『校本萬葉集 新増補第三次増補修訂版』
（岩波書店 平成6年～7年）
新日本古典文学大系『萬葉集』
（岩波書店 平成11年～平成16年）
岩波文庫版『万葉集』（平成25年～28年）

論 文 集　『日本語史の諸相』（汲古書院 平成11年）
『日本語学の方法』（汲古書院 平成17年）
『萬葉集校注拾遺』（笠間書院 平成20年）

エッセイ集　『かなしき日本語』（笠間書院 平成21年）
『日本語に関する十二章』（和泉書院 平成24年）

季語の博物誌

2017年7月25日　初版第1刷発行

著　者　工藤力男

発行者　廣橋研三

発行所　和泉書院

〒543-0037　大阪市天王寺区上之宮町7-6
電話06-6771-1467/振替00970-8-15043

印刷・製本　遊文舎

装訂・装画　仁井谷伴子

ISBN978-4-7576-0844-3　C0081　定価はカバーに表示

工藤力男 著

日本語に関する十二章

詫びる？・詫びない？・日本人

■四六上製・二三二頁・一八〇〇円

ダムの「八ツ場」は、なぜヤンバと読まれるのか。「月ぎめ」の駐車場は、なぜ「月極」と書かれるのか。――日常のありふれた言語風景なのに、これまで論ぜられることのなかった問題を、さまざまの視点から考える十二章。

山崎 馨 著

日本語の泉

■四六並製・一六八頁・一五〇〇円

随想風日本語論。音と訓、片仮名と平仮名、五十音図、いろは歌、あめつちの詞、ふねとふな、てにをは、君が代の歌、万葉仮名の話、上代特殊仮名遣の話、母音法則の話、他を収める。●歴史的かなづかひの本

奥村悦三 著

古代日本語をよむ

■A5並製・二四〇頁・三二〇〇円

文字をもたなかった日本人が漢字というものに出会い、自分たちのことばを書き始めたときにどういうことが起きたのか。さまざまな書き方で記された資料を取り上げ具体的に検討し、古代日本語の世界へといざなう。

価格は税別

山本登朗 著

絵で読む **伊勢物語**

■B5並製・六四頁（総カラー）・一五〇〇円

『京都新聞』の連載を一冊に編集。『伊勢物語』の代表的な章段や場面を、カラー掲載の江戸時代の「絵入り伊勢物語」の絵を見ながら見開きで鑑賞する。原文に現代語訳と解説、絵の説明を加えた。

岩坪 健 編著

錦絵で楽しむ **源氏絵物語**

■A5並製・一二八頁（総カラー）・二八〇〇円

江戸時代に出版された歌川豊国筆の『源氏絵物語』をカラー写真で掲載し、巻ごとに絵とあらすじを見開きで紹介。絵をみて源氏物語の内容を想像していた当時の人々の鑑賞方法を、現代に再現する。

信多純一 著

現代語訳 完本 **浄瑠璃物語**

■A5上製（横本）・一五九頁・三〇〇〇円

源氏の御曹司とも呼ばれる義経と、三河矢作の里の美少女浄瑠璃御前との悲恋物語を復原。原文の優美な語り口調そのままにわかりやすい現代語に全訳。美しい図版も数多く掲載した。

価格は税別